grafit

Chemnitzer Str. 31, 44139 Dortmund
Internet: http://www.grafit.de
E-Mail: info@grafit.de

Umschlagfoto: Jo.Sephine / photocase.com
Druck und Bindearbeiten: CPI – Clausen & Bosse, Leck
ISBN 978-3-89425-430-8
1. 2. 3. / 2016 15 14

Rainer Wittkamp

Kalter Hund

Kriminalroman

grafit

Der Autor

Rainer Wittkamp wurde in Münster/Westfalen geboren. Schon während des Studiums der Theaterwissenschaft, Kunstgeschichte und Soziologie in Berlin arbeitete er als Regieassistent. Seit 1992 führte er Regie bei diversen Fernsehserien und Feature-Produktionen. Er betätigte sich als Producer, Dramaturg, Headwriter und Stoffentwickler für namhafte Produktionsfirmen. Seit Mitte der Neunzigerjahre schrieb er zahlreiche Drehbücher für Kriminal- und Familienserien. *Kalter Hund* ist sein zweiter Kriminalroman. Im März 2013 erschien von ihm im Grafit Verlag *Schneckenkönig*, der erste Fall für Martin Nettelbeck vom Berliner LKA.

www.rainerwittkamp.de

Axel Witte gewidmet
Freund / Autorenkollege / Sparringspartner

I

Es stank. Es stank bestialisch. War das ein Wunder?

Diegos Leiche lag seit sieben Tagen im Kofferraum und verweste. Unaufhaltsam. Verbreitete einen Fäulnisgeruch, der langsam durch jede Ritze des BMW drang. Schleichend. Gnadenlos. Im Wageninnern roch es süßlich, nach verfaultem Fleisch, nach stofflicher Auflösung im Endstadium. Normalerweise hätte er den Kadavergeruch abstoßend gefunden, extrem widerlich. Normalerweise. Wenn er Diego nicht so sehr geliebt hätte.

Diego, my friend. Diego, you love of my life.

Es war Diegos Blick, dem Bilal vom ersten Moment an verfallen war, dem er nicht widerstehen konnte. Die Art, wie Diego ihn ansah. Vertrauensvoll und zärtlich. Mit seinen dunklen, unergründlichen Augen. Liebe ... ja, es war Liebe. Bilal dachte an ihre letzten gemeinsamen Stunden und lächelte. Sie hatten zusammen auf der Couch gelegen, matt und schläfrig, während sich die schwülheiße Luft über Gropiusstadt wälzte. Berlin lag seit Tagen unter einer Hitzeglocke, ein Ende war nicht abzusehen. Im Gegenteil. Hoch *Josephine* und Tief *Ansgar* schaufelten unermüdlich heiße Wüstenwinde aus der Sahara heran. Keine Chance auf Abkühlung.

Gähnend hatte Bilal sich vorgebeugt, zärtlich Diegos Bauch gekitzelt und dann an seinen Schwanz gefasst. Diego war zurückgewichen, hatte sich auf die Seite gedreht und kurz darauf leise geschnarcht. Bilal hatte überlegt, es noch einmal zu versuchen, dann fielen ihm auch die Augen zu.

Eigentlich ist das Leben schön, dachte er im Halbschlaf. Unendlich schön.

Eine Stunde später war Diego tot.

Von da an war nichts mehr wie zuvor. In Bilal war etwas zerbrochen und er fühlte eine Leere, die ihm fast das Herz zerriss. Eine Kälte, die nur Diego hätte erwärmen können. Bilal fühlte sich unfähig, sich von seiner großen Liebe zu trennen, schob den Moment des Abschiedes so lange wie möglich hinaus. Versuchte, die Notwendigkeit der endgültigen Trennung zu leugnen, stattdessen an all das Schöne zu denken, das sie gemeinsam erlebt hatten, an die Augenblicke puren Glücks. Bilal schaute sich auf dem Smartphone die Videoclips an, die zahllosen Fotos, die ihn und seinen Freund zeigten. Unendliche Freude überwältigte ihn.

Diego and Bilal – Bilal and Diego – big love forever!

Doch die Zeit ist gnadenlos, so viel hatte er gelernt in den letzten zehn Tagen. Schmerzhaft lernen müssen.

Das liebste Wesen in seinem Leben konnte nicht ewig in der Anderthalbzimmerwohnung in Gropiusstadt bleiben.

Am dritten Tag nach Diegos Tod sah das auch Bilal ein. Er schleppte den Leichnam seines Freundes über die Nottreppe zum Parkplatz, erst weit nach Mitternacht, als er sicher sein konnte, dass niemand der anderen Mieter etwas bemerkte. Versteckte Diego im Kofferraum des BMW, seinem ockerfarbenen Unglücksschiff.

Die nächsten Tage lang fühlte Bilal sich gelähmt, betäubt, wie unter Narkose. Zwar belieferte er weiterhin die Spielhallen mit Verbrauchsartikeln, Bergen von Toilettenpapier, 25-Liter-Behältern voll Cremeseife und Wischreiniger, schenkeldicken Handtuchrollen aus Recyclingpapier, mit Süßwaren, Zigaretten, Softdrinks. Doch er agierte wie in Trance, dachte die ganze Zeit an den Leichnam im Kofferraum. Es musste etwas geschehen. Dringend. Aber was? Ihm wollte einfach nichts einfallen. Er verschob die Entscheidung von einem Tag auf den anderen.

Bis es nicht mehr ging. Diegos Todesgeruch verpestete das Wageninnere, vom Heck bis zum Fond. Und mit jeder Minute wurde es schlimmer. Siebenunddreißig Komma acht Grad im Schatten wirken sich verheerend auf Kadaver in verschlossenen Räumen aus. In Berlin und auch sonst wo. Obwohl er sämtliche Fensterscheiben des BMWs heruntergefahren hatte, blieb der Gestank Sieger auf der ganzen Linie. Bilal Gösemann kapitulierte. Er musste endlich handeln.

*

Kriminalrätin Jutta Koschke, Leiterin des Dezernats *Delikte am Menschen*, starrte ihren Kollegen über den Schreibtisch hinweg fassungslos an: »Du willst die ganze Aktion abblasen, Martin? Vier Stunden bevor es losgeht?«

Nettelbeck nickte und schaute auf die präparierte Trophäe, die ihn einäugig-fischig von der Wand hinter Koschkes Arbeitsplatz anstarrte. Ihn mit ihrem bösen Blick zu durchdringen versuchte, um ihr mieses Karma bei ihm abzulaichen. Dem Ersten Kriminalhauptkommissar schossen wirre Gedanken durch den Kopf: Töten Fliegenfischer eigentlich Fische? Dürfen sie das nach ihrem Fliegenfischer-Kodex überhaupt? Müssen sie sie nicht sofort wieder ins Wasser zurückwerfen? Und wenn doch eines dieser kiemenatmenden, schillernden Wesen dabei draufgeht – hängen diese Fliegenfischer sich ihre Opfer dann auch noch an die Wände respektive an ihre Bürowände und protzen damit? Und falls nicht – war Jutta Koschke dann wegen ihrer unzweideutigen Mordlust überhaupt noch für den höheren Polizeivollzugsdienst geeignet? Nettelbeck rutschte auf dem Besucherstuhl hin und her. Fragte sich, ob das Wesen an der Wand ein Wels war, ein Barsch oder bloß irgendein mutiertes Fischlein, eine durch Chemikalien aufgeschwemmte Forelle beispielsweise.

Egal, seine Aufmerksamkeit galt inzwischen mehr dem unbequemen Stuhl, als der Fischleiche seiner Vorgesetzten. Nicht ergonomisch geformte Sitzflächen können wahre Schmerzattacken verursachen, dachte er gequält. Als Nettelbeck noch im Dezernat *Dienstleistung*, Referat *Versorgung*, zwangsversetzt war, hatte er sich vergeblich für den Ankauf eines Stuhltyps ausgesprochen, der gesäßgerechter geformt war. Aber aus Kostengründen hatte man sich für dieses Monsterstuhlmodell entschieden. Nettelbeck versuchte, sein Gesäß durch erneute Gewichtsverlagerung zu entlasten.

»Und warum, Martin? Mit welchem Argument? Wir haben doch alles bis ins Kleinste durchgesprochen«, sagte Jutta Koschke mit kaum unterdrückter Aggression.

»Mag sein, aber die letzte sogenannte Festnahme durch die Kollegen vom Dezernat 134 war nicht nur ein Fehlschlag, es war die totale Pleite. Da lacht jetzt noch das ganze LKA drüber. Außerdem sind inzwischen fast sechs Monate vergangen.«

»Ach ja? Und was willst du damit andeuten? Soll das etwa ein persönlicher Angriff werden? Bezweifelst du die Kompetenz meiner Untersuchung?«

»Das würde ich niemals, Jutta. Das solltest du wissen.«

»Und woher kommt dann dein plötzlicher Sinneswandel?«

»Ich habe nachgedacht. Gründlich nachgedacht. Heute Morgen, in aller Ruhe. Und ich bin zu der Überzeugung gekommen, dass Ploog Berlin verlassen hat.«

»Martin, es reicht!«

Die Kriminalrätin sprang auf, konnte sich kaum noch beherrschen, wäre am liebsten über den Schreibtisch gehechtet und hätte ihren Kollegen eigenhändig gelyncht. Gelyncht oder erdrosselt. Hauptsache tot. Genau: Kollege tot. Doch ihr war klar, dass sie Nettelbecks direkte Vorgesetzte war und dass sie deshalb Führungsstärke zeigen musste. Sie wandte ihm den Rücken zu, schaute auf den rückwärtigen Parkplatz, versuchte, sich zu beherrschen, Sarkasmus in ihre Erscheinung zu legen. Was ihr vom Naturell her – als Arbeiterkind mit einem unbändigen Aufstiegswillen, der von ihren Eltern allerdings nur mäßig gefördert wurde – schon von jeher schwergefallen war. Also begann sie, sich anders negativ aufzuladen, dachte an widerlich süße Süßigkeiten, an Bittermandelekel, an brechreizfördernde Fruktose-Exzesse. Dachte an die quietschsüßen Sacharintütchen, die ihr Mann Günther ständig mit sich herumtrug, im verzweifelten Versuch abzunehmen, und die er überall liegen ließ, ihr lieber dicker Pummelbär.

Ekelsüße! Ekelsüße! Ekelsüße!

Die Kriminalrätin starrte auf den Parkplatz, ließ die Augenlider auf- und zuklappen, bekam sich nach und nach in den Griff, erlangte Kontrolle über ihre Mimik. Bis ihr Gesicht die nötige Portion Sarkasmus ausstrahlte.

Sie drehte sich zu Nettelbeck herum.

»Schau einer an, zu dieser Meinung bist du also gekommen. Auf einmal, von heute auf morgen? Wie die Jungfrau zum Kinde?«

»So würde ich das nicht ausdrücken. Es sind die Tatsachen, die mich überzeugt haben.«

»Tatsachen! Klingt ja echt spannend.«

»Ploog ist mehrmals zur Fahndung ausgeschrieben worden, Jutta. Und trotzdem haben wir nicht den kleinsten Hinweis erhalten, dass er sich noch in der Stadt aufhält.«

Nettelbecks Blick ging hoch zur Fischleiche, die ihn unheilschwanger von der Wand herab anstarrte, und er seufzte. »Vermutlich hat er sich längst ins Ausland abgesetzt. Nach Uruguay oder sonst wo hin.«

»Uruguay? Hallo, geht's noch?«

»Vielleicht sogar nach Ozeanien.«

»Unsinn, Martin, Kindergarten! Ploog gehören hier zig Baufirmen. Solche Geschäfte kann man nicht aus dem Ausland führen. Man muss vor Ort sein, sonst ist man schnell weg von den Futtertrögen. Verdrängt von der Konkurrenz. Ich bin absolut sicher, dass Ploog sich noch immer in Berlin aufhält.«

»Selbst wenn du recht hättest – ich habe dabei ein komisches Gefühl. Vertrau mir, Jutta. Wenigstens dieses Mal. Lass uns die Razzia absagen.«

»Kommt gar nicht infrage, Martin. Ich habe die Aktion ewig vorbereitet. Ich will, dass wir sie zum Abschluss bringen und Ploog endlich verhaften. Punkt. Ende. Aus. Nur weil du plötzlich unter Entschlussschwierigkeiten leidest, werde ich nichts abblasen.«

»Entschlussschwierigkeiten?« Nettelbeck war verblüfft über die ungewöhnliche eloquente Wortwahl seiner Kollegin. »Wie kommst du überhaupt darauf, dass Ploog an dem Restaurant beteiligt ist?«

»Leitner und Ploog sind seit Urzeiten geschäftlich verbandelt. Schon seit Beginn der Achtzigerjahre. Die haben in Berlin eine Schneise der kriminellen Verwüstung geschlagen. Nicht nur in der Baubranche. Ohne dass wir ihnen das Handwerk legen konnten.«

»Du oder wir?«

»Martin, wir sind alle Kollegen!«

»Im Grundbuch ist Ploog jedenfalls nicht eingetragen.«

»Und wenn schon, die beiden machen seit dreißig Jahren

miteinander Immobiliendeals. Leitner wiegt sich sowieso in Sicherheit. Er ist mit dem halben Bundestag auf Du und Du. Und Ploog schlendert wahrscheinlich seelenruhig durch die Jobcenter und hält Ausschau nach Frauen, an denen er sich vergehen kann.«

»Mit Leitner magst du recht haben …«

»Und mit Ploog liege ich auch richtig. Warte es ab, Martin, das bringt uns allen ein dickes Lob vom Innensenator ein.«

»Ich glaube eher, dass wir damit voll auf die Fresse fliegen. Lass es uns abblasen.«

»Nein, Martin, nein!«, Koschke schlug mit der Faust auf den Schreibtisch, dass alles wackelte. Einen Moment lang war die Kriminalrätin über ihren Ausbruch verwirrt, dann bündelte sie ihre Aggression: »Gut, Martin, du willst es nicht anders. Hiermit erteile ich dir die offizielle Anweisung, die Razzia im Restaurant *Cassirer* durchzuführen. Das ist eine dienstliche Anordnung, die du nicht zuletzt auch in deinem eigenen Interesse befolgen solltest.«

Koschke wartete auf eine Erwiderung, doch nichts kam.

Nettelbeck blickte noch einmal zu der Fischtrophäe hoch, lächelte seine Vorgesetzte an und stand auf. »Okay, Jutta, du wirst schon deine Gründe haben. Vielleicht sagst du sie mir ja irgendwann einmal.«

Die Kriminalrätin überlegte, was sie darauf antworten sollte, und war erleichtert, als Nettelbeck ihr zunickte und das Büro verließ.

*

Bilal Gösemann steuerte seinen Wagen durch die Innenstadt und schwitzte erbärmlich. Wie Deckhengst Fury auf dem

Weg zur Besamungsstation, als würde ihn dort eine verführerische, rossige Phantomstute aus Polycarbonat erwarten.

Der Verkehr in Reichstagsnähe wurde immer dichter und Bilal schlug brutal auf die Hupe, als ihm ein SUV die Vorfahrt nehmen wollte. Verpiss dich, Arschloch. Dann zwang er sich zur Ruhe, schon aus Vernunftgründen, rein hitzebedingt. Cool, calm and collected, Bilal, rief er sich zur Räson. Er lächelte und wandte sich an den imaginären Hengst, der sich auf der Rückbank herumfläzte und gegen den Verwesungsmief aus dem Kofferraum anzustinken versuchte: »Pass mal auf, Fury, Polycarbonat ist Schrott. Totale Verarsche. Schrott – vergiss das bloß nicht, Schrott.«

Bilal wusste, warum. Den Polycarbonatdreck hatten sie auch in die Klimaanlage seiner Stinkekarre eingebaut. Die Aircondition war schon vor zwei Jahren ausgefallen, eine knappe Woche, nachdem ihm die Superriesenscheißarschlöcher aus dem Wedding den 523 i angedreht hatten. Seine eigenen Cousins. Für ganze siebentausend Euro. Mindestens viertausend zu viel. Bilal hatte die Klimaanlage nicht reparieren lassen, da er nie die nötige Kohle dafür besaß, schließlich musste er ewig lang, ganze zwei Jahre, die Restraten abstottern, besser gesagt, abarbeiten. Aber seit anderthalb Wochen war er ein freier Mann. Totally free forever.

Also ignorierte er mannhaft die defekte Klimaanlage, beachtete weder Diegos Todesgestank noch die Trockenheit in seiner Kehle. Steuerte den BMW in Richtung Mahlsdorf, diesen komischen Stadtteil mit hundert Millionen Eigenheimen. Gehörte der überhaupt noch zu Berlin? Egal, die Hitze machte ihn langsam kirre. Völlig bekloppt. Bilal konnte nur noch an seinen Durst denken. Er brauchte etwas Kühles. Etwas kühles Alkoholisches. Auf Wodkabasis. Kampf der Hitze. Scheiß auf die Klimaanlage. Doch trotz der erbarmungslosen Innenraumschwüle mochte er seinen BMW, liebte er sein ockerfarbenes Schlachtschiff. Fast genauso sehr, wie er Diego geliebt hatte. Aber Liebe allein reicht manchmal echt nicht aus, dachte Bilal, während der Schweiß unter seinem dünnen Stretchoberteil herablief. Nein, Liebe kann auch tödlich sein. Spätestens dann, wenn der Sensenmann in die Manege gehumpelt kommt und seine müden Witze reißt.

Wie viele Lieben hat man wohl in seinem Leben, fragte sich Bilal. Und zwar echte Lieben, richtig große Lieben und nicht bloß solche Ficky-Ficky-Bums-Nummern wie mit Nadine und Jessica. Zwei, drei oder mehr? Bislang hatte Bilal nur eine einzige richtige Liebe erlebt. Die zu Diego. Sein Freund war nicht nur wunderschön gewesen. Er war einzigartig. Allein seine Eleganz ... Wie lässig Diego sich bewegt hatte, wenn sie unter den Bäumen am Wildmeisterdamm entlangliefen, um beim Discounter das Flaschenpfand einzutauschen. Diego von hinten zu sehen – Wahnsinn! Gegen seine Rückansicht verblasste einfach alles. Niemand würde Diego in seinem Herzen je ersetzen können. Ausgeschlossen.

Er hatte eine ganze Woche gebraucht, um sich darüber klar zu werden, was er mit Diegos Leichnam machen sollte. Es musste etwas Besonderes sein. Etwas Ausgefallenes, Ungewöhnliches. Etwas Göttliches.

Noch hatte Bilal die Hoffnung nicht aufgegeben, etwas zu finden, das seinem Freund gerecht wurde, das Diego verdient hatte.

*

Nach dem Gespräch mit der Kriminalrätin hatte Nettelbeck das Dienstgebäude verlassen und war zum Landwehrkanal gegangen. Während er an dem Gitterzaun entlangschritt, der den Uferweg vom Zoo abgrenzte, versuchte er zu entschlüsseln, wieso seine Kollegin sich derartig auf den Zugriff im Restaurant *Cassirer* versteift hatte. Auf wen hatte sie es eigentlich abgesehen? Auf Robert Ploog, wie sie durchgehend behauptet hatte, oder doch auf Carsten Leitner? Jutta war die ganze Zeit geschwommen, hatte ihm keinen einzigen triftigen Grund nennen können, wieso Ploog ihnen bei der Razzia ins Netz gehen würde. Was seine Kollegin vorgebracht hatte, waren nur Mutmaßungen, falsche Deduktionen, absurde Hypothesen. Wie bereits bei den vorherigen missglückten Zugriffen in Sachen Robert Ploog. An denen er zum Glück nicht beteiligt gewesen war.

Nettelbeck trat einen Schritt ans Ufer und ließ eine lautstarke Gruppe Radfahrer vorbei, die auf unförmigen Fat-Tire-Bikes in Richtung Diplomatenviertel radelten. Nachdem er der kurzsilbig-verdichteten, vermutlich schwedischen Klangwolke entkommen war, fasste Nettelbeck das Dilemma für sich zusammen: Er verstand die Kriminalrätin einfach nicht. Ja, er hatte Jutta noch nie verstanden. Weder als Mensch noch als Frau. Und schon gar nicht als Kollegin.

Für Nettelbeck war es allerdings so eine Sache mit den Kolleginnen und Kollegen. Wer konnte sie sich schon aussuchen? Man musste nehmen, was man kriegte. Er hatte eben Jutta Koschke bekommen. Sein pain in the ass. Seit über zwanzig Jahren. Jutta nervte. Und das schon, als sie in der Polizeischule gemeinsam ausgebildet wurden, als sie bei Einsätzen vor Ort Seite an Seite kämpften, als sie um die gleichen Leitungsposten konkurrierten. Das mit dem Nerven hatte bei Jutta nie aufgehört und jetzt war sie eben seine direkte Vorgesetzte. Aber bislang hatten ihre zahllosen Reibereien und Kämpfe immer die entscheidende Grenze eingehalten, war es niemals zu Ausrutschern wie Handgreiflichkeiten gekommen.

Außerdem gab es schließlich noch viel unangenehmere kollegiale Verhältnisse. Wahre Albtraumbeziehungen. Nettelbeck brauchte nicht einmal weit auszuschreiten, es reichte, wenn er sich bei seinen Tromboneheroes umsah. Jimmy Knepper zum Beispiel, einer der faszinierendsten Hardbop-Posaunisten überhaupt, der nach Nettelbecks Meinung sogar J. J. Johnson übertraf, da es ihm als erstem Posaunisten gelungen war, den Geist Charlie Parkers mittels der Phrasierung auf sein Instrument zu übertragen. Der wunderbare Jimmy Knepper musste fürchterlich unter seinem Kollegen Charles Mingus gelitten haben. Egal, wie groß dessen Genie gewesen war, Mingus' Jähzorn war mindestens ebenso groß. Angeblich konnte der Bassist schon bei dem kleinsten Anlass ausrasten und seinen Kollegen an den Kragen gehen. Jimmy Knepper war wohl sein prominentestes Opfer. Bei einer nicht enden wollenden Konzertprobe weigerte sich der Posaunist irgendwann weiterzuarbeiten. Mingus drehte durch, schlug Knepper einen Zahn aus. Dessen Ansatz, also die Fähigkeit, durch Lippenspannung in Verbindung mit erhöhtem Luftdruck die Ausdauer und den Klang zu kontrollieren und somit hohe Töne spielen zu können, war ruiniert. Der Posaunist konnte zwei Jahre lang nur eingeschränkt spielen. Und alles nur, weil Jimmy Knepper Arbeit abgelehnt hatte, die er für unnötig hielt. Eigentlich nicht anders als Nettelbeck selber vor gerade mal vierzig Minuten. Es fragte sich, wie weit Jutta gegangen wäre, wenn er nicht rechtzeitig eingelenkt hätte.

Nettelbeck blieb neben dem Lamafreigehege stehen und suchte auf seinem Smartphone nach einem Album von Jimmy Knepper. Er entschied sich für *Tell me …* aus dem Jahre 1979.

Als die Ballade *Nearer my God in G* erklang, schaute ihn eines der Lamas fragend an, als erwartete es von Nettelbeck eine lebensentscheidende Antwort. Der Kommissar zuckte hilflos die Achseln.

Abrupt dreht das Lama sich zu einem Artgenossen herum und spuckte ihn an.

Nettelbeck nickte bekümmert. Es stimmte schon, manchmal konnten Kollegen wirklich echte Arschlöcher sein. Dafür mussten sie nicht mal Jutta Koschke heißen.

*

Wilbert Täubner hatte bei Irina Eisenstein schon einige Gefühlsausbrüche mitbekommen. Die Angestellte im Ermittlungsdienst konnte sich in Sekundenbruchteilen von einem ruhig daliegenden Bergsee in einen brodelnden Geysir verwandeln. Aber so wie jetzt hatte der Kommissar seine Kollegin noch nie erlebt. Irina Eisenstein war nicht nur empört, sie war außer sich, schien von einem Furor erfasst zu sein.

»Der Mann ist ein Serienvergewaltiger, ein mieses Stück Dreck. Der gehört für Jahre weggesperrt, Wilbert. Und anschließend in Sicherheitsverwahrung.«

»Mich musst du nicht überzeugen«, versuchte Täubner, sie zu beruhigen. »Ich weiß, dass Ploog immer nach demselben Muster vorgeht. Die Bewerbungsverhandlungen führt seine Personalabteilung, aber das entscheidende Schlussgespräch macht er selbst. Nach Betriebsende, wenn außer ihm keiner mehr im Büro ist.«

»Und fällt brutal über die Frauen her. Nachdem er sie vorher nach seinem perversen Beuteschema ausgesucht hat. Und zwar gezielt, wenn du mich fragst. Einige der Frauen hat er sogar mit einer Pistole bedroht, während er sie missbraucht hat.« Irina beugte sich über Täubners Schreibtisch, zog die rote Handakte der Staatsanwaltschaft *Referat 1 Kapital-*

verbrechen heran: *Ermittlungsverfahren gegen Robert Ploog wegen des Verdachts der Vergewaltigung zum Nachteil von Jennifer Grunert* – sowie sieben weiteren namentlich aufgeführten Frauen.

Irina schlug die Akte auf, schob sie Täubner hin. »Hier ... Die erste Anzeige wegen Vergewaltigung wurde bereits vor acht Jahren gestellt. Seitdem gab es jedes Jahr mindestens einen neuen Vorfall. Von der Dunkelziffer ganz zu schweigen. Und nichts ist passiert. Soll das Dreckschwein etwa ewig so weitermachen?«

»Das sagt doch keiner. Aber die Zeuginnen haben die Beschuldigungen jedes Mal wieder zurückgezogen.«

»Nachdem sie von Ploogs korrupten Rechtsverdrehern als unglaubwürdig diffamiert wurden. Und endlich haben wir zwei Frauen, die dem Druck standhalten, und da wollt ihr ...«

»Genau deshalb dürfen wir es auch nicht vermasseln«, unterbrach Täubner seine Kollegin. »Sonst kriegen wir nämlich ein echtes Problem.«

»Das habt ihr doch schon. Das Problem heißt Nettelbeck!«

»Irina, bleib fair.«

»Und wieso will Martin diesen Abschaum dann nicht verhaften? Kannst du mir das erklären?«

»Das will er doch. Er glaubt nur nicht, dass die Razzia eine gute Idee ist. Aber jetzt komm mal runter, Irina. Lass uns über die Wohnung reden.«

Irina starrte ihn an. Wenn sie dazu nicht viel zu gut erzogen gewesen wäre, hätte ihr der Mund offen gestanden. »Wilbert, ich rede mit dir über einen Frauenschänder der übelsten Sorte. Erwartest du, dass ich jetzt mit dir schmuse? Mit dir auf deinem Schreibtisch eine schnelle Nummer schiebe?«

»Was hat denn das eine mit dem anderen zu tun? Außerdem habe ich von der Wohnung gesprochen.«

»Dafür habe ich im Moment keinen Kopf. Erklär mir lieber, auf welcher Seite du stehst.«

»Wie? Auf welcher Seite?«

»Du kapierst es nicht, oder?«

Der Kommissar blickte die junge Frau sehnsüchtig an. Betrachtete ihr honigfarbenes Haar, das im hereinfallenden Mittagslicht verführerisch leuchtete. Und stand wirklich völlig auf dem Schlauch.

*

Ohne Dich ist nichts mehr, wie es war,
doch Du lebst weiter in meinem Herzen.

Bilal Gösemann stand vor der verwitterten Sandsteinfassade und betrachtete die Inschrift, die oberhalb des mächtigen Eichenportals eingemeißelt worden war.

Es stimmte. Es stimmte voll und ganz. Diego war in ihm und würde auch immer dort bleiben. In seinem Herzen. Waiting for you will break my heart, yeah!

Bilal schaute zu seinem BMW, der neben der von Schlingknöterich überwucherten Mauer parkte, die das Anwesen umgab, und fragte sich, ob er noch einen letzten Blick in den Kofferraum werfen sollte. Doch er befürchtete, dass er dem Anblick nicht gewachsen war. Also schob er den Gedanken beiseite und betrat das Gebäude.

Die Eingangshalle war grau gestrichen und mit weißen Lilien dekoriert, an der Stirnseite stand ein kleiner Konferenztisch mit mehreren Stühlen. Kein Mensch war zu sehen.

Bilal war unschlüssig, was er tun sollte. Lautes Rufen war hier wahrscheinlich nicht angebracht. Er wartete, doch nichts passierte. Schließlich räusperte er sich mehrmals vernehmbar.

Eine Seitentür öffnete sich und zwei Personen betraten die Halle. Beide trugen dunkle Anzüge, weiße Hemden und schwarze Krawatten. Erst auf den zweiten Blick merkte Bilal, dass eine der beiden eine Frau war. Die zwei wirkten wie Geschwister oder wie ein sich aufgrund vieler gemeinsamer Jahre immer ähnlicher gewordenes Ehepaar. Sie trugen das grau melierte Haar nach hinten gekämmt und erinnerten mit ihren schlaffen Hängebacken an müde, alte Bulldoggen. Bilal fasste sofort Vertrauen zu ihnen.

»Gösemann. Ich hatte angerufen.«

Der Mann schnippte einen Speisekrümel aus dem Mundwinkel und gab Bilal die Hand. »Carl Lorenz ... meine Schwester Almut. Wir möchten Ihnen noch einmal unser herzlichstes Beileid ausdrücken.«

»Danke.«

Der Bestatter deutete zum Konferenztisch und sie nahmen daran Platz.

Almut Lorenz griff nach Block und Kugelschreiber, lächelte Bilal an. »Vielleicht sagen Sie uns erst einmal, welche Bedeutung der Tote für Sie hatte. Wie nah standen Sie ihm? Seit wann kannten Sie sich?«

»Sechs Jahre, glaub ich. Ungefähr jedenfalls. Ganz wundervolle Jahre.«

Almut Lorenz machte sich Notizen. »Ich nehme an, es war eine außergewöhnlich intensive Beziehung?«

»Ja. Die schönste Zeit meines Lebens. Diego war einmalig. Einfach toll. Immer gut drauf. Tierisch sexy. Und außerdem unheimlich verschmust.«

»Das allein ist es, was wirklich im Leben zählt«, sagte Carl Lorenz. »Wärme und Zuversicht.«

»So was kannte ich bis dahin gar nicht ...«, Bilal stockte,

schüttelte den Kopf. »Wenn meine Mutter bloß ein bisschen was von Diego gehabt hätte. Aber Rosa ... Ach, scheiß drauf.«

Das Gespräch verstummte. Die zwei Bestatter machten keinerlei Anstalten, Bilal zum Weiterreden zu drängen, schauten ihn teilnahmsvoll an, mit treuherzigem Bulldoggenblick.

Bilal schluckte, unterdrückte aufkommende Tränen. »Diego war topfit gewesen, wir haben morgens noch vor unserem Wohnblock Fußball gespielt. Ich habe überhaupt nicht bemerkt, dass es ihm schlecht ging, er war ... Diego war eigentlich so wie immer.«

»Der Tod kommt manchmal völlig unerwartet. Aus heiterem Himmel«, Carl Lorenz blickte zur Decke. »Aber Erinnerungen, die unser Herz berühren, gehen niemals verloren.«

»Dessen können Sie sicher sein, Herr Gösemann«, ergänzte seine Schwester. »Das einzig Wichtige im Leben sind die Spuren der Liebe, die wir hinterlassen, wenn wir ungefragt gehen müssen. Ob Mensch, ob Tier, ob Pflanze, ob Stein.«

»Sie sind die Profis«, Bilal zuckte die Achseln. »Jedenfalls wachte ich irgendwann auf, da lag Diego auf dem Küchenboden. Ich wollte ihn wecken, aber das ging nicht. Er war tot. Einfach so.«

»Ihr Freund ist also friedlich eingeschlafen, leise und in aller Ruhe«, sagte Almut Lorenz behutsam.

Bilal nickte, mit feuchten Augen. »Ich habe auf der Couch geschlafen und nichts mitgekriegt«, ihm kamen doch die Tränen, aber das war jetzt egal, er hielt sie nicht länger zurück, ließ fließen, was fließen wollte. »In meinem Leben habe ich niemanden so geliebt wie Diego. Er war der Einzige.«

Jetzt hatten auch die beiden Bestatter Tränen in den Augen, nickten synchron. »Es ist gut, dass Sie zu uns gekommen sind. Wir können Ihren Schmerz verstehen und Ihnen helfen«, sagte Carl Lorenz. »Wie alt war Ihr Freund Diego denn?«

»Sieben Jahre.«

»Ein halbes Kind. Und die Rasse, wenn ich fragen darf?«

»Deutsche Dogge, schwarz-weiß gefleckt.«

»Das sind besonders liebevolle Tiere. Anhänglich und treu. Ihr Verlust muss ungeheuer groß sein, Herr Gösemann.«

Bilal nickte unter Tränen, schniefte, fuhr sich mit der Hand über das Gesicht. »Deshalb soll Diegos Beerdigung auch etwas Besonderes sein. Eine würdevolle Verabschiedung zweier Freunde.«

»Sehr weise, Herr Gösemann«, sagte Carl Lorenz. »Diesen Weg können Sie mit Ihrem Gefährten schließlich nur einmal beschreiten.«

Almut Lorenz schob Bilal einen Prospekt hin. »Haben Sie sich schon entschieden, ob Sie eine Erd-, Feuer- oder Seebestattung wollen?«

»Seebestattungen für Deutsche Doggen? So was gibt es?«

»Selbstverständlich. Für Doggen, Pudel, Schäferhunde, die Rasse spielt keine Rolle. Wir können Ihnen entsprechende Arrangements auf der Nord- und Ostsee anbieten, vor Mallorca, Menorca und neuerdings auch vor Ibiza.«

»Diego hatte es nicht so mit Wasser. Was ist denn mit Verbrennen?«

»Eine Einäscherung stellt für viele Trauernde heute die erste Wahl dar, Herr Gösemann«, Bestatter Lorenz erlaubte sich ein Lächeln. »Wir verfügen selbstverständlich über ein großes Angebot an Urnen in verschiedenen Materialien und Formen.«

Almut Lorenz nahm Bilals Prospekt und blätterte für ihn eine paar Seiten vor. »Schauen Sie hier … bei einer Einzeleinäscherung unterscheiden wir zwischen Soforteinäscherung oder einer Termineinäscherung.«

»Und was ist der Unterschied?«

»Die rituelle Empathie, Herr Gösemann. Bei einer Termineinäscherung können Sie Ihrem Liebling in unserem Abschiedsraum in aller Ruhe Lebewohl sagen. Und von dort aus auch den Akt der Verbrennung über einen Monitor mitverfolgen.«

»Das klingt gut.«

»Aber es ist noch nicht alles«, Carl Lorenz strahlte. »Wenn Sie zum Beispiel aus geschäftlichen Gründen nicht persönlich vor Ort sein können, bieten wir Ihnen auch die Möglichkeit, die Einzeleinäscherung via Internet mitzuverfolgen.«

»Oder zu einem späteren Zeitpunkt per DVD nachzuvollziehen.«

»Richtig, Almut. Das ebenfalls.«

»Das wird nicht nötig sein. Meine Geschäfte laufen vorwiegend in Berlin. Ab und zu auch mal in Potsdam oder Nauen«, Bilal strich sich sein feuchtverklebtes Stretchoberteil glatt. »Was passiert denn mit der Urne nach so einer Verbrennung?«

»Das hängt allein von Ihnen ab. Sie könnten die Asche Ihres Freundes zum Beispiel in unserem Himmelsgartenhain verstreuen und dort einen Rosenstock mit seinem Namensschild pflanzen. Das Gelände befindet sich gleich hinter diesem Gebäude.«

»Oder Sie lassen sein Aschegefäß in unserer Urnenwand beisetzen. Mit einer von Künstlerhand gestalteten Verschlussplatte, sodass Sie für alle Zeit einen Ruhepunkt für Ihre Trauer haben. Ein Diego wurde dort bislang noch nicht beigesetzt.«

»In beiden Fällen erhalten Sie selbstverständlich ein beglaubigtes Zertifikat über die erfolgte Einäscherung. Als ewige Erinnerung auf Dokumentpapier.«

»Letztendlich ist das alles natürlich auch eine Frage der finanziellen Möglichkeiten.«

»Die Kohle ist egal«, sagte Bilal. »Mir geht es nur um Diego.«

»Dann liegt die Wahl allein bei Ihnen.«

»Was Sie mir bisher gesagt haben, das ist …«, Bilal zögerte. »Es ist nicht schlecht, aber einfach nicht ausgefallen genug. Nichts Besonderes. Das hat doch jeder. Mir fehlt irgendwie das Göttliche. Das ewige Element. Wie Diego es verdient hat.«

Die beiden Bestatter tauschten einen Blick aus, zögerten ihrerseits.

»Was meinst du …«, fragte Lorenz seine Schwester leise.

Almut nickte eindringlich: »Ja, Carl, sag es ihm.«

Der Bestatter zwang sich zur Ruhe und holte Luft. »Herr Gösemann, wir haben noch eine Beisetzungszeremonie, eine außergewöhnliche sogar. Ich würde sagen, eine absolut Vollkommene. Die für manche Menschen allerdings den Rahmen der herkömmlichen Trauerempathie sprengt.«

Bilal beugt sich vor, neugierig, ganz Ohr: »Und was ist das?«

»Wir nennen es … ein Karat Unendlichkeit.«

*

Nettelbeck trat aus dem Fahrstuhl und ging in Richtung seines Büros. Als er es fast erreicht hatte, wurde die Tür aufgestoßen.

Irina Eisenstein kam herausgestürzt, wütend, mit Tränen in den Augen. Sie knallte die Tür hinter sich zu und lief an Nettelbeck vorbei. Ohne ihn mit einem Blick zu registrieren. Am Ende des Ganges verschwand sie in ihrem Büro.

Nettelbeck schaute ihr verwirrt hinterher, dann betrat er seinen eigenen Arbeitsraum.

Täubner starrte mit verbissener Miene auf seinen Monitor, tat so, als hätte er Nettelbecks Eintreten nicht bemerkt.

»Hallo, Wilbert.«

»Ach, Martin … Na, wie war's?«

»Hielt sich in Grenzen«, Nettelbeck zog sein Jackett aus und hängte es über die Schulter. »Ziemlich schwül hier drin.«

»Das ist keine Anspielung, oder?«

»Wieso?«

»Ist dir Irina nicht gerade in die Arme gelaufen?«

»Sie lief an mir vorbei.« Nettelbeck trat an ein Fenster und öffnete es. »Die Kollegin Koschke besteht darauf, dass der Zugriff noch heute erfolgt.«

»Nicht dein Ernst …«

»Ich habe alles versucht, ich konnte sie nicht davon abbringen. Dann lass uns die Kollegen zusammentrommeln.«

Täubner blickte Nettelbeck wortlos an und der lächelte.

»Du packst die Unterlagen zusammen. Ich hole Irina.«

»Gute Idee«, antwortete Täubner und grinste schwach.

*

»Er ist wunderschön«, fasziniert betrachtete Bilal den Edelstein, der vor ihm auf dem Samtkissen glitzerte.

»Er wurde aus der Asche eines verstorbenen Rauhaardackels erschaffen«, sagte Almut Lorenz. »In einem sehr aufwendigen Verfahren, wie Sie sich vorstellen können.«

»Und das ginge auch mit einer Deutschen Dogge? Mit Diego? Er war ja mindestens anderthalb Meter größer als so 'n Dackel.«

»Jede Hunderasse ist geeignet. Vom Afghanischen Windhund bis zum Zwergpinscher.«

»Wir sprechen übrigens von einer Diamantbestattung«,

ergänzte Carl Lorenz. »Und der Stein heißt Erinnerungsdiamant.«

»Wäre es nicht eine wundervolle Verbindung zu Ihrem geliebten Freund, Herr Gösemann? Zeitlos, individuell und einzigartig zugleich.«

»Und darüber hinaus äußerst pietätvoll.«

»Ja, Wahnsinn – ein Erinnerungsdiamant! Das ist die Lösung. Dann könnte ich Diego immer dabeihaben.«

»Natürlich. Sie können den Stein als Rohdiamant erhalten oder wir lassen ihn speziell nach Ihren Wünschen schleifen«, Almut Lorenz bewegte das Samtkissen ein wenig, sodass ein Lichtstrahl auf den Diamanten fiel und er bläulich aufleuchtete. »Bei unseren Trauernden sind Brillant- und Smaragdschliff besonders beliebt.«

»Auf Wunsch kann der Stein auch noch mit einer Inschrift versehen werden. Mittels einer hochpräzisen Lasergravur, die nur unter dem Mikroskop sichtbar ist.«

»Ist ja irre …«

»Sicherlich interessiert es Sie, wie der Herstellungsprozess im Einzelnen abläuft, Herr Gösemann.«

»Klar.«

»Nach der Einäscherung wird aus der Totenasche der Kohlenstoff extrahiert und mit Höchsttemperatur und unter größtmöglichem Druck in Grafit umgewandelt. Daraus wird dann in einem längeren Wachstumsprozess der eigentliche Diamant transformiert. Die Dauer dieses Vorgangs ist natürlich abhängig von der gewünschten Steingröße.«

»Auf ein, zwei Tage mehr kommt es mir echt nicht an.«

»Pardon, Herr Gösemann, wir reden hier von einem längeren Zeitraum …«

»Und das heißt?«

»Mehrere Wochen. Mindestens. Möglicherweise sogar Monate.«

»Was? Geht das nicht schneller?«

Die Geschwister tauschten einen Blick aus. Zögerten. Überlegten. Wechselten erneut einen Blick.

»Unter Umständen gäbe es eine Möglichkeit.«

»Allerdings nicht ganz legal.«

»Und es wäre mit höheren Kosten verbunden.«

»Es käme nämlich noch ein Eilaufschlag dazu.«

»Kein Problem, das zahl ich.«

»Ausgezeichnet, Herr Gösemann. Unter dieser Voraussetzung könnten wir Ihnen Ihren Erinnerungsdiamanten schon innerhalb der nächsten Tage liefern.«

»Wie soll der Stein denn ausfallen?« Bestatter Lorenz deutet auf das Samtkissen. »Etwa in dieser Form und Größe? Würde Ihnen das zusagen?«

»Das wäre perfekt.«

Almut Lorenz nahm ein Formular aus einem Aktenschrank: »Dann halte ich fest: ein Diamant mit einem Karat … Smaragdschliff … Möchten Sie auch noch eine Gravur?«

»Unbedingt, Sekunde …«, Bilal überlegte einen Moment, grübelte, dann ging ein Strahlen über sein Gesicht. »Ich hab's: Diego, my love, forever unforgotten.«

»Das ist äußerst poetisch, Herr Gösemann, wirklich sehr schön.«

»Finde ich auch.«

Die Bestatterin füllte das Formular aus, addierte die Summen. Dann lächelte sie Bilal treuherzig an. »Elftausendneunhundertneunzig Euro für den Diamanten einschließlich der Einäscherung … eine Lasergravur für vierhundertachtzig Euro … Plus des Eilzuschlages für die Blitz-Diamanten-Herstellung in Höhe von eintausendfünfhundert Euro … Prima, ist ja viel weniger als ich dachte. Macht insgesamt dreizehntausendneunhundertundsiebzig Euro.«

Almut Lorenz schob Bilal das Formular zur Unterschrift hin. Der betrachtete die Endsumme geschockt.

»Stimmt etwas nicht, Herr Gösemann?«

»Doch, doch, alles in Ordnung.« Todesmutig griff Bilal nach dem Kugelschreiber. Zögerte erneut. Und unterschrieb.

Das Bestattergeschwisterpaar lächelte Bilal an. Aber keineswegs bulldoggenhaft grimmig, sondern wie zwei liebesbedürftige Chihuahuas.

*

»Ging es bei eurem Streit um etwas, das ich wissen sollte?«, fragte Nettelbeck und blieb im sicheren Abstand zu der Ermittlungsangestellten hinter dem wuchtigen Bürokopierer stehen.

Irina sah ihren Kollegen herausfordernd an, mit einem Ausdruck, den er in Bezug auf seine Person noch nicht kannte. »Indirekt schon. Aber in erster Linie war es persönlich.«

»Möchtest du darüber sprechen oder nicht?«

»Über die private Komponente?«

»Wenn du willst.«

»Beschränken wir uns auf die dienstliche.«

Nettelbeck zuckte die Achseln.

»Wir haben uns über den Zugriff auf Ploogs und Leitners Restaurant gestritten, warum ihr zwei gegen eine Razzia seid. Im Gegensatz zu Frau Koschke.«

»Deswegen habt ihr euch verkracht? Echt? Dass Kollegen verschiedener Meinung sind, kommt am Tag millionenmal vor. Das ist die Sache nicht wert.«

»Für euch nicht. Weil ihr Männer seid.«

Nettelbeck grinste, versuchte, die Situation zu entkrampfen. »Glasklar erkannt, Frau Kollegin.«

Irina verschränkte die Arme vor der Brust, sichtlich pikiert. »Martin, das ist doch nicht dein Niveau. Mach hier nicht auf Wilbert.«

Nettelbeck verließ seine Schutzburg, griff sich einen Stuhl und nahm gegenüber Irina Platz. »Also reden wir. Wieso verstehst du nicht, warum ich in dem Fall besonders vorsichtig bin? Du hast dich gründlich mit Ploog beschäftigt, ja?«

Irina nickte.

»Mit Leitner auch?«

»Nicht so sehr.«

»Hättest du aber tun sollen. Frag dich mal, wieso alle bisherigen Zugriffe ausnahmslos Flops waren. Und frag dich, ob es eventuell daran gelegen haben könnte, dass die Razzien immer an Orten erfolgten, an denen sich zur selben Zeit auch Leitner aufhielt.«

»Und was folgerst du daraus? Dass es bei uns einen Maulwurf gibt?«

»Ach was. Nein, die beiden sind so gut vernetzt, dass sie es nicht nötig haben, bei irgendwelchen öffentlichen Treffen gemeinsam aufzutreten. Warum sollten sie ein Risiko eingehen?«

»Dann wird Ploog also nie gefasst.«

»Doch. Aber nicht auf direktem Weg, sondern über Leitner. Wilbert hat das verstanden. Im Gegensatz zur Kollegin Koschke.«

Irina schien etwas erwidern zu wollen, schluckte es jedoch herunter.

»Falls du es anders siehst, Irina, dann sag es ruhig.«

»Nicht so wichtig. Dieser Leitner … wie hängt er mit Ploog zusammen?«

»Zum ersten Mal sind sie 1981 aktiv geworden. Ploog und Leitner haben in Berlin leer stehende Mietshäuser aufgekauft, im großen Stil. Über hundert Gebäude, die großteils von Hausbesetzern in Beschlag genommen worden waren.«

»Davon habe ich gehört. Okay, ich konnte bei Ploog nichts finden, was auf eine gemeinsame Firma mit Leitner hinweist. An den Bauprojekten in den letzten Jahren waren sie immer nur mit unabhängigen Unternehmen beteiligt.«

»Sie benutzen seit Jahren die unterschiedlichsten Konstruktionen. Haben Strohmänner eingesetzt, ausländische Firmensitze vorgeschoben, eine ganze Latte gezielt geplanter Konkurse hingelegt. Komischerweise tauchte immer nur einer von ihnen dabei namentlich auf. Du kannst aber davon ausgehen, dass der eine dem anderen jeweils den Rücken freigehalten hat. Das sagt dir jeder in der Baubranche.«

»Aber dass Ploog mehrfach der Vergewaltigung beschuldigt wurde, ignoriert die Branche natürlich.«

»Bislang wurde er noch nie vor Gericht gestellt. Also gilt er weiterhin als geachtetes Mitglied der Berliner Gesellschaft. Aber das werde ich ändern.«

Plötzlich strahlte Irina. »Hast du dich deshalb entschlossen, die Razzia heute durchzuführen?«

»Die halte ich nach wie vor für falsch. Ich mache das nur auf Anweisung unserer Chefin. Aber ich werde Ploog schnappen. Das verspreche ich dir. Nur eine Frage der Zeit. Du bist nicht die Einzige, die was gegen Sexmonster hat.«

*

… Titten … Titten … Titten … Titten …
Schwuppdiwupp und Rums-Rabau!
Plötzlich klatschte unser Hasso,
auf die Fresse – Au, Au, Au!

Da lag er also. Hilflos wie ein neugeborenes Baby. Auf dem fußballfeldgroßen Bidjar-Teppich, den ihnen der Innenarchitekt aufgeschwatzt hatte, dieses dämliche schwule Arschloch. Alle viere von sich gestreckt, schnappte Hasso

Rohloff nach Luft, hechelte schnarrend, verbot sich jede weitere bekloppte Reimerei. Griff vorsichtig nach hinten, an seine linke Hüfte, an den neuralgisch schmerzenden Punkt unterhalb der letzten Rippe. Dachte daran, dass er früher, vor nicht einmal drei Jahren, mindestens fünfundzwanzig tittenstimulierte Liegestütze geschafft hatte. Und jetzt? Jetzt schaffte er keine zehn mehr. Verfickte Kacke! Düsseldorfer Altbier-Inzucht! Wurde er ein Greis? Mit gerade mal vierundsiebzig Jahren?

Millimeterweise robbte Hasso zu der riesigen Couchlandschaft, die sich schlangenförmig in den hinteren Teil des Townhouses wandte, und wuchtete sich mühsam hoch. Ließ sich vorsichtig in die Polster sacken und japste gequält.

Da saß er nun. In seinem todschicken fliederfarbenen Trainingsanzug, den Míla ihm zu Weihnachten geschenkt hatte. Er kam sich hundeelend vor, völlig deplatziert, am falschen Ort festgenagelt. Fast so wie bei dem Fiasko in der Charité, seiner definitiven Niederlage, dem Hasso-Rohloff-Waterloo in der Sexualmedizinischen Station II.

Seit anderthalb Jahren hatte Hasso Erektionsschwierigkeiten, hatte schlichtweg keinen mehr hochgekriegt. Míla gegenüber erging er sich in Ausflüchten, vermied das Thema Sex. Schon bald lebten sie wie Bruder und Schwester nebeneinanderher. Sexlos, friedlich. Hasso legte sich ein neues Hobby zu, sammelte nun penisartige Tiere, genauer gesagt, suchte er Informationen über Tiere, die dem männlichen Geschlechtsorgan möglichst ähnlich sahen. Fünf Exemplare hatte er bereits gefunden: den Axolotl *(Ambystoma mexicanum)*, die Elefantenrüsselmuschel *(Panopea abrupta)*, den Grottenolm *(Proteus anguinus)*, den Igelwurm *(Urechis caupo)* und den Nacktmull *(Heterocephalus glaber)*. Letzterer war Hassos erklärter Liebling, da er seiner Meinung nach von allen penisartigen Tieren dem männlichen Geschlechtsorgan am ähnlichsten sah. Aber alle fünf waren prachtvolle penisartige Inkarnationen im unergründlichen Tierreich. Und alle fünf in Hassos Augen überaus anbetungswürdig.

Der einzige Mediziner, dem Hasso nach seiner Ärzteodyssee noch vertraute, war sein Hals-Nasen-Ohren-Arzt. Mit ihm hatte er das heikle Thema auch besprochen, natürlich stellvertretend für einen imaginären Freund aus Bad Godesberg. Der HNO-Arzt bezeichnete das Sammeln penisartiger Tiere als Projektion von Impotenz durch Verschiebung, um sich so dem allmählichen Verschwinden der männlichen Potenz zu entziehen. Erektile Dysfunktion im schleichenden Übergang zur Impotenz. Bekloppte Erklärung eines bekloppten HNO-Arztes – als wenn ihm der Scheiß nicht selbst klar gewesen wäre. Spätestens morgens beim Pissen. Heureka, alter Willy, auf geht's zur nächsten Schlacht. Viele werden nicht mehr kommen.

Míla zwang ihn schließlich zur Rede und Hasso beichtete ihr den ganzen Scheiß. Unter Tränen, schnief, schnief. Míla bewies unendliche Geduld. Hatte ihm monatelang einen geblasen, gefühlte tausend Mal am Tag. Das brachte nichts. Aber Míla hatte tapfer gelächelt und einen Fünf-Punkte-Plan aufgestellt: Der sanfte Weg zur Wiedererlangung von Hassos Manneskraft. Von da an hatte er nur noch mit Brombeermarmelade gefrühstückt, da die darin enthaltenen Anthocyane seinen Penis angeblich mit dem nötigen Blut versorgen würden, um noch die klitzekleinste Hasso-Erregung in einen hammerharten Ständer zu verwandeln. Aus dem gleichen Grund aß er auch eine ganze Tafel Zartbitterschokolade pro Tag, voll mit Epicatechin – doppelt hält besser –, um seinen alten Willy wieder auf Vordermann zu bringen. Schön wär's gewesen. Auch nur Quatsch.

Das Rauchen hatte er schon vor neun Jahren aufgegeben, jetzt strich Míla ihm auch noch die letzte sonntägliche Havanna. Schickte ihn stattdessen zur Akupunktur, wo er ängstlich darauf wartete, dass man ihm die Nadeln in die Eier jagte. Doch der China-Clown setzte ihm die Dinger in den Rücken, behutsam, entlang der Wirbelsäule. Wirkungsgrad null. Von wegen im Bett wieder leistungsfähig. China-Clown-Gelaber. Dann das endgültige Grauen: Beckenbodengymnastik. »Wie trainiert man seinen Beckenboden, Doktor?« »Stellen Sie sich vor, Sie möchten pinkeln, Herr Rohloff, und gerade wenn es losgeht, halten Sie inne, als wollten Sie so eine frühzeitige Ejakulation verhindern. Und das bitte dreißigmal täglich eine Minute lang.«

Schließmuskel-Beckenboden-Kontraktion. Gott weiß, was Míla noch alles mit ihm ausprobiert hätte, aber er hatte entnervt abgewunken, selber das Ruder übernommen.

Ein schöner Steuermann war er. Trotz der Familienpackungen *Cialis*, *Levitra* und *Viagra*, die er in sich hineinstopfte, der manuell und elektrisch betriebenen Penispumpen, der Inkognito-Probestunde in der Selbsthilfegruppe *Erektile Dysfunktion Eisenhüttenstadt* – wofür er extra eineinviertel Stunden hin- und eineinviertel Stunden retour gefahren war – blieb alles wirkungslos, war alles nur Quälerei.

Aber Hasso gab nicht auf, pilgerte zu den weißen Halbgöttern der Charité. Sie hatten ihn untersucht, ihm irgendwas in seinen alten Willy gespritzt. Vergeblich, da regte sich nichts. Die Zukunft sah düster aus, hoffnungslos. Ihm blieb nur noch eine letzte Hoffnung, ein Schwellkörperimplantat. Eine Pumpe im Hodensack. Ein paar Mal fest draufgedrückt, schon läuft die Kraftbrühe in die Zylinder und der alte Willy steht wie eine Eins. Wenigstens theoretisch. Hasso solle es sich in Ruhe überlegen, meinten die Ärzte, sich mit seiner Frau beraten, die Konsequenzen abwägen.

Als Hasso nach der Untersuchung mit dem Fahrstuhl abwärtsfuhr, schwoll sein Schwanz an. Gewaltig, wie noch nie zuvor, hatte er den Eindruck. Die Spritze wirkte mit Verzögerung. Doch dafür umso mächtiger. Hasso konnte sich kaum bewegen, die Erektion tat höllisch weh, rieb am Innenfutter seiner Hose. Er stand breitbeinig im Fahrstuhl, zitterte vor Schmerz, hielt sich an der Wand fest, bemüht, seinen Schwanz nirgendwo anstoßen zu lassen.

Mühsam schleppte er sich aus der Klinik, humpelte zu seinem Bentley Arnage, ließ sich auf den Fahrersitz fallen. Was er gerade erlebte, war seine allerletzte Erektion. Das war Hasso schmerzlich bewusst. Das Ende war gekommen.

*

Walid Sharif, genannt Abu Halil – das bedeutet Vater des ältesten Sohnes Halil –, blickte auf das dicke Bündel Fünfhunderteuroscheine in seiner Hand und konzentrierte sich. Er überlegte, was er heute noch alles berücksichtigen musste, um seine Geschäfte am Laufen zu halten. Harte Arbeit, die er jeden Tag erledigte. Eigentlich viel zu schwer für einen Hirtenjungen, der er im Grunde immer noch war. Und auch immer bleiben würde. Auch wenn er es vor allen geheim hielt: Er liebte die Ziegen. Er hatte sie immer geliebt. Er war der Hüter der Ziegen.

Durch das vergitterte Fenster blickte Walid Sharif auf die mit Efeu zugewachsene Brandmauer. Er fragte sich, wann das Grünzeug endlich aufhören würde zu wachsen, sein Eigentum zu beschädigen. Was würde passieren, wenn die Kletterpflanze irgendwann den Dachfirst erreichen würde? Was nur noch eine Frage von wenigen Monaten war. Würde sie dann über das Dach hinauswachsen und nach und nach das ganze Haus verschlingen? Sollte er die Wurzeln nicht vorsichtshalber abhacken lassen? Walid Sharifs Blick ging in den benachbarten Hinterhof, der zu dem einzigen Mietshaus gehörte, das er in der Straße noch nicht erworben hatte. Er musterte die schludrig abgestellten Fahrräder neben den überquellenden Müllcontainern. Sie erinnerten ihn an die Horde Ziegen, die er als Junge gehütet hatte. In Syrien, im Grenzland zu Anatolien, wo man keine Grenzen kannte. Damals. Heute herrschte im Grenzland Krieg. Schon wieder oder immer noch.

Walid Sharif und seine Familie waren Mhallamis, also kurdischer oder arabischer Herkunft. Als Bürgerkriegsflüchtlinge konnten sie Mitte der Siebzigerjahre vom Libanon nach Syrien fliehen. Doch dort reichte es nicht zum Überleben. Also mussten die Sharifs weiterziehen, kamen 1982 nach einer langen Irrfahrt in Deutschland an. Dem ersehnten Paradies. Aber leider etwas zu spät, die meisten Geschäfte waren schon von anderen Clans besetzt. Was blieb, war das Kleingeldgeschäft, das, was die anderen liegen gelassen hatten. Walid Sharif warf sich in den täglichen Kampf, in die harte Auseinandersetzung. Vierundzwanzig Stunden am Tag, sieben Tage die Woche, von Sonntag bis Samstag, einunddreißig Tage im Monat, dreihundertfünfundsechzig Tage im Jahr, Urlaub – vergiss es, drei Jahrzehnte lang Arbeit ohne Ende. Berührungsängste kannte er nicht und die Geschäfte weiteten sich mit der Zeit aus. Drogen, Schutzgelder, Prostitution, Schleusergeschäfte – Walid Sharifs Familie machte alles. Und zwar billig, billig, billig.

Was andere verschmäht hatten, dessen nahmen sich die Sharifs an. Verzauberten Scheiße in Dreck und Dreck in Gold. Der Gewinn verschwand in Automatenkasinos, im Gebrauchtwagenhandel, in Lebensmittelgeschäften und Getränkemärkten. Wurde legal, gewaschen durch Läden, die die Frauen des Clans betrieben. Walid Sharif wagte sich immer weiter vor, erkundete unbekanntes Terrain, kaufte heruntergekommene Immobilien, sanierte sie, verkaufte weiter.

Geldwäsche. Wunderbar. Ein Kreislauf, den auch ein Ziegenhirte verstand. Manchmal kam Walid Sharif sich vor wie Aladin mit der Wunderlampe, der Junge aus dem Märchen, aus dem ihm seine älteste Tochter Fatima immer vorlas, nachdem er sie abends ins Bett gebracht hatte.

Jetzt war Walid Sharif ein reicher Mann, ein wichtiger Mann. Er dachte an die dreiundvierzig Mietshäuser, die er inzwischen in Berlin besaß, an die Firmen und Läden, die er kontrollierte. Dachte an die Bordelle und Drogenumschlagplätze, an seine legalen und illegalen Aktivitäten.

Aber Walid Sharif hatte auch Sorgen, die ihn oft beunruhigten. Heute waren es ausnahmsweise keine geschäftlichen, dafür umso drückendere private. Sein Liebling Fatima war immer noch nicht verheiratet und ihre Zeit lief allmählich ab. Abu Halil wusste, dass Fatima nicht hübsch war. Nein, er konnte es nicht leugnen, Fatima war ziemlich unansehnlich. Selbst mit liebenden Vateraugen betrachtet. Doch sie war ein sanftmütiges Mädchen. Und es war Walid Sharifs Ziel, ihr einen guten Ehemann zu verschaffen, den allerbesten, selbst wenn er dafür über Leichen gehen musste. Was das geringste Problem wäre.

Ein Vater der Mhallamis sucht für seine Tochter im heiratsfähigen Alter zuerst in der engeren Verwandtschaft nach einem geeigneten Ehemann, unter den Cousins und Neffen, Onkeln zweiten und dritten Grades, den nächsten Blutsverwandten. Er prüft, berät sich, prüft erneut. Er überlegt und wägt ab. Dann berät er sich mit seinen Brüdern und Onkeln ersten Grades, durchleuchtet die infrage kommenden heiratswilligen jungen Männer, prüft, berät sich, prüft erneut. Die Auswahl des Lebenspartners will gut überlegt sein, von beiden Geschlechtern. Also spricht der Vater mit seiner Frau. Unter vier Augen, nachts, im Dunkeln des Schlafzimmers, prüft, berät sich, prüft erneut. Erst wenn sich in der engen Verwandtschaft kein Ehemann findet, sieht sich der Vater in der weiteren Verwandtschaft um und bei befreundeten Clans. Prüft, berät sich, prüft erneut. Nach und nach wird es schwierig mit dem Prüfen und Beraten. Schwierig, wenn kein passender Bräutigam zu finden ist.

Nicht, dass Walid Sharif außergewöhnlich anspruchsvoll war, nein, das Problem lag an Fatima und ihrer verfluchten Klugheit. Die Fatima von ihrem Vater geerbt hatte, wie sie ihm immer wieder unter die Nase rieb. Aber in dem Punkt glaubte er seinem Liebling nicht. So klug wie Fatima war er nicht, würde er niemals sein. Er war ein Junge aus dem Grenzland, ein Ziegenhüter.

Walid Sharif blickte erneut auf die Fahrräder und seufzte. Er holte einen Schlüsselbund aus der Jackentasche und schloss den massiven Stahlschrank auf, der neben dem Fenster stand. Er legte das Bündel Fünfhunderteuroscheine in das oberste Fach, neben anderen dort deponierten Geldstapeln, und nahm ein abgewetztes ledernes Notizbuch heraus. Walid Sharif verschloss die doppelwandigen Flügeltüren des Schrankes und verließ das Hinterzimmer.

*

Die Luft im Besprechungsraum war erdrückend. Die Klimaanlage funktionierte nur phasenweise und die Hitze hatte freie Bahn.

Martin Nettelbeck lehnte am Tisch der Einsatzleitung, schwitzte und musterte schlecht gelaunt seine Kollegen. Die meisten trugen Einsatzkleidung, nur wenige waren in Zivil. Sie alle hatten seine Ausführungen mäßig interessiert verfolgt, was entweder der Hitze geschuldet war, dienstlicher Abgebrühtheit oder der Aussicht, sich den Nachmittag mal wieder mit irgendwelchen aufgeblasenen Großkotzen herumzuschlagen. Berufliche Begeisterung sah nach Nettelbecks Auffassung jedenfalls anders aus.

»Das ist unser Mann«, sagte Irina, die als Einzige im Raum taufrisch wie der junge Morgen wirkte. Gemeinsam mit Wilbert Täubner ging sie durch die Reihen und verteilte Fahndungsfotos von Robert Ploog. Dabei bemühten sie sich, den Blickkontakt miteinander zu vermeiden.

Nettelbeck seufzte lautlos.

»Möglicherweise hat er sich leicht verändert«, sagte Täubner. »Bart- oder frisurmäßig. Trägt vielleicht auch keine Brille mehr, sondern Kontaktlinsen.«

»So weit alles klar?« Nettelbeck nahm sein Jackett vom Tisch. »Oder noch irgendwelche Fragen?«

»Was ist mit dem SEK, Martin?«

»Genau, unterstützen die uns?«

»Warum sollten sie?«, fragte Nettelbeck zurück.

»Ploog ist immerhin ein mehrfach auffällig gewordener Gewalttäter.«

»Garantiert ist er bewaffnet.«

»Und?«

»Martin, weißt du, mit welchen kriminellen Typen sich Ploog dort trifft?«

Nettelbeck antwortete nicht, schlüpfte in sein Jackett.

»Deswegen können wir jede Unterstützung gebrauchen.«

»Die meisten von uns haben schließlich Frauen und Kinder.«

»Ich nicht, ich bin glücklich geschieden!«

Die Einsatzkräfte lachten.

»Im Ernst, Martin, wir sollten wirklich das SEK einschalten.«

»Richtig. Schon sicherheitshalber.«

»Ihr seid also der Meinung, dass eine besondere Gefährdung vorliegt?«, sagte Nettelbeck.

»Würde ich sagen.«

»Kann ich auch nur unterschreiben.«

»Ich bin anderer Ansicht«, widersprach Nettelbeck. »Achtet auf normale Eigensicherung. Das reicht.«

»Martin, ich kenne das Gebäude. Das ist riesig, da gibt es zig Fluchtwege. Lass uns das SEK hinzuziehen.«

»Sollen sich die Kollegen vom Hubschrauber abseilen und den Laden mit einem Rammbock stürmen?«

»Wär doch mal was …«

»Und die Touristen klatschen Beifall, ja? Nein, wir machen so wenig Aufheben wie möglich.«

»Machen wir doch immer. Ist sozusagen unser Spezialgebiet.«

Erneut lachten die Einsatzkräfte.

Nettelbeck zeigte keine Reaktion. »Lasst euch von jedem Gast den Ausweis zeigen. Auffällige Personen werden möglichst dezent separiert und durchsucht. Aber geht bitte besonnen vor. Wer weiß, welche VIPs dort abhängen und hinterher auf dicke Hose machen.«

»Unser Vorgehen ist nur bedingt der Gefahrenabwehr zuzuordnen«, schaltete sich Täubner ein. »Wir betreten die Räumlichkeiten, um konkret nach einer bestimmten Person zu suchen. Ploog können wir definitiv mehrere Straftaten vorwerfen, bei seinem Geschäftspartner Leitner ist das nicht der Fall.«

»Deswegen werden wir auch höflich sein und das Personal um Kooperation bitten«, Nettelbeck erhob die Stimme. »Ich wiederhole: bitten!«

Täubner trat neben Nettelbeck und wedelte sich mit einem der Fahndungsfotos Luft zu.

»Und das heißt auch, wir bedanken uns bei den Gästen für ihr Verständnis und die positive Grundeinstellung während der Aktion.«

Täubner sah Nettelbeck fragend an, doch dessen Smartphone klingelte. Der Kommissar nahm das Gespräch entgegen. »Ja, Jutta? – Sag an, hast du es dir anders überlegt? – Wieso? Wäre ja nicht das erste Mal. – Die Litanei brauchst du mir nicht noch mal vorzubeten. – Okay, dann fahren wir jetzt los.«

*

Walid Sharif nahm sein Teeglas vom Schreibtisch, trank einen Schluck und betrachtete seine drei ältesten Söhne, die vor ihm auf den Besucherstühlen saßen. Der Erstgeborene Halil arbeitete als seine rechte Hand, der Zweitgeborene Ghassan kümmerte sich um den Drogenumschlag und die Automatenkasinos, der Drittgeborene Rashid kontrollierte die Bordelle und den Gebrauchtwagenhandel. Die zwei jüngsten Söhne Musa und Jusef hielt Walid Sharif noch aus allem heraus, sie würden erst in den nächsten Jahren schrittweise in die Familiengeschäfte eingebunden werden. Mit seiner Frau Ahlam hatte Walid Sharif noch drei Töchter – Fatima, Layla und Shirin. Die Frauen kümmerten sich aber nur um die legalen Geschäfte, die Lebensmittelläden, die Getränkemärkte und das *Café Sinbad*. Das echte Geschäft lag bei den Männern.

Walid Sharif liebte seine Söhne, auch wenn keiner von ihnen in seinem Herzen je den Platz erreichen würde, den Fatima einnahm. Es waren schlaue Jungs, geschäftstüchtig und zielstrebig. Aber keiner von ihnen verfügte über Fatimas Intelligenz. Halil benahm sich wie ein Manager, trug einen eleganten Anzug, eine teure Krawatte und handgefertigte Schuhe, dabei hatte er noch nicht einmal den Hauptschulabschluss geschafft. Aber sein Erstgeborener konnte sich durchsetzen, auch wenn er seine Brutalität geschickt versteckt hielt.

Ghassan war sechsundzwanzig Jahre alt und äußerlich das

Gegenteil seines älteren Bruders. Er kleidete sich wie ein minderjähriger Hip-Hopper, war totaltätowiert und kiffte eindeutig zu viel. Auf den ersten Blick kein ernsthafter Mann, sondern eine Lachnummer. Aber Ghassan ließ sich von niemandem auf der Nase herumtanzen, hatte bereits mit dreizehn Jahren einen doppelt so alten Dealer krankenhausreif geschlagen. Nachdem Ghassan den Drogenverkauf übernommen hatte, war der Umsatz in kurzer Zeit um dreißig Prozent gestiegen.

Rashid gehörte während der Schulzeit immer zu den Klassenbesten. War fast so gut wie Fatima, die Walid Sharif nach dem Wunsch seiner Frau aber von der Schule nahm, sowie sie den Hauptschulabschluss erreicht hatte. Rashid wollte sogar das Abitur machen, doch seine älteren Brüder redeten es ihm aus: »Wozu der Quatsch? Verdiene lieber Geld.« Und das tat Rashid dann auch. Mit seinem Laptop fuhr er dreimal täglich die Bordelle und Gebrauchtwagencenter an, ließ sich die aktuellen Umsatzzahlen vorlegen. Rashid liebte es, die Angestellten bei Fehlern zu erwischen. Entschuldigungen ließ er nicht gelten, drohte den Übeltätern und schoss dabei oft übers Ziel hinaus. Walid Sharif fand das unnötig, war in der Sache aber machtlos, seine Söhne deckten sich grundsätzlich gegenseitig.

Die drei warteten nun darauf, dass ihr Vater das Gespräch eröffnete. Walid Sharif stellte sein Teeglas ab und lehnte sich in dem geschnitzten Lehnstuhl zurück, den er zur Hochzeit geschenkt bekommen hatte und dessen Goldbrokatbezug mittlerweile ziemlich verschlissenen war.

»Welche Nachrichten bringst du mir, ältester Sohn?«

»Keine guten, Abu Halil. Sehr schlechte sogar, muss ich leider sagen.«

»Erzähle es deinem Vater. Akzeptiert man unsere Bedingungen nicht mehr? Wollen sie einen höheren Anteil?«

»Das nicht. Geschäftlich lief alles bestens.«

»Wir haben bei den Gesprächen in Duisburg einiges für uns herausgeholt«, ergänzte Rashid.

»Wir bekommen jetzt dreimal im Monat neue Mädchen«, Ghassan blickte von seinem Laptop hoch. »Erstklassige junge Kräfte. Und alle bereits voll angelernt.«

»Wo liegt dann das Problem?«

»Fatima ...«

»Was ist mit ihr?«

»Vater, wir haben mit allen Familien gesprochen«, Halil tauschte einen Blick mit seinen Brüdern aus, als wolle er sich bei ihnen Unterstützung holen.

»Mit den Baydemirs aus Gelsenkirchen, mit Zülfü Doðans Familie, den Güngörs aus Oberhausen, mit Ekrem Otaçs Sippe und den beiden Aridibrüdern aus Bochum.«

Walid Sharif trank sein Glas leer und stellte es ab. Rashid stand auf, goss seinem Vater Tee nach und warf vier Stückchen Zucker ins Glas.

»Und weiter?«

»Zuerst waren alle sehr interessiert.«

»Haben sich förmlich den Arsch aufgerissen, um sich bei uns einzuschleimen.«

»Bis wir ihnen Fatimas Fotos gezeigt haben.«

»Das war dann jedes Mal das Ende.«

»Wir sind nicht mal dazu gekommen, Fatimas Widescreen-HD-Film vorzuführen.«

»Die haben sofort dichtgemacht und uns mit irgendwelchen Ausreden genervt.«

»So 'ne bescheuerte Kacke hab ich in meinem ganzen Leben noch nicht gehört.«

»Zülfü Doðan hat behauptet, seine Söhne seien noch viel zu jung, um zu heiraten. Dabei sind beide volljährig, schon fast zwanzig.«

»Faik Baydemir wollte uns einreden, dass seine Söhne bereits fest versprochen seien. Alle drei. An Cousinen aus Savur.«

»Den größten Brüller hat Şerîf Güngör gebracht. Erst hat er rumgenuschelt, dass sein ältester Sohn aus irgendwelchen Gründen noch nicht heiraten könne. Warum wollte er uns nicht sagen.«

»Wir haben natürlich nachgehakt, Vater, mit allem Respekt und der nötigen Ehrerbietung, wie du es uns beigebracht hast, aber Şerîf Güngör druckste nur noch mehr herum. Machte auf dickes Geheimnis.«

»Als wäre sein Sohn irgend so eine bescheuerte Schwuchtel, für die er sich schämen muss.«

»Dann hat er uns irgend 'nen religiösen Mist aufgetischt. Von wegen fünfjähriges Enthaltsamkeitsgelübde, Pilgerfahrt nach Mekka und Medina, der ganze alte Quark eben.«

»Ekrem Otaç war aber auch nicht besser. Angeblich müssen zwei seiner Söhne ab nächsten Monat ihren Militärdienst in Ankara ableisten. Und zwar gleichzeitig. Der hat uns für völlige Hirnis gehalten. Als wenn schon jemals irgendein Mhallami eingezogen worden ist, wenn er nicht wollte.«

»Und was haben die Aridibrüder gesagt?«

Die drei Brüder wichen dem Blick ihres Vaters aus.

Walid Sharif nahm einen Schluck Tee und wartete. Nahm einen weiteren Schluck. »Halil, würdest du deinem Vater bitte antworten …«

»Es wäre ihnen eine Ehre, wenn sich unsere Familien miteinander verbinden würden, Vater. Musa Aridi, der älteste Sohn von Ekrem Aridi, ist noch unverheiratet. Er hat uns versichert, dass er Fatima sehr gerne zur Frau nehmen würde.«

»Die Mitgift, Halil, was verlangen die Aridibrüder von uns?«

Halil, Ghassan Rashid und tauschten erneut einen Blick aus.

»Siebenhundertfünfzigtausend Euro. Plus einem sechsprozentigen Anteil an all unseren Geschäften.«

Walid Sharif knallte die Tasse auf den Tisch, sodass reichlich Tee auf die lederne Schreibtischeinlage schwappte: »Die sind ja größenwahnsinnig. Das ist völlig ausgeschlossen!«

»Du hast recht, Vater. Das denken wir auch.«

»Und was sollen wir jetzt machen?«, sagte Rashid. »Ich könnte ihnen ein paar Männer vorbeischicken ...«

Statt einer Antwort griff Walid Sharif in die Tasche und holte das abgewetzte Notizbuch heraus. Er blätterte eine Weile darin, fand, was er suchte. Mühsam entzifferte er die Buchstaben, verzichtete aber darauf, einen seiner Söhne um Hilfe zu bitten.

Schließlich klappte er das Buch wieder zu und steckte es ein. »Yasser Omaris ältester Sohn Abdul ist noch unverheiratet.«

»Ist er nicht schon über fünfzig, Vater?«

»Nein, erst neunundvierzig.«

»Aber Abdul ist grottenhässlich.«

»Und halb schwachsinnig.«

»Stell dir vor, wie Fatimas Erstgeborener aussehen wird, Vater. Dein Enkel.«

»Zumal Fatima ja auch keine ...«

Walid Sharif warf Halil einen Blick zu und sein Sohn verstummte.

»Ich musste in meinem Leben viele Opfer bringen. Das wird auch auf euch zukommen. Da kann ich Fatima nicht ausnehmen. Unsere Familie macht mit den Omaris seit fast dreißig Jahren Geschäfte. Ich habe schon Kokain von ihnen aus Rotterdam bezogen, als ihr noch gesäugt wurdet.«

»Verstehe Vater, eine Verbindung mit den Omaris wäre für unsere Geschäfte natürlich ideal.«

Walid Sharif nickte: »Ich telefoniere morgen mit Yasser

Omari, um die Lieferung für die kommende Woche festzulegen. Dabei werde ich das Thema Heirat ansprechen.«

*

Das rötliche Backsteingebäude lag in einer der Seitenstraßen, die vom Gendarmenmarkt abgingen. Es war ehemals eine katholische Kirche, deren straßenseitige Giebelfassade von Geschäftshäusern eingerahmt wurde. Gegen Ende des neunzehnten Jahrhunderts im Stil der Neuromantik erbaut, hatte man wegen des innerstädtischen Platzmangels hinter der Kirche weitere Gebäude errichtet, die durch zwei Hinterhöfe erschlossen waren. Damals befanden sich darin das Gemeindehaus, eine Volksschule und mehrere Mietshäuser, in denen der Pfarrer und andere Bedienstete wohnten. Mitte der Fünfzigerjahre war das Gotteshaus auf Druck des Ostberliner Magistrats entweiht und als gemischte Produktionsstätte genutzt worden.

In den letzten drei Jahren war der ganze Komplex aufwendig restauriert worden. Er hieß jetzt *Cassirer-Center,* beherbergte Büros, Luxuswohnungen und das Restaurant *Cassirer,* das in dem eigentlichen Sakralbau untergebracht war. Den Eingangsbereich des Lokals bewachten mehrere Türsteher, die Täubner souverän abgefertigt hatte.

Nettelbeck kontrollierte noch einmal die uniformierten Polizisten, die die Gegend um das Restaurant großräumig absicherten, warf einen Blick zur Kuppel des Französischen Doms, die in der Nachmittagshitze glitzerte, und folgte dann den Kollegen, die bereits im *Cassirer* verschwunden waren.

Das Lokal war gut besucht, fast schon überfüllt. Der eingedeckte Essbereich, der sich in der weiß gekalkten Rotunde befand, war noch nicht freigegeben worden. Die Gäste standen im Hauptschiff und in den angrenzenden Kapellen, tranken etwas und machten Small Talk. Durch die hohen, schmalen Kirchenfenster fiel Licht in das Innere, warf ein Schattengeflecht über die Anwesenden, verband sie durch ein undurchschaubares Muster. Nettelbeck sah sich um, registrierte die übliche Hauptstadtmischung: Politiker, Medienvertreter, Lobbyisten. Dazu ein paar bunte Vögel, Kulturscharwenzler, Bodyguards. Darunter natürlich viele attraktive Frauen. Alle scheinen sich zu kennen, dachte er, irgendwie logisch, wenn man ständig bei solchen Terminen aufeinandertrifft.

Ein Kellner bot auf einem Tablett Cocktails an, aber Nettelbeck lehnte ab. Täubner und die Kollegen schwärmten unterdessen aus, positionierten sich strategisch im Lokal. Nettelbeck hielt Ausschau nach Carsten Leitner und entdeckte ihn vor der zum Gastraum hin offen gestalteten Küchenzone. Er schien mit seinem Maître irgendetwas zu klären. Nettelbeck bahnte sich einen Weg durch die Menge, registrierte das Partygeplauder.

… Der steht doch mit einem Bein in der Pleite. Ach was, mit beiden …

… Ich hab sie sofort nach Warschau verfrachtet, die blöde Schlampe …

… Lass den Alk mal 'nen Monat weg, bringt bestimmt fünf Kilo …

… Ich bin den Neo Rauch mit sattem Aufpreis losgeworden …

… Kann ich von meinem Penck nicht behaupten, der liegt wie Blei …

… Ich hocke nur noch im Bundesrat, irgendwann muss ich doch auch mal leben …

… Wem sagst du das, Lobbyarbeit ist der reinste Frondienst …

Nettelbeck gab Täubner und den Kollegen ein Zeichen, woraufhin sie begannen, sich von den Anwesenden die Ausweispapiere zeigen zu lassen. Als Carsten Leitner die Unruhe bemerkte, war es bereits zu spät. Nettelbeck stand vor ihm und präsentierte seinen Dienstausweis.

»Martin Nettelbeck, LKA Berlin, wir suchen Robert Ploog.«

Leitner war nur eine Sekunde lang irritiert, dann hatte er sich wieder unter Kontrolle. »Der ist nicht hier. Was soll das? Wir haben heute unsere Eröffnungsfeier. Gegen mich und mein Restaurant liegt nichts vor.«

»Ihr Geschäftspartner Robert Ploog.«

»Geschäftspartner ...?«

»Ja, wo finden wir ihn?«

»Hier jedenfalls nicht. Nehmen Sie Ihre Leute und verschwinden Sie. Und zwar möglichst schnell.«

»Wir vermuten, dass Herr Ploog an diesem Restaurant beteiligt ist.«

»Ist mir egal, was Sie vermuten. Zeigen Sie mir den Durchsuchungsbefehl.«

»Brauchen wir nicht. Gefahr in Verzug.«

Leitner lachte auf, wies dann mit dezenter Geste über die anwesenden Gäste. »Kommissar, was schätzen Sie, wie viele Juristen sich hier im Restaurant befinden? Zehn, zwanzig? Ich bin die Gästeliste vorhin noch einmal durchgegangen. Hier hängen bestimmt vierzig Volljuristen ab und jeder Einzelne von ihnen ist scharf darauf, sich zukünftig eine Sonderbehandlung in meinem Laden zu sichern. Dafür würden die alles tun. Ich kenn die Bagage. Und Ihre Gefahr-in-Verzug-Nummer haben die Jungs schon im dritten Semester ihres Grundstudiums in der Luft zerfetzt.«

Nettelbeck lächelte und blies behutsam ein Staubflöckchen weg, das im Lichtstrahl der Kirchenfenster vor ihm tänzelte. »Ich stimme Ihnen völlig zu, Herr Leitner. Es geht nichts über einen guten Rechtsbeistand. Wir werden jetzt Ihre Wirtschafts- und sonstigen Betriebsräume durchsuchen … Sollten wir Herrn Ploog nicht antreffen, verlassen wir Ihr Restaurant umgehend. Selbstverständlich mit der angemessenen Diskretion.«

»Arschloch! Lassen Sie mich los!«, wenige Meter entfernt stieß ein Gast einen jungen Kriminalbeamten von sich. »Wissen Sie überhaupt, wen Sie vor sich haben? Wissen Sie das?«

Wilbert Täubner kam dazu und schob den verunsicherten Kollegen beiseite. »Wissen wir nicht. Und deshalb zeigen Sie mir bitte Ihren Ausweis. Sofort, wenn es geht.«

Der Gast fummelte erregt seinen Personalausweis hervor: »Ich werde mich über Ihren Polizeiterror beschweren. Bei Klaus Wowereit persönlich. Verlassen Sie sich drauf.«

»Gute Idee«, Täubner überprüfte das Dokument. »Der Regierende Bürgermeister freut sich immer über direkte Ansprache aus der Bevölkerung«, er gab dem Gast den Ausweis zurück. »Noch einen schönen Abend.«

Täubner ließ den Mann stehen und ging grinsend zu Nettelbeck, der vor der Küchenzone immer noch mit Carsten Leitner diskutierte.

*

Jirí Kimlová saß vor der Tauchstation und blickte den Strand hinunter zu seinem Glasbodenschiffswrack, das im Sand verfaulte. Er registrierte die zwei einsamen Surfer, die gerade einpackten, schaute dann auf das Rote Meer, das in der Spätnachmittagshitze kraftlos rauschte. Rotes Meer. Totes Meer. Rot gleich tot. Der Tscheche stand massiv unter Druck. Beim Mittagessen hatte er seiner Crew gesagt, dass er mörderisch wütend sei, aber das stimmte nicht. Er war nicht wütend, er wusste einfach nicht mehr weiter. Er stand mit dem Rücken zur Wand, verängstigt wie Schlachtvieh. Die Kairoer Bankster hatten am Morgen erneut seinen Überziehungskredit reduziert. Das dritte Mal in zwei Monaten. Auf tausendfünfhundert Dollar, also auf annähernd Null. Jirís Gedanken verdüsterten sich noch mehr. Bis vor einem Jahr war seine Tauchstation einigermaßen gelaufen, mal besser, mal schlechter, aber im großen Ganzen okay. Die Muslimbruderschaft hatte die Touristenzonen kaum belästigt, sie mit ihrer absurden Idee, einen islamischen Gottesstaat auf Grundlage der Scharia zu errichten, weitgehend in Ruhe gelassen. So konnten alle wie gewohnt die Urlauber melken. Aber nachdem die Brüder durch das Militär entmachtet worden waren, kamen die Krawalle auch nach Hurghada. Bei Zusammenstößen zwischen Demonstranten und der Polizei starb vor ein paar Tagen ein Anhänger der Muslimbruderschaft. Zu allem Überfluss, denn die Besucherzahlen gingen sowieso schon zurück. Was auch daran lag, dass die Riffe vor Hurghada immer weniger Tauchtouristen anzogen. Durch viel zu viele Tauchgänge, die man jahrelang ohne jede Rücksicht auf die Natur durchgeführt hatte, waren die Riffe extrem geschädigt worden. Den Rest besorgten die Abfälle, die von den Booten aus ins Meer geworfen wurden. In Küstennähe war der Meeresgrund massiv von Müll bedeckt und es wurde immer schlimmer. Langfristig würde der Massentourismus die Riffe völlig zerstören.

Auch er war einer der Totengräber, das war Jirí klar, aber er kam aus der Sache einfach nicht mehr heraus, hatte sein ganzes Kapital in die Tauchstation gesteckt. Nicht nur sein eigenes Geld, auch die vierhunderttausend Euro, die ihm sein Schwager Hasso geliehen hatte. Und ausgerechnet jetzt brauchte er dringend ein neues Glasbodenboot. Das Leihboot musste er vor drei Tagen zurückgeben, da er mit der Miete in Rückstand geraten war, doch für ein neues Boot fehlte ihm die Kohle. Jirí setzte all seine Hoffnung in seine Schwester. Wie so oft in seinem Leben. Sie hatte ihm versprochen, noch einmal zweihunderttausend Euro bei ihrem Mann lockerzumachen. Wenn sie bloß endlich anrufen würde.

Sein Lebensgefährte Erich Pollak kam auf die Terrasse, zwei große Screwdriver in den Händen. Er gab Jirí ein Glas und setzte sich im Schneidersitz auf den Steinboden. Neben dem ehemaligen Kampftaucher der Tschechischen Streitkräfte, der blond und athletisch war, wirkte der brünette Österreicher grazil.

»Hey, Sweetheart, alles klar?«

Jirí schüttelte den Kopf, hatte einen Kloß im Hals. Er nahm einen tiefen Schluck, sah Erich bekümmert an. »Ich könnte ein Glasbodenboot kaufen. Ziemlich günstig sogar. Von dieser bankrotten Tauchstation in Scharm El-Scheich. Ich müsste aber spätestens bis nächsten Mittwoch zusagen.«

»Hat sie sich immer noch nicht gemeldet?«

»Nein.«

»Hab ein bisschen Geduld, Jirí. Deine Schwester hat dich noch nie hängen lassen.«

»Ich weiß.«

Erich strich mit dem Zeigefinger zärtlich über die Narbe auf Jirís rechter Wade, die sein Freund sich bei einem Trainingskampfeinsatz der NATO in der Nordsee zugezogen hatte.

»Hey, Kopf hoch, Jirí.«

»Es muss dringend was passieren, irgendwas. Sonst können wir den Laden in zwei Wochen dichtmachen.«

»Dann versuch es noch mal.«

Jirí nickte, nahm sein iPhone und drückte eine Nummer. Doch es meldete sich nur Mílas Mailbox. Frustriert griff Jirí nach seinem Srewdriver und kippte ihn herunter. Dann knallte er das Glas auf den Tisch.

»Do prdele, sakra!«

*

Mit dem Smartphone am Ohr ging Wilbert Täubner vor dem *Cassirer* auf und ab. Er hörte seinem Gesprächspartner geduldig zu, studierte nebenbei einen aufwendig gestalteten Flyer.

> *Unser Restaurant bietet Ihnen Kochkunst in Vollendung, perfekte Spitzengastronomie auf der Höhe der Zeit. Die Innenräume wurden von dem renommierten Hamburger Architektenteam* Gisbert + Gisbert *gestaltet. Klare, reduzierte Formen, dezente Töne und warmes Licht, edle Hölzer und Materialien – inmitten der brodelnden Metropole. Das Restaurant* Cassirer *verkörpert weltoffene Großzügigkeit und steht für das kreative Flair der Hauptstadt Berlin.*

Der Kommissar grinste. Für ihn, dessen Gehalt normalerweise nur den Besuch preisgünstigerer Lokale erlaubte, war alles eine Spur zu aufgesetzt. Er sah im *Cassirer* ein aufgemotztes Speiselokal, das krampfhaft auf dicke Hose machte. Typisch Berlin eben.

»Darf ich jetzt auch mal was sagen, Irina? – Gib zu, Martin hatte recht, Ploog war nicht da. – Mensch, wir haben den ganzen Laden auf den Kopf gestellt. Jutta Koschke hat eindeutig überreagiert. – Okay, dann lass uns die Sache in Ruhe besprechen. Wollen wir nachher zusammen essen? – Ach so. Schade. – Gut, ich richte es Martin aus. Tschau.«

Täubner steckte das Smartphone ein und wollte zurück

ins Restaurant gehen, stieß im Eingang aber auf Nettelbeck und Carsten Leitner. Der Restaurantbesitzer hatte inzwischen noch mehr Oberwasser, schien die Situation richtig zu genießen.

»So eine rufschädigende Maßnahme lasse ich mir von niemandem bieten. Was Sie hier abziehen, ist reinste Polizeiwillkür. Mein Anwalt wird morgen früh die Anzeige wegen Hausfriedensbruchs bei der Staatsanwaltschaft einreichen.«

»War es das, Herr Leitner?«

»Sie könnten sich wenigstens bei mir entschuldigen.«

»In der Tat, mache ich aber nicht. Viel Spaß noch bei Ihrer Party.«

Nettelbeck ließ Leitner stehen und ging mit Täubner in Richtung Gendarmenmarkt, wo bereits die ersten Polizeifahrzeuge abfuhren.

»Du lagst ja mal wieder völlig richtig.«

»Womit?«

»Na, dass wir Ploog hier nicht antreffen würden.«

»Das war doch vorhersehbar. Ich hab es Jutta zigmal gesagt.«

»Hast du.«

»Kannst du den Schriftkram erledigen, Wilbert?«

»Klar. Hab sowieso nichts Besseres vor.«

»Danke. Dann bis morgen.«

Nettelbeck nickte seinem Partner zu und ging in Richtung der U-Bahnstation Französische Straße. Im Gehen zog er das Jackett aus und warf es sich über die Schulter. Puuh, was für eine Hitze!

II

Nettelbeck hatte in der Nacht schlecht geschlafen. Seine Wohnung war inzwischen derart aufgeheizt, dass er immer wieder klitschnass aufgewacht war. Gegen drei Uhr morgens hatte er noch einmal kalt geduscht, was aber auch kaum Erleichterung brachte.

Kurz nach sechs saß Nettelbeck splitternackt in der Küche, dem kühlsten Raum in seiner Wohnung, und spielte Posaune zu einer der CDs aus seiner Music-Minus-One-Sammlung: *Popular Play-Along Jazz Standards for Trombone.* Mittelschwere Jazzstücke in Combobesetzung, bei denen der Posaunenpart fehlte. Vom Schwierigkeitsgrad her gerade passend für einen sich ziemlich erschlagen fühlenden musikalischen Laien. Auf die Nachbarn musste Nettelbeck keine Rücksicht nehmen. Es war Urlaubszeit, außer ihm war jeder verreist.

Es würde erneut ein unerträglich heißer Tag werden, in einer Kette tropischer Ausnahmetage. Wer konnte, würde erst am Abend seine Wohnung verlassen. Sich tagsüber im Kühlen aufhalten. Im Schneckentempo durch dunkle Korridore schleichen, durch schattige Hallen und zugehängte Räume. Auf der Suche nach Kühlung, Kühlung, Kühlung. Erst Stunden nach Büroschluss würden sich allmählich die Cafés und Restaurants füllen, die Jogger im Mauerpark in der abklingenden Hitze ihre Runden laufen. Für Polizeibeamte galt das jedoch nicht. Die mussten Dienst schieben. Rund um die Uhr. Ohne Ausnahme. Vom kleinsten Matrosen bis hinauf zum Kapitän.

Bis hinauf zum Kapitän – das ließ Nettelbeck an Jutta Koschke denken. Wie sollte er sich ihr gegenüber verhalten im Hinblick auf die missglückte Razzia? Er würde die Kollegin im Laufe des Vormittags persönlich aufsuchen, um sie über alles zu informieren.

Irgendwie tat ihm Jutta leid. Im Grunde wäre er sogar bereit, ihr in dieser schwierigen Situation zu helfen. Wenn er nur wüsste wie.

Außerdem interessierte es ihn brennend, warum sie sich derartig in den Fall Ploog verbissen hatte. Letztendlich war es ein Fall wie viele andere. Oder etwa nicht?

*

Auch Unterweltsanwälte können wie Kasperlefiguren aussehen. Können gepunktete Fliegen tragen, rosafarbene Buttondown-Hemden und Doppel-Monkstrap-Raulederschuhe in gedecktem Violett. Können das Ganze sogar noch mit einem senfgelb-blau-karierten Anzug und einer Rundbrille kombinieren. Wie er da so in der Neuen Nationalgalerie stand, aufgedunsen, die Wangen gerötet, über das ganze Gesicht strahlend, die graue Haarmähne wild zerzaust, die Fliege kühn verrutscht, und schon um zehn Uhr morgens der abendlichen Eröffnung der Ausstellung *Die Utopie der Aktion: Muehl – Nitsch – Schwarzkogler* entgegenfieberte, entsprach Stefan Baerwald haargenau einer solchen Kasperleinkarnation.

Der Anwalt führte eine Gruppe wichtiger Kunstliebhaber durch Mies van der Rohes Ausstellungshalle und versuchte, ihnen eines der ausgestellten Exponate zu erklären. Es handelte sich um ein Triptychon, drei großformatige Schwarz-Weiß-Fotografien, auf denen jeweils ein totes, ungerupftes Huhn abgebildet war. Die Tiere lagen auf kalkweißen Tischtüchern, ihre Schnäbel und Flügel waren teilweise in Mullbinden eingewickelt. Alle drei Kadaver waren großflächig mit einer dunklen Flüssigkeit besprenkelt.

»*Orgie di lacrime* wollte Rudolf Schwarzkogler dieses Triptychon ursprünglich nennen – Orgie der Tränen«, Baerwald hustete heiser. »Der Betrachter vermutet natürlich sogleich, dass es sich um Blut handelt, aber für den Künstler waren es Tränen. In seinen Aufzeichnungen spricht Schwarzkogler explizit von Tränen, die die Kunst auf eine höhere Ebene transzendiert.«

»Und wann sind die Arbeiten entstanden?«

»Im Sommer 1965, während der Vorbereitungen zu seiner dritten Aktion. Wir vom Freundeskreis der Nationalgalerie sind natürlich ziemlich stolz darauf, die Werke ausstellen zu können. Schwarzkoglers Arbeiten stellen frühe Höhepunkte der konzeptionellen Fotografie dar.«

»Wurde er nicht mal als Kinderschänder verurteilt?«

»Der doch nicht, Daniel. Das war Otto Muehl.«

»Ach ja, natürlich, ich verwechsel die immer.«

»Dr. Baerwald, stimmt es eigentlich, dass Schwarzkogler sich während einer seiner Aktionen den Penis abgeschnitten hat und dabei verblutet ist?«

»Um Gottes willen, gnädige Frau«, Baerwald hustete heiser, ein Lachen unterdrückend. »Das ist ein Ammenmärchen, ein Hirngespinst, das sich irgendwelche US-Journalisten aus den Fingern gesogen haben. Schwarzkogler ist in seiner Wohnung aus dem Fenster gestürzt und leider an den Folgen verstorben. Ob es ein Unfall oder Suizid war, konnte nie zweifelsfrei geklärt werden.«

Das Smartphone des Anwalts meldete sich, er warf einen Blick auf das Display. »Pardon, ein wichtiger Anruf. Ich darf mich für zwei Minuten entfernen ...« Baerwald ließ die Gruppe stehen und ging ein paar Schritte beiseite.

»Hallo, Herr Sharif, schön von Ihnen zu hören. Was haben Sie auf dem Herzen? – Aber ja doch, der Vertrag ist unterschriftsreif, kann heute Nachmittag in meinem Büro abgeholt werden. – Die Fahrzeuge stehen auf Abruf bereit. Der Porsche für Sie selbst, ein Mercedes-Benz für Ihren Sohn Halil und der Audi beziehungsweise der BMW für die beiden Junioren. – Natürlich ist es bei den vierhundertdreiundzwanzigtausend Euro geblieben. Sie kennen mich doch. – Die Fahrzeuge laufen alle auf die Firma *Premium-Cars-Plauen*. Ganz normales Geschäftsleasing auf vierundzwanzig Monate. – Ihr Name taucht selbstverständlich nirgendwo auf, es läuft wie immer alles über meine Kanzlei. – Dann wünsche ich Ihnen noch einen schönen Tag, Abu Halil. Und weiterhin gute Geschäfte.«

Stefan Baerwald steckte das Smartphone ein. Sein Blick fiel auf ein riesiges Aktionsbild von Hermann Nitsch, das vom Boden bis zur Decke der Ausstellungshalle reichte, ein durchkomponiertes Blutmysterium. Kunst und Ritual. Dunkelrote Chiffren auf weißem Grund, erzeugt mit dem Blut von Tierleichen. Der Anwalt betrachtete es einen Moment. Dann hustete er heiser und ging zurück zu den wartenden Kunstfreunden.

*

Kriminalrätin Jutta Koschke saß an ihrem Schreibtisch und betrachtete sich in einem kleinen Taschenspiegel. Sie hatte Hektikflecken im Gesicht, fiebrige rote Stellen, die sich von den Wangen über dem Hals bis zum Dekolleté hinzogen. Ihr altes Leiden, das sie längst überwunden zu haben glaubte. Nach der Hochzeit mit Günther und ihrer Beförderung zur Hauptkommissarin hatte es sie endlich in Ruhe gelassen. Die Flecken waren seit der Pubertät ihr Begleiter gewesen, hatten sie noch lange darüber hinaus gequält. Wenn sie als Teenager mit Jungs sprach und nicht wusste, ob diese sie hübsch fanden oder nicht, brauchte es nur eine blöde Bemerkung, um ihr innerhalb von Sekunden leuchtend rote Flecken ins Gesicht zu zaubern. Und sie war leicht zu verunsichern. Sind meine Beine zu stämmig, fragte sie sich dann, bin ich zu dick, ist mein Busen zu klein ... Anlässe zum Erröten fanden sich reichlich. Auch nach der Pubertät gab es immer wieder Stressmomente, bei denen die Hektikflecken sie ansprangen. Während der Ausbildung auf der Polizeischule, beim Kriminaldauerdienst, als eine der wenigen Frauen unter vielen testosterongesteuerten Kollegen. Erst Günthers Liebe hatte sie endgültig befreit. Anspannung und Aufregung gab es danach zwar immer noch reichlich, aber sie wurde damit zunehmend besser fertig. Und die Hektikflecken verschwanden.

Doch heute war die Plage zurückgekommen, mit aller Macht und stärker als je zuvor. Der Anlass war diesmal kein Mann, auch wenn der Überbringer des Virus' männlich war. Es musste natürlich ausgerechnet Martin Nettelbeck sein, der ihr von der missglückten Razzia Bericht erstattete. Sie hatte dem Gespräch mit ihm hypernervös entgegengesehen. Ihr war am gestrigen Abend beim Fernsehen immer mehr klar geworden, dass die Razzia vielleicht doch keine so gute Idee war. Sie hatte überlegt, die Sache mit Günther zu besprechen, es dann aber gelassen.

Aber dass sie die Razzia ihrem Kollegen gegen dessen klare Ablehnung befohlen hatte, wurmte sie nicht nur, es ließ sie an ihrer eigenen Urteilsfähigkeit zweifeln. Ausgerechnet bei Martin Nettelbeck musste ihr so ein Fauxpas passieren. Als ihr der Kollege im Büro gegenübersaß, hatte sie mit Spott gerechnet, mit kollegialer Häme. Sie hatte es sich in der vergangenen Nacht bereits ausgemalt: »Ich habe dich doch gewarnt, Jutta! Ich hatte dir geraten, die Razzia abzublasen! Warum hast du nicht auf mich gehört?«

Doch Nettelbeck hatte nichts von all dem vorgebracht, war ungewohnt zurückhaltend geblieben. Er hatte ihr sachlich und gründlich den Ablauf der Razzia geschildert und dabei auch angeführt, von welchen der Gäste sie möglicherweise eine Revanche zu erwarten hatten. Dass sie als seine Vorgesetzte letztendlich allein für das Scheitern der Aktion verantwortlich war, hatte Nettelbeck mit keinem Wort erwähnt. Trotzdem hatte sie sich bei dem Gespräch extrem unsicher gefühlt, hatte gespürt, wie die längst vergessene Geißel aus den Tiefen ihrer Subkutis hervorkroch und ihr Gesicht nesselartig entstellte. Auch das hatte Nettelbeck sich mit keiner Reaktion anmerken lassen. Er hatte vielmehr die nächste Gelegenheit genutzt, um sich höflich zu verabschieden. Sie könne ihn jederzeit anrufen, falls es Probleme gäbe. Auch außerhalb der Dienstzeit.

Jutta Koschke steckte den Spiegel in ihre Tasche zurück, versuchte, sich durch eine Atemübung zu beruhigen. Sie hielt die Luft an, spannte so viele Muskeln wie möglich an und spürte, wie Blut in ihre Gefäße gepumpt wurde. Sie empfand erst eine wohlige Wärme, dann eine angenehme Schwere. Sie atmete langsam aus, alle Muskeln entspannten sich wieder. Ihre Gefäße erweiterten sich und sie fühlte sich sofort etwas besser – und prompt drängten ihre Gedanken wieder zu Martin Nettelbeck zurück. Was bezweckte ihr Kollege mit seinem untypischen Einfühlungsvermögen? Steckte vielleicht Roger Delbrück dahinter? Wollten der Leitende Kriminaldirektor des LKAs und sein alter Partner Martin Nettelbeck sie ans Messer liefern, sie entmachten? Damit Nettelbeck sie als Kriminalrat beerben konnte? Zutrauen würde sie Delbrück so etwas sofort. Er war immer schon eiskalt gewesen. Ein aasiger Karrierist, der über Leichen ging. Aber Nettelbeck ...? Er war zwar ein notorischer Querulant, besaß aber immer noch einen Rest menschlichen Anstandes. Im Gegensatz zu Delbrück hatte er es niemals darauf angelegt, sie über die Klippe springen zu lassen, obwohl sie beide seit mehr als zwanzig Jahren in einer Hassliebe verstrickt waren. Mit Betonung auf Hass. Nein, Delbrück war der Kopf hinter allem.

Jutta Koschke wusste, dass sie aufgrund ihrer Fehlentscheidung unangenehme Konsequenzen zu befürchten hatte. Bei derartigen Fehlern ihrer Leitungskräfte kannte die oberste Dienstbehörde kein Pardon, griff unnachgiebig durch. Auch die Strafermittlungsbehörde, die Staatsanwaltschaft und ihre eigenen Kollegen würden eine Aufklärung fordern. In letzter Konsequenz drohte ihr ein gerichtliches Strafverfahren. Und der disziplinare Überhang käme noch hinzu, in Form ihrer Versetzung in eine untergeordnete Verwaltungsstelle, verbunden mit einer erheblichen Kürzung ihrer Beamtenbezüge. Die Kriminalrätin spürte, wie eine neue heißrote Welle sie attackierte. Hektisch suchte sie in ihrer Handtasche nach dem Spiegel und ihrem Make-up.

*

Es war unglaublich. Nach jahrzehntelanger Schattenexistenz war das *Café Sinbad* über Nacht das angesagteste arabisch-libanesische Restaurant im Norden Berlins geworden. Nur wenige Wochen nachdem Fatima Sharif die Leitung übernommen hatte. Die bisherige Stammkundschaft, hauptsächlich ältere Männer, die mit stoischer Miene Okey spielten und sich ewig an einem Glas Tee festhielten, hatte Fatima nach und nach hinauskomplimentiert. Indem sie sie stundenlang mit Hip-Hop- und Technoklängen bombardiert und einen Teil des Lokals einer Frauenfußballmannschaft zur Verfügung gestellt hatte. Als kostenlosen Vereinstreff. Die Stammkunden hatten sich vorsichtig bei Walid Sharif beklagt, doch ihr Respekt vor Fatimas Vater war viel zu groß, als dass sie ihr Anliegen mit dem entsprechenden Nachdruck hätten vortragen können. Also suchten sie sich schließlich einen anderen Treffpunkt. Fatima kündigte den Fußballerinnen umgehend und begann, das *Café Sinbad* gründlich zu modernisieren.

Das Lokal lag im Erdgeschoss des Miethauses, dessen obere Etagen Walid Sharif und seine Angehörigen bewohnten. Fatimas Vater hatte seiner Lieblingstochter nicht gerade Carte blanche signalisiert, aber immerhin zweihunderttausend Euro für die Renovierung zur Verfügung gestellt. Was Fatima zu nutzen wusste. Sie hatte zwar den Namen *Café Sinbad* beibehalten, aber ansonsten alles auf den Kopf gestellt. Die orientalisch angehauchte Einrichtung entsprach mit üppigen Sofas, schweren Samtkissen und Wandbehängen den Erwartungen der Gäste. Es gab einen Thekenbereich für Wartende, ein Restaurant mit gehobener libanesischer Küche und eine Shisha-Bar, in der man mit Freunden Wasserpfeife rauchen konnte. Vor allem die immense Auswahl verschiedener Tabaksorten brachte Fatima täglich neue Kunden. Ihr Konzept war vom ersten Moment an aufgegangen, was sogar Halil, Rashid und Ghassan anerkennen mussten.

*

Bilal Gösemann parkte seinen BMW gegenüber dem *Café Sinbad*. Er stieg nicht aus, blieb noch hinter dem Lenkrad sitzen. Fuhr sich mit den Fingern durchs Haar und zog sein Stretchoberteil glatt, das mit einem Comicpandabären bedruckt war, der drollig die Zähne fletschte. Bilal blickte in den Rückspiegel, lächelte sich zu, machte sich selber Mut.

Hey, jetzt geht es um alles, Alter. Du musst ganz locker bleiben, absolut cool auftreten, sie mit drei knappen Sätzen überzeugen. Boing, zack, knall. Drei arschcoole Sätze und du hast sie in der Tasche. Dann geben sie dir, was du willst. Denk dran, Alter, es geht nicht nur um Diego. Es geht auch um deine Zukunft. Wenn du jetzt versagst, kriegst du nie, was dir zusteht. Du bist Bilal Moussas Sohn. Vergiss das nicht. Du willst es schließlich noch zu was bringen.

*

Fatima deckte im *Café Sinbad* mit der fünfzehnjährigen Shirin die Tische ein. Dass die beiden Schwestern waren, hätte nicht einmal ein Anthropologe mit dem Forschungsschwerpunkt Humanbiologie erkannt. Von Ähnlichkeit keine Spur.

Shirin war ein hübscher Teenager, was man trotz ihres Hidschab erkannte. Fatima hingegen war ziemlich pummelig, leicht gehbehindert und sie hatte einen Silberblick. Ihr elegantes Kostüm änderte nur wenig an ihrem unvorteilhaften Äußeren, ihr Strahlen machte jedoch einiges wett. Denn Fatimas Augen leuchteten, als sie sah, dass Bilal draußen aus seinem Wagen stieg und auf das Lokal zukam.

»Den Rest schaffe ich alleine, Shirin«, Fatima nahm ihrer Schwester den Besteckkasten ab. »Du kannst hochgehen und deine Schularbeiten machen.«

Shirin nickte, griff nach ihrem Schulrucksack und verschwand im Durchgang, der zum Treppenhaus führte.

Sekunden später betrat Bilal das Café.

Fatima drehte sich zu ihm herum, tat erstaunt: »Hallo Bilal …«

»Hi, Fatima.«

»Gut, dass du da bist, du kannst mir schnell mal helfen.«

Fatima stellte den Besteckkasten ab, nahm einen Stapel Tischdecken und drückte sie Bilal in die Hände. »Komm.«

Fatima zog Bilal zu einem der noch nicht eingedeckten Tische. Gemeinsam begannen sie, die Tischtücher auszulegen.

»Wie geht es dir?«, fragte Fatima. »Was hast du die ganze Zeit so gemacht?«

»Wir haben uns doch erst vor zwei Tagen gesehen.«

»Ja und? In der Zeit kann eine Menge passieren.«

»Bei mir nicht. Bei mir passiert nie was.«

»Hast du dir schon die Antwort überlegt?«

»Welche Antwort?«

»Auf das Rätsel, über das wir gesprochen haben.«

»Noch nicht, hatte zu viel um die Ohren.«

»Ich dachte, bei dir passiert nie was«, Fatima puffte Bilal in die Seite. »So schwer war es doch nicht.«

»Sagst du.«

»Ich erkläre es dir noch mal, pass auf. Also, der Boss wird erstochen aufgefunden. Als Täter kommen nur die Dealer Ahmet, Bassam, Cüneyd und Djamil infrage. Der Kommissar verhört die vier tagelang. Ahmet behauptet, dass er gesehen hat, wie Cüneyd auf den Boss einstach. Bassam erklärt, dass er es nicht gewesen ist. Cüneyd hingegen beteuert, dass Bassam den Mord begangen hat. Djamil gesteht schließlich, dass er es war, der den Boss getötet hat. Nach dem Verhör weiß der Kommissar zwar immer noch nicht, wer der Mörder ist, aber er ist jetzt absolut sicher, dass nur einer der vier die Wahrheit gesagt hat. Weißt du auch wer, Bilal?«

»Warum müssen wir das Rätsel überhaupt lösen? Was soll das bringen?«

»Damit du nicht denkst, dass ich blöd bin.«

»Denk ich doch gar nicht.«

»Ich habe eine Menge auf dem Kasten, Bilal.«

»Na klar, sicher.«

»Es ist nur …«, Fatima zog ihr linkes Bein an den Körper, schlug mit der Faust auf den Oberschenkel, verzog das Gesicht. »Meine Behinderung liegt an der jahrhundertelangen Inzucht in meiner Heimat. Vater, Mutter, Bruder, Schwester, Onkel, Tante, Opa, Oma, Schwager, Nichte, Neffe, Enkel … Habe ich einen Verwandtschaftsgrad vergessen, Bilal?«

»Cousin und Cousine.«

»Stimmt. Cousin und Cousine. Alle sind bei uns übereinander hergestiegen, Cousin Bilal. Wenn sie gerade keine Ziegen hatten.«

»Jetzt übertreibst du aber.«

»Trotzdem ist Inzucht gemein. Und das Resultat davon zu sein, tut richtig weh, Bilal.« Fatima kamen die Tränen. Sie wandte sich ab und wischte sie weg. Bilal starrte sie an, fragte sich, ob Fatima von ihm erwartete, dass er sie jetzt tröstete.

»Bassam lügt nicht«, sagte er schließlich. »Er hat das Arschloch definitiv nicht kaltgemacht.«

Fatima drehte sich herum, freute sich, dass ihr Cousin die Lösung gefunden hatte. »Völlig richtig, Bilal. Klasse!«

Bewegt schaute Fatima ihm in die Augen – und blickte gleichzeitig mit ihrem Silberblick tangential an seinem Kopf vorbei, ins Ungefähre.

»Du bist wirklich ein supercleverer Typ.« Sie schlang ihre Arme um Bilal und drückte ihn an sich.

Bilal war die Umarmung unangenehm. Fatima war zwar nicht so korpulent wie seine Mutter Rosa, aber das war nur eine Frage von Jahren. Von sehr wenigen Jahren. Er löste sich vorsichtig von ihr.

»Du, ich muss hoch. Dein Vater hat Arbeit für mich.«

»Gut. Hey, wenn du willst, lass ich dir schnell was zu essen machen. Hättest du Lust auf Kaftah Meschwi? Mit Granatapfelsoße und Basmati?«

»Lass mal, Fatima, hab gerade erst gefrühstückt. Ein andermal. Die Pflicht ruft.« Bilal zwinkerte seiner Cousine zu und verschwand im Durchgang.

Fatima sah ihm hinterher. Lief doch gar nicht schlecht, dachte sie, einfach dranbleiben. Das wird schon.

*

Nachdem Halil Sharif der offizielle Stellvertreter seines Vaters geworden war – womit er für sich den gesicherten Anspruch auf dessen Nachfolge verband – hatte er sofort versucht, Ordnung und Effizienz in Walid Sharifs beruflichen Tagesablauf zu bringen. Die wichtigste Neuerung war die tägliche Elf-Uhr-Konferenz, die Halil vor zwei Monaten durchgesetzt hatte – gegen den Willen seiner beiden Brüder. Sinn des Ganzen, erklärte er ihnen zum wiederholten Mal mit der Geduld des älteren Bruders, sei die Abstimmung und Angleichung der Firmenaktivitäten, um Synergiepotenziale nicht unnötig verpuffen zu lassen.

Ghassan grinste ihn bloß mit breitem Kifferlächeln an, Rashid hörte nicht einmal zu, kontrollierte irgendwelche Zahlenkolonnen seiner Absteigen. Halil seufzte – die zwei konnten manchmal wirklich nerven. Aber er riss sich zusammen, wie so oft.

»Soll ich dir noch Tee bringen lassen?«, fragte er seinen Vater, der am Schreibtisch sein zweites Frühstück zu sich nahm, eine ranzig riechende Ziegenfleischpastete, vor der Halil sich schon als kleiner Junge geekelt hatte.

Walid Sharif winkte ab, aß vorgebeugt den Rest der Pastete.

»Hast du mit Dr. Baerwald telefoniert, Vater? Geht das in Ordnung mit den Fahrzeugen?«

Walid Sharif nickte gleichgültig, stocherte in seinen Zähnen herum.

»Ausgezeichnet. Dann zu dem wichtigsten Punkt unserer heutigen Sitzung. Ich möchte euch vorschlagen, dass wir uns ein neues Geschäftsfeld erschließen. In letzter Zeit habe ich mich mehrmals mit dem stellvertretenden Staatssekretär des Senators für Soziales getroffen. Ein angenehmer, vernünftiger Mann.«

»Warum hast du mir nichts gesagt? Ich hätte euch einen meiner Läden reserviert. Exklusiv natürlich«, sagte Rashid.

»Habt ihr euch wenigstens ein paar fette Lines reingezogen?«

Halil warf seinen Brüdern einen genervten Blick zu. »Hört mir doch mal zu. Der Staatssekretär jammerte die ganze Zeit über den akuten Notstand in Sachen Flüchtlingsunterkünfte. Es kommen immer mehr Asylsuchende nach Berlin und er weiß nicht mehr, wo er die alle unterbringen soll. Ich habe ihm gesagt, dass unsere Familie momentan überlegt, einige unserer Immobilien in Heime umzuwandeln.«

»Das ist aber seit jeher der Bereich der Tadmouris, Sohn.«

»Ich weiß, Vater, aber wir müssen für Wachstum sorgen. Allein in diesem Monat erwartet der Staatssekretär mindestens zweihundert Bürgerkriegsflüchtlinge aus Syrien. Wir können uns mit den Heimen dumm und dämlich verdienen.«

»Trotzdem sollten wir uns nicht mit den Tadmouris anlegen.«

»Wenn wir expandieren wollen, werden wir das über kurz oder lang sowieso tun müssen.«

»Wollen wir überhaupt expandieren, Sohn?«

Es klopfte an der Tür.

»Ja?«

Bilal Gösemann betrat das Büro, bemüht locker: »Hey. Alles easy? Stör ich?«

»Du doch nicht, Bilalalal«, Rashid warf ihm ein Plastiktütchen Marihuana zu. »Eternal happiness, brother.«

»Schon mal den Namen Bilal gehört, Ghassan?«

Ghassan schüttelte den Kopf, grinste dann.

»Was möchtest du, Sohn meines Vetters?«

»Ich benötige Geld, Abu Halil. Könntest du mir etwas leihen, Onkel?«

Walid Sharif überlegte einen Moment und nickte dann.

Rashid gab ein paar Tastaturbefehle auf seinem Laptop ein. »Ey, du hast ja das Darlehen abbezahlt, Bilal. Sehr gut.«

Rashid griff in seine Jackentasche und gab Bilal zwei Hunderteuroscheine. »Teil es dir gut ein, Cousin. No drugs, no drugs.«

»Das wird nicht reichen.«

Halil Sharif entfernte mit seinem silbernen Zahnstocher einige Speisereste, sah Bilal forschend an. »Wie viel Geld brauchst du denn, Sohn meines Vetters?«

»So alles in allem … Vierzehntausend Euro, Abu Halil.«

Einen Moment war Stille, dann lachten Halil, Ghassan und Rashid lauthals.

»Die könnte ich auch gebrauchen.«

»Und ich erst.«

»Wofür brauchst du so viel Kohle?«

»Man hat mir ein Geschäft angeboten«, sagte Bilal.

»Sind zweihundert iPhones vom Lkw gefallen?«

»Nein, ein richtiges Geschäft, etwas Langfristiges, mit Perspektive.«

»Und um was geht's dabei?«

»Darüber möchte ich noch nicht reden. Bringt Unglück.«

Abu Halil nahm den Zahnstocher aus dem Mund und schüttelt den Kopf, tief betrübt: »Aber unser Geld möchtest du. Meinst du nicht, deine Verwandten wären vielleicht interessiert, sich ebenfalls an deinem Geschäft zu beteiligen?«

»Ich glaube nicht, Onkel. Es ist nichts Besonderes, es geht um Tierleichen und so. Da kann man nicht viel Geld machen, aber für mich wäre es ein Einstieg.«

»Gefällt dir die Arbeit bei uns nicht mehr?«

»Doch, klar, ist ein Superjob, aber ich muss ja auch an meine Zukunft denken. Ich würde das Geld auch pünktlich zurückzahlen. Hab ich mit dem Wagen ja auch gemacht.«

»Sicher, aber vierzehntausend Euro … Das ist auch für mich viel Geld, Sohn meines Vetters.«

»Außerdem gehörst du ja nicht mal richtig zu unserer Familie«, sagte Halil. »Oder heißt du Bilal Sharif?«

Bilal starrte seinen Cousin an, wusste nicht, was er darauf antworten sollte.

»Tut mir leid, Bilal, es ist zu unsicher. Schlag es dir aus dem Kopf«, sagte Halil. »Aber du kannst jetzt gleich was verdienen. Die drei Paletten im Lager müssen ins Casino Lichterfelde gebracht werden.«

Bilal warf einen Blick zu seinem Onkel. Doch von dem hatte er keine Unterstützung mehr zu erwarten. Walid Sharif stocherte in seinen Zähnen und war in Gedanken schon ganz woanders.

*

Von den Milchglaskuppeln in der Decke fiel ein sanftes Lichtermeer in die Penthousewohnung, hüllte das Schlafzimmer in einen warmen Kokon. Ihre Kleidungsstücke lagen überall in der Wohnung verstreut, sie hatten bereits im Flur begonnen, sich gegenseitig auszuziehen.

Nicht zum ersten Mal und bestimmt nicht zum letzten Mal, dachte Phillip Duve. Er konnte sich nicht erinnern, in seinem Leben jemals so glücklich gewesen zu sein wie in den letzten zehn Monaten. Er musste wirklich erst sechsundvierzig Jahre alt werden, um endlich jemanden wie Míla zu finden. Eine schöne, temperamentvolle Frau, klug, elegant, perfekt in jeder Hinsicht.

Während er sich sanft in ihr bewegte, jede Kontraktion ihrer Vulva genoss, schloss Míla die Augen, stöhnte leise und kam zitternd zum Orgasmus. Phillip beeilte sich, zu ihr aufzuschließen, kam ebenfalls.

Sie klammerten sich aneinander, verschwitzt, befriedigt.

»Schön«, flüsterte Míla.

»Ja, schön. Immer, immer, immer wieder.«

Phillip löste sich von Míla und streichelte ihren Po. Sie drehte sich zu ihm, sah ihn an. »Ich werde es Hasso sagen.«

»Das solltest du, es wird allmählich Zeit.«

»Ich weiß.«

»Ich muss morgen nach Brüssel, wahrscheinlich für drei, vier Tage. Soll ich dir etwas mitbringen? Von Pierre Marcolini vielleicht?«

»Untersteh dich, bloß keine Schokolade.«

»Du liebst doch seine Truffe Noire ...«

»Ich werde allmählich dick, Philipp, richtig fett.«

»Das wüsste ich aber.«

Míla nahm Phillips Hand, legte sie auf ihren Unterleib.

»Warum seid ihr Deutschen manchmal bloß so begriffsstutzig?«

»Okay, dann vergessen wir die Truffe.«

Phillip küsste Mílas Bauch. »Also fett ist was anderes.«

»Wie kann ich einem Fachmann widersprechen.«

»Eigentlich möchte ich lieber hierbleiben, Míla.«

»Hast du keine Angst, dass die Situation dich überfordert?«

»Weil ich demnächst eine Geliebte haben werde, die nicht nur zwei Stunden bei mir bleibt, sondern für immer?«

Die Antwort war ein Nicken.

Phillip zog Míla an sich und küsste ihre Brüste. »Darauf warte ich schon, seit ich dich das erste Mal gesehen habe.«

»Schleimer!« Míla klatschte mit beiden Händen auf Phillips Hintern.

»Hey, keine Gewalt!«

Phillip hielt Míla an den Fäusten fest, um weitere Attacken zu verhindern. Sie küssten sich.

»Ich will eine Familie haben.«

»Ich weiß, Míla.«

»Und du?«

»Ich auch.«

Míla griff zwischen Phillips Beine, spürte seine erwachende Erektion. Sie zog ihn auf sich, umschlang ihn mit ihren Beinen.

»Ich glaube, du wirst ein guter Vater sein, Phillip.«

»Das werde ich. Bestimmt.«

Dann drang er in sie ein.

*

Kacke! Du hast es versaut! Du hast es voll gegen die Wand gefahren, du Niete!

Bilal fuhr mit überhöhtem Tempo durch Steglitz, rücksichtslos, ohne Augen für andere Fahrzeuge. Sein ockerfarbenes Schlachtschiff schepperte, die Getränkedosenpaletten und Kanister mit Flüssigseife kegelten auf der Rückbank hin und her.

Du Versager! Wo kriegst du nun die vierzehntausend Euro her? Hast du irgendeine Idee, wer dich jetzt aus der Kacke rauszieht?

Als Bilal in Richtung Lichterfelde abbog, kam ihm die Erleuchtung: Nadine und Jessica, sie waren seine Rettung! Bilal riss das Steuer herum, schnitt einem entgegenkommenden Wagen den Weg ab, schredderte über den Bürgersteig und landete schlingernd auf der gegenüberliegenden Fahrbahn. Erhöhte erneut das Fahrtempo und jagte in Richtung Lankwitz.

Warum bist du nicht gleich auf sie gekommen, du Hirni?

Bilal kannte Nadine und Jessica seit seinem dritten Lebensjahr. Sie hatten sich in der Kindertagesstätte *Gropiusmäuse* kennengelernt. Waren vom ersten Moment an unzertrennlich gewesen. Wenn jemand den beiden blöde kam, war Bilal zu Stelle und griff ein. Ganz der große Bruder, auch wenn er nur ein Jahr älter war als die zwei. Sie hatten alles zusammen gemacht. Die Scheißgrundschule, die Scheißhauptschule und den Scheißjugendarrest. Aber auch die tollen Sachen: Doktorspiele, Zigaretten, Alkohol, Drogen. Er hatte mit beiden was am Laufen gehabt. Immer abwechselnd, niemals gleichzeitig. Darauf hatte er Wert gelegt. Irgendwann waren andere Typen für die beiden im Bett wichtiger geworden. Aber ihrer Freundschaft hatte es nicht geschadet.

Während er nach der Gesamtschule zu jobben anfing und sich mit Dealen was dazuverdiente, heuerten seine Freundinnen in einem Puff in Neukölln an, arbeiteten für eine Tante von Jessica. Logisch, dass sie sich von da an seltener sahen. Aber man blieb in Kontakt.

Vor einem Jahr hatten ihn Nadine und Jessica angerufen und tierisch geheimnisvoll getan. Sie luden Bilal in die *Britzer-Burger-Lounge* ein, ihr gemeinsames Lieblingsrestaurant. Bei einem Southern-Supreme-Chili-Cheeseburger hatten sie Bilal in ihren Plan eingeweiht: Süßer, wir machen uns selbstständig. Er war sofort begeistert, sah seine Chance. Doch er hatte vergeblich versucht, in das Projekt mit einzusteigen. Einen Luden brauchten Nadine und Jessica nicht. Und schon gar keinen wie Bilal, wie sie ihm klarmachten.

Kacke, dass sie das Bordellding alleine durchgezogen hatten, es wäre für ihn die Gelegenheit gewesen, im Sharifclan ansehensmäßig aufzusteigen. Außerdem war Bilal überzeugt, dass er das Zeug zu einem Spitzenluden hatte. Egal, Nadine und Jessica sahen das anders, arbeiteten jetzt selbstständig und ohne Zuhälter in ihrem eigenen Wohnungsbordell in Lankwitz. Angemeldet und krankenversichert. Ihre Freundschaft hatte auch das überstanden und ab und zu bekam er von den beiden sogar einen Gratisfick. Viel zu selten allerdings, fand Bilal.

Jessica öffnete erst nach einer halben Ewigkeit, Bilal wollte schon gehen. Sie war ungeschminkt und trug einen Morgenmantel.

»Bilal, weißt du eigentlich, wie spät es ist?«

»Sicher, schon nach eins«, Bilal drängte sich an Jessica vorbei in die Wohnung und küsste sie in den Nacken. »Wo ist Nadi?«

»Im Bad. Bringt ihre Mumu in Shape.«

»Ihre was?«

»Hast du Diego beerdigt?«

»Deswegen bin ich hier.«

Ohne anzuklopfen, öffnete Bilal die Badezimmertür. Nadine saß auf dem Wannenrand und rasierte sich die Schamhaare.

»Keine Stoppel stehen lassen, das mögen wir Jungs nicht.«

»Ey, du Arsch, bleib draußen. Ich bin gleich fertig.«

Bilal schloss die Tür und folgte Jessica in die Küche, wo sie sich an einer Espressomaschine zu schaffen machte.

»Und? Wie läuft das Geschäft?«

»Gut.«

»Sommerflaute kennt ihr nicht, oder?«

»Wir sind eben ein Spitzenteam, ständig im Einsatz.«

»Hört sich an, als würdet ihr mit eurem Laden die Kohle nur so reinschaufeln …«

Jessica drehte sich herum, verschränkte die Arme vor der Brust. »Komm schon Bilal, spuck es aus. Was willst du?«

Bilal ließ sich lässig auf einen Küchenstuhl fallen. »Wie wäre es erst mal mit einem Caffè Latte Caramel? Kriegst du das hin?«

Jessica warf Bilal einen Blick zu und begann, Milch aufzuschäumen.

Etwas später saßen Nadine und Jessica mit Bilal am Küchentisch, starrten ihn ungläubig an.

»Bilal, bist du jetzt völlig durchgedreht?«

»Ich dachte, ihr mochtet Diego.«

»Na klar, er war ein ganz besonderer Hund.«

»Er war *der* Hund«, bekräftigte Bilal und kippte den Rest seines Caffè Latte herunter. Bemüht, nicht allzu eingeschnappt zu wirken.

»Trotzdem, Großer, du hättest ihn doch beerdigen können. Auf einem Tierfriedhof.«

»Das habe ich ja versucht, aber … Ich fand, dass Diego etwas Besseres verdient hat.«

Die zwei Frauen tauschten einen Blick aus. Jessica stand auf und ging zur Espressomaschine. »Hey, du kriegst jetzt noch 'ne Latte und dann rufen wir in dem Laden an und machen alles rückgängig.«

»Zu spät. Ich hab einen Vertrag unterschrieben. Diegos Asche ist längst in der Schweiz.«

»Mensch, Bilal, die Kohle kriegst du doch nie zusammen.«

»Ich hatte gehofft, ihr helft mir.«

»Wie bitte? Jessi und ich sollen dir vierzehntausend Euro leihen?«

»Zehntausend würden schon reichen. Den Rest krieg ich anderswo gepumpt.«

Nadine beugt sich vor, öffnete ihren Morgenmantel und präsentierte Bilal ihre großen, silikongeformten Brüste. »Guck mal. Diese Dinger haben mich zusammen neuntausend Euro gekostet.« Sie holte die linke Brust heraus. »Diese gehört mir. Mir ganz allein. Und die andere darf ich noch acht Monate lang abbezahlen.« Sie packte ihre Brüste ein und schloss den Morgenmantel. »Ich bin noch klammer als du, Großer.«

Jessica stellte den Caffè Latte vor Bilal ab, strich ihm zärtlich über das Haar. »Bilal, das ist jetzt nicht mehr so wie früher. Wir sind nicht mehr bei den *Gropiusmäusen*, wir sind inzwischen selbstständige Unternehmerinnen. Wir müssen Steuern zahlen, Miete, Strom, Krankenversicherung … Die Festkosten fressen uns fast auf.«

»Ihr habt doch gesagt, dass euer Laden Mörderkohle abwirft.«

»Relativ gesehen, Bilal.«

»Wir können ja nicht jeden Penner reinlassen, der mit 'nem Fünfzigeuroschein rumwedelt. Sonst ist unser Tarif in null Komma nichts im Keller.«

»Wir sind schließlich keine unterdrückten rumänische Reisematratzen.«

»Heute Chemnitz, morgen Donaueschingen, übermorgen Osnabrück.«

»Wenn ihr mich in euer Geschäft reingenommen hättet, wäre ich jetzt nicht so im Arsch.«

Die zwei Frauen tauschten einen Blick aus. Jessica nickte Nadine zu.

»Wir können dir maximal tausend Euro geben. Mehr ist nicht drin.«

»Tausend Euro …«

»Höchstens. Und dazu gibt's noch einen Gratisfick, wenn du Lust hast.«

»Zwei Muschis, ein Bilal. Klingt das toll?«

»Dann kannst du dir auch unser neues Tattoo ansehen.«

»Welches Tattoo?«

»Wir haben uns eine zweiköpfige Schlange stechen lassen. Gemeinsam. Die sich komplett über unsere anbetungswürdigen Arschbacken schlängelt.«

»Ist nicht wahr.«

»Doch, Bilal, über alle vier Backen.«

»Sieht wahnsinnig geil aus.«

»Vor allem, wenn wir nebeneinanderstehen.«

»Irre. Zeigt mal.«

Die Frauen standen auf und präsentierten Bilal ihre morgenmantelverhüllten Hinterteile. Jessica tippte auf ihre rechte Hüfte. »Hier ist der eine Kopf der Schlange …«

Nadine führte ihre Hand mit schlangengleichen Bewegungen über Jessicas Pobacken, verlor sich kurz in der Ritze, schlängelte weiter, bis sie auf ihrer eigenen rechten Pobacke angekommen war.

Hier übernahm Jessicas Hand, tastete sich ebenfalls schlangengleich zu Nadines linker Pobacke vor.

»Und hier der andere«, sagte Jessica und gab Nadine einen Klaps auf die linke Hüfte.

»Zieht eure bescheuerten Morgenmäntel aus und zeigt mir die Originale. Sonst kann ich es mir nicht vorstellen.«

Nadine und Jessica zogen Bilal vom Stuhl.

»Nächstes Mal, Großer. Kannst dich schon mal drauf freuen.«

Jessica steckte einen Zwanzigeuroschein in Bilals hintere Hosentasche. »Geh jetzt. Gleich kommt ein Kunde. Und überleg dir unser Angebot.«

*

Seine Dienstwaffe absolut sicher zu bedienen, gewissermaßen wie im Schlaf, dazu sollte jeder Kriminalbeamte in der Lage sein. Egal, in welcher Situation er sich befindet.

Nettelbeck grinste. Jetzt wusste er endlich, was das angestrebte Ziel seiner anstehenden Schießleistungsüberprüfung war. Und zwar, dass er aus dem Tiefschlaf erwachen und das Böse mit einem Schuss eliminieren solle. Die vergangenen Jahre hatte er sich als Innendienstler überhaupt nicht stellen müssen, jetzt war er wieder zwei Mal jährlich dran. Er scrollte weiter und stieß auf den nächsten Lichtblick.

Doch auch im Schießtraining ist der Kriminalbeamte nie auf sich allein gestellt, sondern übt in der Regel mit seinem vertrauten Partner aus dem Dienstalltag. Die, die zusammen arbeiten, sollen auch zusammen schießen. Und möglichst treffen.

Das wird Täubner freuen, dachte Nettelbeck. Und mich erst mal. Nettelbeck hatte in seinem Berufsleben nicht oft zur Waffe gegriffen und noch seltener einen Schuss abgegeben. Nach seinem Berufsverständnis kam es mehr auf psychologische Taktik an, war Konfliktbewältigung ohne Schusswaffe gefragt. Die schärfste Waffe eines Polizisten ist das Wort, war Nettelbecks Devise.

Viele seiner Kollegen glaubten, die polizeiliche Schießausbildung sei nicht gut genug und die meisten Polizisten deshalb nicht ausreichend mit ihrer Waffe vertraut. Da mochte was dran sein, dachte Nettelbeck, es kam immer wieder zu unnötigen Unfällen mit Dienstwaffen. Er selbst war dafür das beste Beispiel. Nicht umsonst witzelten die SEK-Kollegen, dass der normale Polizeibeamte sich mehr vor seiner eigenen Dienstpistole fürchtete, als vor einem x-fach überführten Massenmörder.

Seit Neustem gab es für alle Berliner Polizeidirektionen ein neues Schießkino. Ein wahres Hightechmonster, wenn man den Kollegen glauben konnte. Dank neuester Technik konnte eine Vielzahl von Filmen auf mehrere Bildwände projiziert werden. Statt auf statische Ziele zu schießen, trainierte man jetzt interaktiv. Zu jeder polizeilichen Gefahrensituation gab es in den Filmen mehrere Handlungsvarianten, die individuell angesteuert werden konnten, egal, ob ein potenzieller Täter bei einem Einbruch mit einem Messer bewaffnet war, eine Pistole in der Hand hielt oder eine rosa Puderquaste.

Aber bislang war das Schießkino noch in der Probephase und Nettelbeck war gespannt, ob er und sein Kollege dort ebenfalls ihre Schüsse abgeben würden.

Täubner kam ins Büro, mit zwei Portionen Moussaka vom griechischen Imbiss gegenüber. Er gab Nettelbeck eine Schale und sie begannen zu essen.

»Was hat denn Jutta Koschke gesagt?«

»Schmeckt prima«, sagte Nettelbeck.

»Hat sie keine Angst, dass sie wegen des Razziadesasters Ärger kriegt?«

»Ist da Lammfleisch drin oder Rind?«

»Lamm.«

»Sehr gut.«

»Ich verstehe nicht, wie das einer so erfahrenen Kriminalbeamtin passieren konnte.«

»Gib mir doch mal bitte eins von den Pfeffertütchen …«

Täubner reicht Nettelbeck ein Tütchen.

»Du kennst sie doch schon länger. Wie erklärst du dir das?«

»Ich betätige mich nicht als Tiefenpsychologe. Hast du auch Salz?«

»Klar.«

Täubner reicht Nettelbeck ein weiteres Tütchen.

»Ich könnte dich jetzt noch eine Stunde länger befragen, ohne dass du mir was verrätst, stimmt's?«, sagte Täubner.

»Weiß man's?« Nettelbeck riss die beiden Tütchen auf

und würzte das Moussaka nach. »Du hast im Studium bei Verhörtechniken doch super abgeschnitten, oder? Mit welcher Note eigentlich?«

»Eins plus.«

»Merkt man heute gar nicht. Woran liegt's?«

»Wir sollten öfter mal was beim Griechen holen, Martin. Das Moussaka ist wirklich ausgezeichnet.«

»Unbedingt. Die richtige Mahlzeit zum heutigen Anlass. Schließlich müssen wir nachher bei der LÜHT in Topform sein.«

»Ich hatte meine letzte Prüfung vor vier Monaten.«

»Bei mir ist es anderthalb Jahre her. Wahrscheinlich soll ich auf dein Level gebracht werden.«

»Meinst du, die halten dich für ein bisschen eingerostet?«

»Möglich. Wir sollten uns Carsten Leitner noch einmal vornehmen. Ihn richtig gründlich durchleuchten. Er ist die einzige Brücke zu Ploog.«

»Das klang gestern anders.«

»Ich dachte, du hättest meine Überlegungen nachvollzogen, Wilbert. Etwa nicht?« Nettelbeck sah seinen Kollegen erstaunt an.

»Doch, doch«, Täubner grinste. »Du glaubst, dass Leitner und Ploog weiterhin zusammenarbeiten. Und zwar so diskret, dass niemand was davon mitbekommt.«

»Ins Schwarze getroffen.«

»Dann sollten wir uns sämtliche ihrer Verträge aus den letzten drei Jahren ansehen.«

»Der letzten fünf Jahre. Wenn nicht mehr.«

»Gut.«

Befriedigt schob Nettelbeck seine leere Moussakaschale beiseite.

»Willst du noch ein Dessert?«, fragte Täubner und holte zwei Schokoriegel aus seiner Schreibtischschublade.

»Fällt heute aus. Bei der *Landesweiten Überprüfung von Handhabung und Treffsicherheit* sollte man nicht zu vollgefressen sein. Ist der Zielgenauigkeit abträglich.«

*

Míla hatte ihr iPhone ausgeschaltet, wie so oft in den letzten Wochen. Doch über Nacht weggeblieben war sie noch nie. Hasso war beunruhigt. Er vermutete schon seit einiger Zeit, dass Míla einen Liebhaber hatte.

Er konnte es ihr nicht einmal verdenken, angesichts dessen, wie er seinen ehelichen Pflichten nachkam. Aber für ihn war es okay, solange sich nichts Ernstes daraus entwickelte. Hasso hatte ähnliche Situationen schon öfter in seinem Leben durchgemacht. Frauen neigten nun mal zu Kurzschlusshandlungen, waren bereit, für eine Eintagsfliegenliebe alles über Bord zu werfen: Zuverlässigkeit, Wohlstand, Sicherheit. Wobei im Fall Míla die Kategorie Luxus definitiv dazugezählt werden musste.

Aber Hasso war auch klar, dass man so ein Verhalten nicht überbewerten durfte. Als Mann konnte man gelassen bleiben, nach einiger Zeit kamen die Frauen von ganz allein zurück – das sagte ihm der Hasso-Rohloff'sche Erfahrungswert.

Aber für heute war seine Geduld am Ende. Er hatte noch nicht einmal gefrühstückt, den ganzen Morgen auf Míla gewartet. Wie ein liebeskranker Teenager. Sein Magen knurrte inzwischen mörderisch und er beschloss, in dem Sternerestaurant drei Straßen weiter zu Mittag zu essen. Bei diesem weltberühmten Gourmet- und Fernsehkoch, das heißt, Supermarktkoch war er inzwischen ja auch noch. Hielt seine Visage für irgendwelche Schrottprodukte in Discounterläden ins Bild. Irgendwann würde er wahrscheinlich noch als fliegender Currywurstfritze über Berlins Marktplätze tingeln, der Gierschlund.

Hasso verließ sein Townhouse, das gegenüber dem Auswärtigen Amt lag. Er mochte das Haus nicht, er mochte die Umgebung nicht, er mochte nicht einmal den Stadtbezirk. Im Grunde hasste er ganz Berlin, diese Versagermetropole. Für Mílas Vorstellung vom urbanen Großstadtleben hatte er viereinhalb Millionen Euro hingeblättert. Er musste völlig geisteskrank gewesen sein. Was war dieser sogenannte Designertraum denn schon? Ein schmaler Betonkasten mit Minibalkonen und einer klitzekleinen Gartenfläche. In dem Architektenprospekt hatte es großartig geklungen:

Innerstädtisches Wohnen im eigenen Haus mit Garten ermöglicht auch Ihnen, traditionelle Werte des bürgerliches Wohnen täglich neu zu (er)leben.
Und das mitten im historischen Zentrum Berlins.
Jeder individuelle Wohnungstraum lässt sich durch die unkonventionellen Grundrisse verwirklichen, jedes Wohnbedürfnis perfekt realisieren.

Ja, am Arsch – wenn er wollte, konnte er den Nachbarn links, rechts und gegenüber in den Frühstückskaffee pissen. Er kam sich vor wie in einer Legebatterie. Und die Lage des Hauses war auch völliger Murks. Nahe am Hausvogteiplatz, der mythischen Wiege der deutschen Textilbranche, Gründungssitz vieler berühmter Konfektionsfirmen, hatten sie im Architektenprospekt geschwärmt, in Rufweite des Gendarmenmarktes. Papperlapapp. Fünf Minuten entfernt vom Alexanderplatz-Elend wäre treffender gewesen. Am Rande der Ostzonen-Tristesse.

Die Nachbarn in den anderen Townhouses waren auch ein Totalreinfall. Bei dem Get-together vor einem Jahr war nicht einer darunter gewesen, mit dem Hasso ein vernünftiges Wort hätte wechseln können. Alles nur Spinner, Start-up-Wichtel und von Papa künstlich am Leben gehaltene Nieten. Und was hatte er für diese Wolkenkuckucksheimchimäre aufgegeben? Die wunderbarste Jugendstilvilla in Meerbusch-Büderich, dem Paradies vis-à-vis Düsseldorf, sein Stoßburg-Idyll am Niederrhein. Was hatte ihn bloß geritten, dieses Elysium zu verlassen? In Meerbusch residierte der Unternehmeradel in herrschaftlichen Villen, in stilvoll sanierten Prachtbauten mit Riesengrundstücken, nur wenige Fahrminuten von Düsseldorf entfernt. Dort hatte Hasso Nachbarn gehabt, die diese Bezeichnung wirklich verdienten. Persönlichkeiten, bei denen es eine Ehre war, sie zu kennen. Die Flicks waren seine Nachbarn gewesen, die Bankiers F. H. Ulrich und F. W. Christians. Alle steinreich. Und trotzdem wundervolle Menschen. Aber auch verrückte Künstler hatten dort gewohnt, Joseph Beuys oder Erwin Heerich. Schriftsteller, Maler, Schauspieler und, und, und. Es waren glorreiche Zeiten.

Als frischgebackener Steuerbevollmächtigter hatte Hasso 1965 die Direktrice Simone kennengelernt und kurz darauf geheiratet. Durch sie bewegte er sich in Düsseldorfs Mode- und Kunstszene. Sexy-mini-super-flower-pop-op-cola-Wahnsinn! Entweder war Party in Düsseldorf oder auf Sylt. Die endlosen Gelage dort, mit Austern und Champagner, Hasso kannte unzählige Geschichten, konnte stundenlang darüber berichten. Welche Prachtkerle er auf Sylt getroffen hatte. Playboys waren sie ja alle, auf Sylt und in Düsseldorf, aber Gunter Sachs gab dem Ganzen eine neue Dimension, erhob das Playboydasein zur Kunstform. Doch der Größte von allen war in Hassos Augen Axel Cäsar Springer. *Die* deutsche Verlegerpersönlichkeit. Mein Gott, hatte er den Mann verehrt. Eines Nachts saßen sie in den Dünen, über sich den tiefen Sylter Sternenhimmel, und Axel Cäsar erläuterte Hasso und drei anderen Freunden seine Philosophie. Erklärte ihnen, dass ein Ausnahmemensch wie er, einer wie Axel Cäsar Springer, per natura Anspruch auf mehr als eine Frau hätte. Seine Idee war verblüffend einfach und schlichtweg genial. Für jeden neuen Lebensabschnitt, den Axel Cäsar durchschritt, brauchte er auch die passende Begleiterin. Auch wenn es ihm wehtat, musste er sich von seiner bisherigen Partnerin trennen, dabei auch gnadenlos gegen sich selbst und sein eigenes Liebesbedürfnis vorgehen, um mit einer neuen Frau an der Seite neuen, noch kühneren Zielen entgegenzustreben. Hasso hatte den Mund nicht mehr zubekommen, doch in der Dunkelheit hatte das Gott sei Dank niemand bemerkt. Was für eine Persönlichkeit! Schade, dass Axel Cäsar nie eine Villa in Meerbusch bezogen hatte. Aber immerhin waren sie auf Sylt Nachbarn gewesen.

Die Sechziger- und Siebzigerjahre waren großartig gewesen, aber irgendwann ging diese wilde Zeit zu Ende. Seine Ehe mit Simone blieb kinderlos, sie entdeckte ihre Bi-Ader. Zwangsläufig lebten sie sich immer mehr auseinander, trennten sich schließlich.

Hasso wohnte erst alleine in Meerbusch, dann mit wechselnden Freundinnen. Er arbeitete nach wie vor sehr viel, keine Dame hielt es lange bei ihm aus. Im Grunde war es ihm auch egal. Irgendeine Frau war immer in der Nähe, zum Vorzeigen und zum Ficken. Die Mauer fiel und die Freundinnen wechselten noch schneller, Hassos Jagdgebiet verlagerte sich von West nach Ost. Die osteuropäischen Frauen mochten Männer mit Geld. Und sie standen für ein Frauenmodell, das die Westweiber schon vor Jahren über Bord geworfen hatten. Er konnte von den Kommunistenmädels gar nicht genug kriegen. Bis er in Budweis bei der Feier zu seinem achtundfünfzigsten Geburtstag Míla Kimlová kennenlernte. Sie war Dolmetscherin, entzückende vierundzwanzig Jahre alt und stammte aus einem Dorf in Südböhmen. Hasso engagierte sie noch am gleichen Tag als seine persönliche Dolmetscherin und flog mit ihr – aus beruflichen Gründen, wie er vorgab – in die Südsee. Und begann mit ihr vor Ort eine Affäre. Anfang 1997 zog Míla bei Hasso ein.

In Meerbusch, vor ihrem Umzug nach Berlin, war ihre Beziehung in jeder Hinsicht perfekt gewesen. Míla hatte für ihn gekocht, nachdem sie vorher super gefickt hatten. Nur mit einer klitzekleinen Serviererinnenschürze bekleidet, war sie durch die Küche getänzelt. Hasso hatte sich nicht nur auf ihre phänomenalen böhmischen Powidltascherl mit Pflaumenmus gefreut, sondern sich dazu noch an Mílas Prachtarsch aufgegeilt. Hatte immer einen Dauerständer gehabt. Und damals gab es in Deutschland noch nicht einmal Viagra.

Das waren Zeiten, alter Willy, was? Lang, lang ist es her. Und heute? ... Powidltascherl mit Pflaumenmus hatte der Fernsehkochschrat bestimmt nicht auf der Pfanne.

*

Die Tür zum sagenumwobenen Reich des WuG, des Waffen-und-Geräte-Wartes, war verschlossen. Nettelbeck und Täubner standen im Vorraum und warteten.

»Du hast doch mit Irina die Akten von Leitner durchgesehen. Ist euch da nichts aufgefallen? So was wie ein Muster, nach dem seine geschäftlichen Aktivitäten ablaufen?«

»Habe ich, ehrlich gesagt, nicht so drauf geachtet.«

»Und auf was dann?«

»Spielst du auf Irina an?«

Nettelbeck grunzte.

»Sag's schon.«

»Wilbert, es ist mir egal, was ihr in eurer Freizeit macht. Aber versucht bitte, euren Privatscheiß außerhalb des Dienstes zu klären. Ist das nachvollziehbar?«

»Sicher.«

»Gut, du willst es ja schließlich noch zum Polizeidirektor bringen.«

Täubner grinste. »Direktor des Landeskriminalamtes wäre mir lieber.«

»Von mir aus. Aber nimm meine Kritik nicht zum Anlass, mich bei der Schießprüfung wie einen Deppen aussehen zu lassen.«

»Ich binde doch meine Augenklappe um.«

»Danke.«

»Ich find's einleuchtend, dass wir unsere eigenen Waffen mitbringen müssen. Es macht schon einen Unterschied, ob du mit deiner persönlichen Sig Sauer schießt oder mit irgendeiner abgenudelten Kirmesknarre.«

Nettelbeck zuckte die Achseln.

»Hattest du letztes Mal gute Werte, Martin?«

»Ging so. Von uns beiden bist du zweifellos der bessere Schütze.«

»Woher willst du das wissen?«

»Ich habe mir deine Ergebnisse mailen lassen«, antwortete Nettelbeck. »Wenn jemand auf fünfundzwanzig Meter so präzise trifft, ballert er eindeutig in einer anderen Liga als ich.«

»Du schmeichelst mir. Ist eben eine Schweizer Präzisionswaffe.«

»Nein, du bist im Schießen wahrscheinlich ein Wunderkind. Der Mozart der Parabellumgeschosse.«

»Okay, Martin, ich gebe dir eine faire Chance. Ich werde rechts eine Augenklappe tragen, lasse mir die rechte Hand auf dem Rücken festbinden und denke die ganze Zeit nur an Irina. Was sagst du? Ist das fair?«

»Ich denke darüber nach.«

Nettelbeck drückte erneut die Klingel, endlich wurde die obere Türhälfte der Materialausgabe geöffnet. Der Waffen- und Gerätewart, ein drahtiger Endfünfziger mit stahlgrauem Bürstenhaarschnitt, klappte ein Brett auf die untere Türhälfte, sodass eine Art Fensterbank entstand, und stützte sich mit beiden Händen darauf ab.

»Schau einer an: Martin Nettelbeck. Unser Posaunenengel.«

»Grüß dich, Ottmar.«

»Du hast es geahnt. Du hast immer noch deinen siebten Sinn, was?«

»Sag nicht, du bist endlich fündig geworden ...«

Der WuG lächelte geheimnisvoll und verschwand in den Tiefen seines Reiches.

»Worum geht's eigentlich?«, sagte Täubner. Er schaute Nettelbeck an, hatte das Gefühl, dass sein Partner richtiggehend fiebrig war. Was er noch nie an ihm erlebt hatte.

Der WuG kam zurück und legte eine abgeschabte alte Pappschachtel auf das Ausgabebrett. Er öffnete sie behutsam und wickelte ein versilbertes Posaunenmundstück aus einem Ölpapier. Feierlich legte er es in Nettelbecks Hände. Als würde er ihm den Heiligen Gral überreichen.

»Großvaters Lieblingsmundstück. Hat einen Kesselinnendurchmesser von 26 mm und eine 3,4-mm-Bohrung. Ist natürlich nichts für Anfänger.«

»Wohl kaum.«

»Großvater hat es zum ersten Mal bei der Premiere von Franz Schrekers *Der Schmied von Gent* benutzt. 1932, in der Städtischen Oper Berlin. Es ist klanglich vollkommen, mit einem dunklen, voluminösen Ton.«

»Hast du mal darauf gespielt?«

»Posaune war nie mein Ding. Ich komm musikalisch mehr nach meiner Großmutter. Ich kann aber hervorragend Mundharmonika spielen. *Im Frühtau zu Berge wir zieh'n, fallera. Noch ehe im Tale die Hähne kräh'n*, und so.«

»Und du willst es mir trotzdem schenken?«

»Ja. Aber dann sind wir quitt, Martin. Okay?«

Nettelbeck nickte und wickelte das Mundstück zärtlich in das Ölpapier ein.

*

Bilals Laune war auf dem Tiefpunkt, als er vor dem Automatenkasino einparkte. Er hupte mehrmals, doch nichts passierte. Niemand nahm Notiz von ihm, keine Sau kam raus, um ihm zu helfen. Es war eigentlich so wie immer.

Also trug er, so wie immer, das Verbrauchsmaterial alleine hinein.

Da die totale Flaute herrschte und kein Kunde in Sicht war, hatte der untersetzte Spielhallenwart mit den markanten Rockabilly-Koteletten sich mit der ebenfalls unterbeschäftigten Bräunungsstudio-Leiterin aus dem Nachbarhaus mit dem hübschen Augenbrauen-Permanent-Make-up bei einem Kaffee festgequatscht. Sie flirteten auf der Überholspur, als würde morgen um sechs Uhr früh ein allgemeines Fickverbot für Mittvierziger in Kraft treten, und bemerkten nicht, wie Bilal schwer bepackt den Laden betrat.

Bilal erfasste die Situation sofort und ließ empört seine Sachen fallen – das mittelalte Glück schreckte hoch. Die tiefengebräunte Frau verdrückte sich schleunigst, als Bilal den Spielhallenwart ohne Ansatz zusammenstauchte.

»Meinst du, wir bezahlen dir die Kohle fürs Rumquatschen? Glaubst du das wirklich? Hältst du uns für völlig bescheuert?«

»Tut mir leid, Bilal, aber es war heute noch kein Kunde da.«

»Interessiert mich nicht. Entweder du machst deinen Job richtig oder du kannst verschwinden.«

»Kommt nicht wieder vor.«

»Den Spruch kenn ich.«

»Versprochen, Bilal, wirklich. Mein Ehrenwort.«

»Okay, dann vergesse ich es dieses eine Mal. Aber reiß dich in Zukunft am Riemen.«

»Danke, Bilal. Ist echt nett von dir.«

»Schon gut.«

»Möchtest du einen Kaffee?«

»No time, no time.«

»Verstehe, hast sicher 'ne Menge zu tun.«

Bilal machte eine lässige Geste.

»Bilal, du bist doch mit den Sharifs verwandt ...«

Bilal nickte.

»Ich hab da mal eine Frage. Meinst du, dass ...«

Bilals Smartphone klingelte und er unterbrach den Spielhallenwart mit einem Wink, nahm den Anruf entgegen. »Bilal Gösemann himself. – Hey, Halil! – Klar, kenne ich die Kanzlei. War schon öfter da. – Mach ich. – Sicher, ich komme danach ins Büro. – Tschau.«

Bilal steckte sein Smartphone ein und ging zum Ausgang, ohne den Spielhallenwart noch eines Blickes zu würdigen.

»Denk dran, Keule«, rief Bilal über die Schulter. »Du stehst unter Beobachtung. Und lass die Finger von der Brathähnchenbraut. Die färbt garantiert ab.«

*

Stefan Baerwalds Sekretärin war mit ihrem Chef gemeinsam gealtert. Dass sie beide einmal eine heftige Affäre gehabt hatten, lag schon eine Ewigkeit zurück. Obwohl ihr ehemaliger Liebhaber behauptet hatte, dass er sie fachlich über alles schätzen würde und sie deshalb nach dem Ende ihrer Beziehung unmöglich entlassen könne, war der Sekretärin klar, dass er es nur nicht getan hatte, weil sie sämtliche Leichen in seinem Keller kannte. Und noch ein paar weitere in anderen dunklen Löchern. Deshalb arbeitete sie immer noch als Baerwalds rechte Hand, bekam jedes Jahr eine passable Gehaltserhöhung und zu Weihnachten ein teures Modeaccessoire, das sie sich selbst aussuchen konnte. Seit ein paar Jahren legte Baerwald stetig an Gewicht zu, hatte die hundert Kilo bereits überschritten, und inzwischen konnte sie sich nicht einmal mehr erinnern, wie es mit ihm im Bett gewesen war. Was nicht die schlechteste Entwicklung war, wie sie fand.

Die Sekretärin betrachtete die abgerissene Gestalt, die vor ihrem Empfangsschreibtisch stand. Spindeldürr, mit einem lächerlichen Comic-T-Shirt, verwaschenen Bermuda-Cargo-Shorts, Nike Sneakers und dunklen verschwitzten Haaren. Eindeutig aus der Zeit gefallen, so war man vielleicht vor fünfzehn Jahren herumgelaufen. Als es noch diese verrückte Grungemusik gab. Der Typ war definitiv ein Fremdkörper in den eleganten Kanzleiräumen in der Kurstraße.

Die Sekretärin war sicher, ihn schon einmal gesehen zu haben, hatte das aber, wie wohl so vieles andere, erfolgreich verdrängt.

»Dr. Baerwald ist noch unterwegs. Vielleicht gehen Sie einfach zwanzig Minuten um den Block. Schauen Sie sich die Gegend an.«

Bilal setze sich auf einen der Besucherstühle. »Ich warte lieber hier.«

»Es kann aber dauern.«

»Kein Problem«, Bilal fischte ein Päckchen Zigaretten aus seiner Hosentasche und zündete sich eine an. »Wollen Sie auch eine?«

»Das ist ein Nichtraucherbüro. Wenn Sie rauchen müssen, dann bitte auf dem Balkon.«

»Mach ich glatt.«

Die Sekretärin deutete auf einen Wasserspender. »Nehmen Sie sich bitte einen Plastikbecher und tun Sie etwas Wasser rein.«

Bilal schaute die Sekretärin verständnislos an.

»Für die Asche, junger Mann.«

»Super Idee.« Bilal nickte anerkennend und ging zum Wasserspender. Er ignorierte den verächtlichen Blick der Sekretärin, aschte demonstrativ auf den Berberteppich, schaute sie dann verschreckt an. »War keine Absicht. Echt nicht.«

Dann grinste er und trat mit dem Wasserbecher auf den Balkon. Von hier hatte man eine fantastische Aussicht auf die lang gestreckte Hinterfront des Auswärtigen Amtes, auf die Townhouses am Caroline-von-Humboldt-Weg und den schmalen Park dazwischen.

Bilal interessierte sich jedoch nicht dafür, er stand am Balkongitter und rauchte. Dachte an die vierzehntausend Euro. Überlegte, wen er noch anpumpen konnte. Von seiner Mutter Rosa hatte er nichts zu erwarten, so viel war sicher. Wer blieb noch übrig, wenn auch die Familie seines Vaters ausfiel? Im Grunde niemand. In seinem Freundeskreis würde er maximal zweitausend Euro zusammenbekommen und dafür müsste er höchstwahrscheinlich wochenlang betteln. Bilal schnippte die Zigarettenasche in den Plastikbecher. Trübe Aussichten.

Schräg gegenüber trat eine Frau auf die Dachterrasse eines der Townhouses, nur mit einem Tangaslip bekleidet.

Bilal war elektrisiert, nahm sein Smartphone, schaltete die Videofunktion ein und tippte auf Zoom.

Wahnsinn! ... Bilal konnte sein Glück kaum fassen, die Frau war der absolute Hammer. Vollkommen in jeder Hinsicht. Eine reife Schönheit, das, was seine Kumpels eine MILF nannten, eine ›Mom I'd like to fuck‹. Die Beauty machte ein paar Streckübungen und ihre atemberaubenden vollen Brüste hoben und senkten sich im Gleichklang. Ja, was Bilal sah, war Weiblichkeit in Vollendung. Bilal hätte sich wahnsinnig gerne auf der Stelle einen runtergeholt, aber er verzichtete darauf, da die Terrassenrückwand aus Glas war und der Bürodrache ihn garantiert misstrauisch beobachtete, um ihn beim kleinsten Anlass zu verschlingen. Also konnte er die unbekannte Schönheit nur mit seinem Smartphone filmen. Und sich auf das spätere Heimkino freuen.

*

Hasso stieg zum fünften Stockwerk hoch. Er war angetrunken, hatte aber beim Reinkommen registriert, dass Míla inzwischen nach Hause gekommen war. Ihre High Heels lagen, wie meistens, verstreut im Eingangsbereich.

Das Mittagessen war ziemlich gut gewesen. Er hatte dazu eine Flasche Brunello Tenuta Nuova getrunken und hinterher vier Marc de Bourgogne gekippt. Er musste sich dringend aufs Ohr legen, aber vorher wollte er noch mit Míla sprechen. Das Ding letzte Nacht würde er ihr nicht durchgehen lassen. – Wehret den Anfängen.

*

Bilal hielt den Atem an. Hatte er heute Geburtstag? Die Traumbraut zog sich wirklich den Slip aus. Extra für ihn?

Hatte sie ihn vielleicht bemerkt? Machte die Situation sie scharf? Schade, dass sein Zoom nicht stärker war, sie war unten nämlich nicht rasiert. Anders als Nadine und Jessica, diese kahlen Chicks.

Die Frau nahm ein Sonnenschutzmittel und begann, sich ihre Mördertitten einzuölen.

Baby, lass mich das machen, schoss es Bilal durch den Kopf, ich kann das viel besser als du. Lass mich, lass mich!

Da verdeckte ein Mann den Bildausschnitt und Bilal zuckte zurück.

*

»Schau an, Madame weiß ja doch noch, wo sie wohnt«, sagte Hasso zu Míla, die gerade auf der Sonnenliege Platz nehmen wollte.

»Du bist betrunken, Hasso.«

»Wundert dich das?« Hasso hatte Schwierigkeiten, die Wörter zu artikulieren und zerdehnte sie mit alkoholschwerer Zunge. »Ob dich das ... das wundert, will ich ... ich wissen.«

»Schlaf deinen Rausch aus, Hasso.«

»Erst hörst du mir zu. Komm mit.« Hasso griff nach Mílas Arm, doch sie riss sich los und ihr Slip flatterte vom Balkon. Segelte wie ein Papierflieger abwärts, bis er schließlich auf dem Dach von Hassos Bentley Arnage zur Ruhe kam.

»Was willst du mir sagen?«

»Wo hast du dich letzte Nacht rumgetrieben?«

»Möchtest du das wirklich wissen?«

»Ja.«

»Ich habe bei meinem Freund übernachtet.«

»Was?« Hasso holte aus, um seiner Frau ins Gesicht zu schlagen, doch er war zu langsam, Míla wehrte ihn mühelos ab.

»Leg dich hin, Hasso. Wir reden, wenn du wieder nüchtern bist.«

»Wir reden jetzt.«

»Gut. Ich möchte die Scheidung.«

»Du spinnst ja.«

»Und ich möchte, dass du innerhalb der nächsten vier Wochen hier ausziehst.«

»Ich soll aus meinem Haus ausziehen? Hast du ’nen Knall?«

»Es gehört mir.«

»Und wer hat den ganzen Scheiß bezahlt?«

»Du wolltest es ja unbedingt auf mich überschreiben. Ich habe dich nicht dazu gedrängt.«

»Drecksfotze.«

»Okay. Du packst morgen deine Sachen und bist übermorgen verschwunden. Sonst schalte ich die Polizei ein.«

»Du blöde Kuh, du tickst ja nicht richtig. Wer hat dich denn zu dem gemacht, was du heute bist? Du konntest ja noch nicht mal mit …«, Hasso suchte nach Worten, begann zu stammeln. »Nicht mal mit … mit Messer und Gabel essen. Du … du verlässt mich nicht.«

»Träum ruhig weiter.« Míla versuchte, an Hasso vorbei ins Haus zu gehen, als dieser wutentbrannt vorwärtstaumelte.

Hasso griff nach Mílas Kehle, verfehlte sie, erfasste stattdessen ihre Schultern und stieß seine Frau über die Brüstung.

Míla suchte nach Halt, rutschte mit ihren eingeölten Händen an der Chrombalustrade ab und stürzte abwärts.

*

Bilal filmte, wie die Frau durch die Luft trudelte, von einem Erkervorsprung abgestoßen wurde, weiterfiel, einen vor dem Gebäude geparkten Wagen touchierte und auf dem Gehweg aufschlug.

Bilal hielt auf das Gesicht der Frau, filmte, wie sie starb. Dann riss er das Smartphone hoch, schwenkte zurück zur Dachterrasse und sah noch, wie der Mann im Townhouse verschwand.

*

Gar nicht so schlecht gelaufen, dachte Nettelbeck, als sie die Direktion 2 an der Charlottenburger Chaussee verließen und zum Parkplatz gingen. Er war zwar nicht annähernd an Täubners Werte herangekommen, aber in seiner persönlichen Schießprüfungshistorie befand er sich damit immer noch im oberen Drittel. Was Nettelbeck voll und ganz reichte. Mit dem neuen Schießkino hatte es natürlich nicht geklappt. Irgendwelche Techniker waren mit irgendwelchen Nachjustierungsarbeiten beschäftigt gewesen. Also mussten sie in die alte Schießanlage gehen, die mit Ach und Krach am Laufen gehalten wurde. Die Lüftung rasselte altersschwach, als würde sie jeden Moment den Geist aufgeben, es war entsetzlich heiß und roch nach Zoo, Abteilung Affenhaus. Bei den meisten Berliner Schießanlagen sah es ähnlich aus. Alle sanierungsbedürftig. Eine Millioneninvestition, die das Land nicht tätigen konnte.

Nettelbeck ließ gerade ihren Dienstwagen an, als sich sein Smartphone meldete.

»Nettelbeck? – Wo ist das? – Okay, wir fahren gleich hin. – Danke.«

»Und?«

»Todesfall. Du kannst dir wieder die Augenklappe umbinden«, Nettelbeck gab Gas. »Ein fokussierter Blick wird uns jetzt nützlich sein.«

*

Hasso Rohloff kniete im Bad vor der offenen Toilettenschüssel und kotzte um sein Leben. Erbrach alles, was er im Laufe des Tages zu sich genommen hatte, das Vier-Gänge-Menü, den Wein, die Schnäpse, bis schließlich nichts mehr herauskam. Er atmete tief durch, erholte sich einen Moment von der Anstrengung und zog sich dann mühsam am Waschbecken hoch.

Hasso schaute in den Spiegel und das Grauen blickte ihm entgegen. Um mindestens zehn Jahre gealtert. Er drehte den Wasserhahn auf, hielt sein Gesicht in das kalte Nass, spülte die Kotzereste ab, den Schleim, den ganzen Ekel. Er nahm ein Handtuch, trocknete sich das Gesicht. Mit den Fingern kämmte Hasso seine nassen Haare zurück, schaute erneut in den Spiegel. Jetzt sah er schon etwas besser aus. Und das Grauen auch. Mindestens acht Jahre jünger.

Hasso verließ das Bad, versuchte, nicht daran zu denken, was auf der Dachterrasse passiert war. Er stakste zu dem Mahagoni-Barschrank, den Míla ihm zu seinem siebzigsten Geburtstag geschenkt hatte, sein absolutes Lieblingsmöbel, Biedermeier, von Hand polierter Schellack. Ein authentisches Sammlerstück, gefertigt um 1830. Ungefähr jedenfalls. Hasso öffnete die vergoldeten Messingbeschläge und inspizierte die Spirituosenflaschen. Er holte eine Flasche Averna heraus, sackte auf den Boden und zwang sich, einen großen Schluck zu trinken. Und dann einen weiteren. Und noch einen.

*

Es mag stimmen, dass die Liebe in der zweiten Lebenshälfte etwas anders ist als in den Jugendjahren. Vielleicht weniger stürmisch, vielleicht ist auch der Kopf mehr dabei. Und doch ist es vergleichbar. Die Schmetterlinge im Bauch, schwirr-schwirr, die Unsicherheit beim ersten Treffen, zitter-zitter, das Gefühl des Verliebtseins, summ-summ. Tatjana und Bruno fühlten sich jedenfalls keinen Tag älter als sechzehn, als sie sich vor vier Jahren beim *Beach Polo World Cup* auf Sylt kennengelernt hatten. Für beide war es Liebe auf den ersten Blick. Und das, obwohl sie beide die sechzig bereits überschritten hatten.

Ein paar Monate später verließen sie Hamburg beziehungsweise Stuttgart und wagten den gemeinsamen Neuanfang in Berlin.

In ihrem atemberaubenden Townhouse durften sie tagtäglich innerstädtisches urbanes Wohnen (er)leben, nahe am Hausvogteiplatz, mitten im historischen Zentrum Berlins.

LMFAO (Laughing my fucking ass off) hätte Hasso gesagt, wenn er diesen Scheiß gehört hätte. Und vorausgesetzt natürlich, dass Hasso diese Netzjargonabkürzung gekannt hätte.

Tatjana und Bruno kamen direkt aus ihrem *Polo & Country Club* in Werder, trugen teure Sportkleidung und betrachteten fassungslos die Frauenleiche, die quer vor dem Bentley lag.

»So eine schöne junge Frau, Tatjana.«

»Und so sympathisch. Ich habe mich mehrmals mit ihr unterhalten.«

»Ich habe sie nie kennengelernt. Komisch, wo wir fast direkte Nachbarn sind. Nachbarn waren, meine ich natürlich.«

»Natürlich, Bruno, waren. Leider.«

Zwei Streifenbeamte traten zu dem älteren Paar. »Halten Sie bitte Abstand.«

Tatjana und Bruno kamen der Aufforderung nach, gingen Händchen haltend ein Stück beiseite.

Die Polizisten bedeckten Mílas Körper mit einer silbernen Folie.

Durch die Parkanlage kam ein Mann zum Townhouse gerannt – Bilal Gösemann. »Ich habe gesehen, wie sie runtergestürzt ist.«

»Ernsthaft?«

Bilal nickte, zeigte zum Balkon der Anwaltskanzlei. »Ich stand da oben, habe eine geraucht.«

Bilal trat an die aluminiumbedeckte Leiche. »Kann ich noch mal ihr Gesicht sehen?«

Die beiden Streifenbeamten tauschten einen Blick aus, dann lüfteten sie die Folie etwas, aber so, dass die Brust noch bedeckt blieb.

Bilal schaut die Tote an. Sie war auch aus der Nähe immer noch eine schöne Frau. Warum tötet ein alter Sack so eine Spitzen-MILF? Das konnte Bilal nicht begreifen. Was für eine Verschwendung. Dann sah er, dass aus beiden Nasenlöchern kleine Blutrinnsale flossen.

Die Streifenbeamten sahen es auch, deckten die Leiche wieder zu.

»Reicht ja wohl.«

Bilal nickte.

»Wie ist es denn passiert? Was haben Sie gesehen?«

»Sie hat sich eingeölt, wollte wohl ein Sonnenbad nehmen. Dann ist ihr Slip über das Geländer geflogen. Sie hat nach dem Ding gegriffen und sich drübergebeugt. Über das Geländer, mein ich. Und dann … dann hat sie irgendwie das Gleichgewicht verloren und ist runtergefallen.«

Die Streifenbeamten schauten sich um. »Hat hier jemand einen Slip gesehen?«

Tatjana und Bruno schüttelten den Kopf.

Bilal deutete auf das Dach des Bentley Arnages. »Da liegt er.«

Der ältere Streifenbeamte nahm den Slip und steckte ihn in einen Plastikbeutel. »Gleich kommen unsere Kollegen vom LKA, die werden Sie vernehmen. Bleiben Sie bitte hier.«

»Klar.«

Bilal schüttelte eine Zigarette aus seiner Packung und zündete sie an. Er blickt hoch zur Dachterrasse, doch dort war niemand zu sehen.

*

Hasso saß auf dem Boden, an den Barschrank gelehnt, die Avernaflasche war inzwischen fast leer.

Was hast du gemacht, Hasso? Das kann nicht sein!

Hassos Blick irrte hin und her, obwohl es ihn schüttelte, zwang er sich zu einem weiteren Schluck. Er setzte die Flasche ab, sein Oberkörper zitterte stakkatomäßig.

Mach Schluss, Hasso. Spring hinterher! Tu es!

Hasso packte an die Messingbeschläge des Barschrankes, versuchte aufzustehen. Mühte sich ab. Als er es fast geschafft hatte, kippte das Biedermeiermöbel um, Spirituosen und Barzubehör fielen heraus, zersprangen, liefen aus. Und das alles vor Hassos fiebrigen Augen.

Es gelang ihm irgendwie, die Balance zu halten. Er griff sich die Flasche Averna, ging ins Treppenhaus, machte sich auf den Weg in das oberste Stockwerk.

Dort torkelte er auf die Dachterrasse, trat an die Balkonbrüstung, schaute nach unten auf die Straße, auf den quietschgrünen Teletubbies-Park. Er konnte Mílas Leiche nirgendwo entdecken. Hasso schwankte, musste sich am Geländer festhalten. Nah am Kotzen. Eine Menge Leute standen vor dem Bentley und redeten aufgeregt.

Was wollten ihr, ihr Ärsche? Verpisst euch!

Hasso schleuderte die Flasche von sich. Sie knallte rückwärts gegen die Fensterfront, kullerte dann zu ihm zurück.

Hasso wollte ihr einen Fußtritt verpassen, doch er verfehlte sie.

Quatsch, ich spring doch nicht! Die Schlampe hat es verdient! Die Drecksau!

Hasso lachte und wankte zurück ins Haus.

*

Nettelbeck und Täubner hatten sich die Tote angesehen und sich von ihren uniformierten Kollegen die wichtigsten Informationen geben lassen.

Sie gingen zu Bilal Gösemann, der am Heck des Bentley stand, Musik auf seinem Smartphone hörte und mit geschlossenen Augen tanzte. Tranceartig.

Täubner wich Bilals Bewegungen aus, tippte ihm dann auf die Schulter.

Bilal öffnete die Augen, zog die Mikrokopfhörer aus den Ohren. »Ja?«

»Herr Gösemann? Wilbert Täubner, Landeskriminalamt Berlin, mein Kollege Martin Nettelbeck. Sie haben gesehen, wie die Frau von der Dachterrasse gestürzt ist?«

»War richtig unheimlich. Echt.«

Nettelbeck deutete zur Anwaltskanzlei Baerwald. »Sie standen auf dem Balkon da drüben?«

»Genau. Die Frau hat das Gleichgewicht verloren.«

»War sie alleine auf der Dachterrasse?«

»Ich habe sonst niemanden gesehen.«

»Gut. Kommen Sie bitte mit uns. Wir müssen erst überprüfen, ob jemand im Haus ist, bevor wir Sie vernehmen können.«

»Ich hab Zeit.«

*

Hasso irrte durch das Townhouse, suchte eines seiner vier Bäder, hatte völlig vergessen, welche Tür wohin führte. Kam sich vor, als wäre er in einem Labyrinth gefangen. Schließlich ging er zu der minimalistisch gestylten Edelstahltreppe, deren Stufen und Glasgeländer sich frei schwebend durch das ganze Haus wanden, stellte sich an einen Kübel mit einer fünf Meter hohen Hanfpalme und pisste hinein. Erleichterung überkam ihm.

Es schellte.

Hasso fuhr herum, pinkelte auf dem Bidjar-Teppich weiter, bis es nur noch tröpfelte.

»Moment ... Komme ... Moment.«

*

Nettelbeck und Täubner standen mit Bilal Gösemann im Eingang des Rohloff'schen Townhouses und warteten. Bilal hörte wieder Musik, jedoch mit geöffneten Augen und ohne zu tanzen.

Nettelbeck tippte ihn an und Bilal nahm einen der Stöpsel aus den Ohren. »Was hören Sie? Techno? Rock oder Jazz? Vielleicht zufällig was mit Posaunen?«

»Mit was?«

»Posaunen ... Trombones.«

Ehe Nettelbeck es verhindern konnte, stopfte Bilal ihm einen seiner Kopfhörer ins Ohr. Der Kommissar wich überrumpelt zurück. Hörte zwei, drei Sekunden zu. Verzog das Gesicht, riss den Kopfhörer heraus.

»Stehen Sie nicht auf Industrial Metal?«, fragte Bilal.

»Nicht besonders. Nehmen Sie die Dinger bitte raus.«

Die Haustür wurde geöffnet und der Hausherr erschien im Eingang. Er konnte sich kaum aufrecht halten und lehnte sich an den Türrahmen.

»Die … die Heiligen Drei Könige … Oder wer will mich … mich besuchen?«

»Wir sind vom Landeskriminalamt. Eine Frau ist von Ihrer Dachterrasse gestürzt. Können wir reinkommen?«

Ohne zu antworten, drehte Hasso sich um, ging schwankend in die Küche, deren riesige Glasfront den Blick auf den Garten freigab. Nettelbeck, Täubner und Bilal Gösemann folgten ihm.

Hasso sackte auf einen Stuhl, klammerte sich mit beiden Händen an der Esstischplatte fest, wirkte auf einmal wie ein Greis.

»Míla ist tot.«

Bilal trat einen Schritt vor, betrachtete Hasso konzentriert. Dann schüttelte er den Kopf. »Den Typen hab' ich jedenfalls nicht auf der Dachterrasse gesehen. Das kann ich beschwören.«

»Das bezweifelt ja niemand.«

»Ich wollte ja nur sagen, dass ich den Mann noch nie gesehen habe. Und schon gar nicht auf der Dachterrasse. Würde ich auch beschwören. Mit meinem eigenen Blut sogar.«

Nettelbeck warf Täubner einen Blick zu. »Wilbert, kannst du bitte …«

Bilal wollte etwas näher zu Hasso gehen, doch Nettelbeck hielt ihn zurück. »Vernimm Herrn Gösemann bitte in einem anderen Raum, Wilbert.«

Täubner legte Bilal die Hand auf die Schulter. »Kommen Sie.«

Bilal zögerte, doch dann verließ er mit Täubner die Küche.

Hasso schaute Nettelbeck mit blutunterlaufenen Augen an. »Míla ist tot. Sie ist einfach so gestorben.«

Nettelbeck nahm einen Stuhl und setzte sich gegenüber Hasso an den Tisch. »Gehört das Haus Ihnen? Sind Sie Hasso Rohloff?«

Hasso nickte.

»Erzählen Sie mir, was passiert ist.«

»Ich weiß es nicht. Ich war ... war hier im Haus, ja ... die ganze Zeit eigentlich ... Nein, gegen Mittag war ich kurz was essen. Da habe ich eine Flasche Wein und ein paar Schnäpse gekillt. Dann habe ich hier weitergetrunken, den ganzen Tag. Mehr oder weniger.« Hasso schlug die Hände vor das Gesicht, weinte leise.

Nettelbeck wusste nicht, was er davon halten sollte. Er mochte den Mann nicht, empfand den Klang seiner Stimme als unangenehm. Irgendwie erinnerte ihn Hasso Rohloff an ein Krokodil. An ein besonders fieses, altes Krokodil. Doch Nettelbeck ließ Rohloff Zeit, ehe er leicht auf die Tischplatte klopfte. »Also, von Anfang an. Wie ist es dazu gekommen?«

Hasso nahm die Hände vom Gesicht, versuchte, sich in den Griff zu bekommen. »Heute Morgen rief mich eine Freundin aus Zürich an. Ihr Bruder ist gestorben. Ganz plötzlich. Prostatakrebs. Er war ... Ueli war ein alter Geschäftsfreund ... aber auch der beste Kumpel, den ich je hatte. Vielleicht der letzte ... der letzte, der mir noch geblieben ist.«

»Und Ihre Frau? Haben Sie mit ihr darüber gesprochen?«

»Ja, kurz. Sie kannte Ueli natürlich. Ich war so geschockt ... über die Nachricht ... Ich habe sofort eine Flasche aufgemacht. Den ganzen Tag nur gesoffen ... Wenn man ... in meinem Alter ... wenn man da einen Freund verliert ...«

»Wie viel Uhr war das, als Sie mit dem Trinken angefangen haben?«

»So gegen zehn, würde ich sagen.«

»Was war mit Ihrer Frau? Was hat sie tagsüber gemacht?«

»Keine Ahnung. Míla hat irgendwann das Haus verlassen«, Hasso grunzte gequält. »Mein Gott, bin ich besoffen.«

»Und wann ist sie zurückgekommen?«

»Irgendwann nachmittags. Ich weiß nicht mehr.«

»Wann haben Sie sie das letzte Mal gesehen?«

Hasso zuckte die Achseln. »So gegen zwei, drei Uhr.«

»Und wo?«

»Im dritten Stock, da steht unser Barschrank.«

»Und dann?«

»Was dann? Irgendwann wollte ich mich hinlegen ... nach der ganzen Sauferei. Ich habe Míla gesucht, bin auf unsere Dachterrasse gegangen ... Sie war nicht da. Dann habe ich auf die Straße geguckt. Da lag sie.«

»Und was haben Sie anschließend gemacht?«

»Ich bin ins Haus gegangen. Bin wohl zusammengebrochen und habe geweint.«

»Sie sind nicht rausgegangen und haben nach ihr gesehen? Oder den Notarzt gerufen? Oder die Polizei?«

»Míla war tot. Wenn zwei Menschen an einem Tag sterben, die man mehr als alles andere geliebt hat, dann ... Was soll man dann noch machen außer weinen und saufen?«

Nettelbeck sah Hasso einen Moment lang an, wunderte sich, dass der alte Mann während der Vernehmung immer nüchterner zu werden schien, immer eloquenter. Dann erhob sich der Kommissar. »Aufgrund Ihres Zustandes kann ich Sie nicht vernehmen, Herr Rohloff. Ich werde Sie jetzt zur Blutuntersuchung und erkennungsdienstlichen Behandlung bringen lassen.«

»Ich habe nichts getan. Nur gesoffen.«

»Sie sind ein möglicher Tatbeteiligter. Sie können die Aussage verweigern und haben das Recht, zu gegebener Zeit einen Anwalt hinzuzuziehen.«

Hasso nickte, ohne Nettelbeck anzublicken.

*

Stefan Baerwald und Carsten Leitner lehnten im Restaurant *Cassirer* an der blattvergoldeten Mahagonitheke und tranken einen Espresso.

»Der Zugriff wurde von einer Kriminalrätin Jutta Koschke angeordnet«, sagte der Anwalt leise hüstelnd. »Dieser Nettelbeck hat ihn offenbar nur ausgeführt.«

»Egal, dann mach eben die Frau platt.«

»Bin ja schon dabei. Ich habe mit einigen der Kollegen gesprochen, die deine Gäste vertreten. Wir haben eine gemeinsame Attacke angestoßen. Massive Beschwerden, direkt beim Polizeipräsidenten und dem Regierenden Bürgermeister.«

»Sehr gut«, Leitner nickte dem Barmann zu und der machte sich an der Espressomaschine zu schaffen.

»Ich mache mir wegen Robert Sorgen«, sagte Baerwald.

»Wieso?«

»Die Razzia hätte wirklich nicht sein müssen.«

»Ist doch eh ins Leere gelaufen.«

»Glaubst du?«

»Etwa nicht? Außerdem hat das Restaurant damit sowieso nichts zu tun. Die Bullen waren nur wegen Roberts Eskapaden hier.«

»Bist du dir da sicher?«

»Hast du andere Informationen, Stefan? Dann raus damit.«

»Keine Informationen, aber massive Bedenken.«

»Welcher Art?«

»Immerhin halte ich vier Prozent an dem Komplex hier. Ich möchte nicht, dass ich meinen Anteil in den Wind schreiben muss, ehe das Ganze Gewinn abwirft.«

»Jetzt red doch mal Klartext. Worin bestehen deine sogenannten Bedenken?«

»Nicht sogenannte. Mir ist es ernst damit.«

»Dann komm bitte zur Sache.«

»Falls Robert verhaftet wird und ich ihn …«

Der Kellner brachte zwei neue Espressi und Baerwald verstummte kurz.

»Also, wenn ich ihn nicht freibekomme, besteht Gefahr, dass unsere schöne Altersversicherung hier mit ihm in den Orkus geht.«

»Werd nicht theatralisch. Du bist ein Spitzenanwalt. Dir fällt schon was ein.«

»Meistens, aber nicht immer. Gibt es irgendwelche Absprachen zwischen Robert und dir, von denen ich wissen müsste? Etwas, das unsere Investition gefährden könnte?«

»Nein. Definitiv nicht.«

»Gut. Ich glaube dir. Alles andere wäre nicht in deinem Sinn. Man belügt vielleicht seine Geschäftspartner, aber nicht seinen Anwalt.«

»Würde ich niemals tun«, Leitner grinste. »Ich bin doch nicht aus Dummsdorf.«

»Wollen wir's hoffen.«

»Kommst du nachher eigentlich zur Eröffnung?«

»Natürlich. Unter allen zeitgenössischen Künstlern ist Schwarzkogler derjenige, mit dem ich mich am meisten identifizieren kann.«

Verblüfft stieß Baerwald eine Hustenkanonade aus. »Das war eine rhetorische Frage. Seit wann hast du es mit dem Tod?«

»Schon von jeher. Ich bin schließlich Österreicher.«

»Wie unser verehrter Freund Schwarzkogler.«

Leitner nickte: »Aber ich kippe nicht aus dem Fenster. Grundsätzlich nicht.«

*

Martin Nettelbeck stand vor dem Auswärtigen Amt und sah zu, wie der Polizeitransporter mit Hasso Rohloff abfuhr. Nachdem er ihn über seine Rechte informiert hatte, war aus dem alten Mann kein Wort mehr herauszubekommen. Bis zur Abfahrt hatte Rohloff konsequent geschwiegen und Nettelbeck mit Missachtung gestraft.

Täubner und Bilal Gösemann kamen aus dem Townhouse und Nettelbeck ging ihnen entgegen.

»Ich habe so weit alles, Martin. Herr Gösemann war sehr kooperativ. Wollen wir uns jetzt die Dachterrasse ansehen?«

»Später. Erst gehen wir in das Anwaltsbüro. Mit Herrn Gösemann.«

»Super«, sagte Bilal. »Ich muss da sowieso noch was abholen.«

Nettelbeck und Täubner nahmen Bilal in ihre Mitte und schritten mit ihm über die Parkanlage zur Anwaltskanzlei Baerwald.

Die Art, wie die Sekretärin Nettelbeck und seine Begleitung begrüßte, ließ darauf schließen, dass die Kanzlei schon öfter polizeilichen Besuch gehabt hatte. Bei der Klientel, die Stefan Baerwald vertrat, war das nicht weiter verwunderlich. Die Sekretärin war überfreundlich, wobei sie Bilal Gösemann geflissentlich übersah.

»Schauen Sie sich in Ruhe um. Dr. Baerwald muss jeden Moment hier sein.«

Nettelbeck nickte, trat dann mit seinen Begleitern auf den Balkon.

Bilal ging zum Geländer und nahm den Plastikbecher mit der Zigarettenkippe hoch. »Hier, die hab ich geraucht.« Er hielt den Kriminalbeamten sein Beweisstück hin und fummelte eine zerknitterte Zigarettenpackung aus seiner Hosentasche hervor. »Sehen Sie … meine Marke.«

»Wie lange haben Sie sich hier aufgehalten?«

»Vier, fünf Minuten. Höchstens. Nach zwei Minuten oder so ist die Frau rausgekommen und hat sich eingeölt. Und dann ist das mit dem Slip passiert.«

»Was wollten Sie hier?«

»Verträge abholen. Für meinen Chef.«

»Als was arbeiten Sie?«

»Ich kümmere mich hauptsächlich um organisatorische Dinge und so. Nichts Besonderes. Was halt anfällt in einer großen Firma.«

Nettelbeck sah Täubner an, der zuckte mit den Achseln.

Aus dem Büro erscholl ein trompetenlautes heiseres Husten. Die Sekretärin winkte Nettelbeck durch das Fenster zu.

Die Kommissare gingen zurück in das Empfangszimmer, gefolgt von Bilal.

»Guten Tag, die Herren. Tut mir leid, dass Sie warten mussten.« Stefan Baerwald stand am Empfangstisch und unterschrieb Verträge, die seine Sekretärin ihm in einer Unterschriftsmappe präsentierte.

»Heute ist totaler Stress angesagt. Ein Mandant jagt den anderen. Und gleich die Ausstellungseröffnung in der Nationalgalerie. Wiener Aktionismus. Kann ich übrigens nur empfehlen. Weniger blutrünstig, als man denkt.« Baerwald lachte heiser.

Nettelbeck musste grinsen. Der Anwalt erinnerte ihn an einen verfetteten, in die Jahre gekommenen Harry Potter. Mit inzwischen grauen Haaren, schief abstehender, schmuddeliger Fliege und beschlagener Rundbrille. Falls Harry Potter im Laufe seines weiteren Lebens ein glattes, schmieriges Arschloch werden sollte, ohne seinen Kleidungsstil groß zu ändern, dann sähe er garantiert genau so aus.

Die Sekretärin steckte die Verträge in eine hellbraune Versandtasche und der Anwalt reichte sie an Bilal weiter. »Grüßen Sie Ihren Chef von mir. Wirklich schade, dass er heute nicht zur Ausstellungseröffnung kommen kann.«

»Ich richte es ihm aus.«

»Machen Sie das.« Baerwald wandte sich an Nettelbeck und Täubner. »Meine Sekretärin hat mir von dem tödlichen Unfall erzählt. Schrecklich. Und direkt gegenüber meiner Kanzlei«, der Anwalt schüttelte den Kopf. »Irgendwie passt es aber zu meiner heutigen Eröffnung. Auf eine höchst perverse Art natürlich, muss ich sagen.«

»Wieso?«

»Einer der Künstler, den wir ausstellen, Rudolf Schwarzkogler, ist ebenfalls bei dem Sturz aus einem Wohnhaus gestorben.«

»Und wann war das?«, fragte Täubner.

Stefan Baerwald lachte prustend und hustete heiser. »Ich muss Sie enttäuschen, junger Mann. Das ist vierunddreißig Jahre her. Und es war in Wien und nicht in Berlin.«

»Kannten Sie Míla Rohloff? Oder ihren Mann Hasso?«, fragte Nettelbeck.

»Nein. Vom Sehen wahrscheinlich schon, aber persönlich keinen von beiden. Kann ich den Herren Kommissaren sonst noch irgendwie behilflich sein?«

»Im Moment nicht.«

»Ja dann, ich muss mich noch auf meine Rede vorbereiten. Falls doch noch etwas sein sollte, Sie können mit meiner Sekretärin jederzeit einen Termin vereinbaren.« Stefan Baerwald hustete abrupt, nickte allen noch einmal leutselig zu und ging mit schnellen Schritten in sein Büro.

*

Nettelbeck und Täubner gingen durch das Rohloff'sche Townhouse, betrachteten den umgestürzten Barschrank und das Chaos drumherum.

»Was hältst du von Gösemann?«, sagte Nettelbeck.

»Schien mir glaubwürdig. Ich hatte jedenfalls nicht das Gefühl, er würde die Unwahrheit sagen. Und Rohloff?«

»War sturzbesoffen. Hat mehrfach erklärt, dass er bereits seit morgens getrunken hat. Schien ihm ziemlich wichtig zu sein.«

»Du nimmst es ihm nicht ab?«

»Der Mann ist fast fünfundsiebzig. Und dann den ganzen Tag saufen ... Ich weiß nicht.«

»Vielleicht will er Schuldunfähigkeit zum Tatzeitpunkt vortäuschen, aufgrund extremer Blutalkoholkonzentration.«

»Das Gefühl hatte ich. Warten wir's ab, nach der Blutentnahme wissen wir mehr.«

Nettelbeck und Täubner kamen in die oberste Etage und betraten die Dachterrasse. Die Aussicht von dort war imposant. Sie umfasste das weitgestreckte Auswärtige Amt, sowohl die Neubauten am Werderschen Markt, als auch die alten Erweiterungsbauten der ehemaligen Reichsbank. In der Ferne konnte man sogar einen Blick auf die Friedrichswerdersche Kirche erhaschen.

Täubner ging in die Hocke und hob eine Flasche Averna auf. »Auf dem Balkon war Rohloff jedenfalls.«

»Hat er auch nicht bestritten.«

Nettelbeck trat dicht an das Geländer heran, prüfte, ob es realistisch war, dass ein Mensch darüber stürzen konnte.

»Sie hatte etwa deine Größe, Martin.«

Nettelbeck streckte beide Arme aus und beugte sich hinüber. Stellte sich vor, wie er mit Philomena die berühmte Szene aus dem Film *Titanic* nachspielte, flüsterte lautlos die berühmte Zeile: »I'm the king of the world.«

»Es könnte wirklich so passiert sein«, sagte Täubner.

Nettelbeck drehte sich zu ihm, schüttelte dann den Kopf. »Nicht ohne Fremdeinwirkung.«

»Dann hat Rohloff seine Frau hinuntergestoßen.«

»Er oder jemand anders.«

»Fragt sich nur, warum dieser Gösemann es nicht gesehen hat.«

Nettelbeck nickte. Das fragte er sich schon eine ganze Weile.

*

Berlins Gefangenensammelstellen waren über die ganze Stadt verteilt. Es gab insgesamt sechs Gewahrsame, die dem Referat *Gefangenenwesen* unterstellt waren. Hierher brachte man die meisten Personen, die von der Polizei in Gewahrsam genommen worden waren. Und zwar die ganze Palette, vom betrunkenen Krawallbruder bis zum berufsmäßigen Straftäter. Nach Erledigung der Formalitäten wurden sie entweder wieder freigelassen oder in die Justizvollzugsanstalt Moabit verlegt. Die nächstgelegene Station zum Townhouse am Auswärtigen Amt war der Gewahrsam Tempelhof. Und in den hatte Nettelbeck den Strafverdächtigen Rohloff bringen lassen.

Kurz vor Hasso war eine Gruppe holländische Jugendliche eingeliefert worden, die seit mehreren Tagen ohne Schlaf in Berlin durchgemacht hatten, sich mit Drogen und Alkohol wach hielten. Was eine Zeit lang problemlos funktioniert hatte, obwohl sie mit ihren durchgeschwitzten Trikots in den Farben von Feyenoord Rotterdam überall auffielen. Bis sie schließlich in einer Kneipe in der Samariterstraße massiv randaliert hatten, da der Wirt partout nicht ein wichtiges Vorbereitungsspiel der niederländischen Eredivisie auf seinem altersschwachen TV-Gerät zeigen wollte beziehungsweise konnte.

Auch in der Gefangenensammelstelle Tempelhof waren die holländischen Jugendlichen nicht ohne Gewalteinsatz zu bändigen, grölten gegen die Deutschen, die Moffen und Broekpisser, die nichts auf die Reihe kriegen würden und nicht nur den Ersten, sondern auch den Zweiten Weltkrieg vergurkt hätten.

Hasso Rohloff hingegen war das Musterbeispiel eines Gefangenen. Er ließ sich widerstandslos von dem Bereitschaftsarzt Blut abzapfen und wartete bis zu der Gegenprobe geduldig in einer Zelle.

Zehn Minuten nach Hasso Rohloffs zweiter Blutentnahme kamen Nettelbeck und Täubner in den Gewahrsam Tempelhof.

Der Bereitschaftsarzt bestätigte, was Nettelbeck vermutet hatte – ein klassischer Fall von Nachtrunk. Rohloff hatte nach dem Todessturz seiner Frau seinen Alkoholpegel innerhalb kurzer Zeit extrem hochgeschraubt. Hatte mindestens einen Liter Schnaps getrunken. Wahrscheinlich mehr. Erstaunlich, dass Rohloff immer noch ansprechbar gewesen war. Er musste vermutlich an hohe Alkoholdosen gewöhnt sein.

Nettelbeck und Täubner fanden Rohloff in seiner Zelle, auf einer Holzpritsche schlafend, vor. Die Kommissare weckten ihn und erklärten, dass er zwecks Ausnüchterung in der Zelle übernachten müsse. Am nächsten Morgen würde er dann polizeilich vernommen werden.

Hasso nickte, ohne ein Wort zu sprechen. Er legte sich hin, drehte sich mit dem Gesicht zur Wand und schlief sofort wieder ein.

*

Jutta Koschke stand in der Abenddämmerung auf der Terrasse ihrer Maisonettewohnung. Sie war in ein Badelaken gehüllt und blickte auf den Tegeler See hinaus. Auf der Insel Hasselwerder ließ ein junges Paar ein Kanu zu Wasser. Übermütig und etwas unbeholfen. Die Kriminalrätin sah zu, wie die zwei in See stachen. Junge Liebe, beneidenswert.

Aus dem Bad ertönte Günthers Stimme, der unter der Dusche lautstark einen seiner geliebten Shantys sang.

Jutta Koschke wusste nicht, wie sie den Razzia-Einsatz gegenüber der LKA-Leitung rechtfertigen sollte. Gefahr in Verzug konnte sie nicht vorbringen, da sie in ihrer Position nicht länger Hilfsbeamtin der Staatsanwaltschaft war und deshalb keine entsprechende Befugnis mehr besaß. Ihr Einsatzbefehl war ganz klar rechtswidrig gewesen. Sie hätte vorher den Staatsanwalt informieren müssen, hatte es jedoch unterlassen, da sie Angst gehabt hatte, er könnte durch Nettelbecks starre Haltung negativ beeinflusst werden. Es half nichts, sie musste sich eingestehen, dass sie aus persönlicher Betroffenheit weit über das Ziel hinausgeschossen war.

Der Grund dafür war Jennifer, die Tochter ihrer Sandkastenfreundin Renate. Jennifer gehörte zu den Frauen, die Robert Ploog vergewaltigt hatte. Seitdem litt ihre Patentochter unter mentalen Problemen. Ihre Freundin Renate drohte daran zu zerbrechen, hatte in den letzten zwei Jahren stark abgebaut. Und Jutta war auch seit Jennifers Vergewaltigung verändert, fühlte sich als Patin – und natürlich auch als Polizistin – zum Handeln aufgefordert. Dass sie die junge Frau kannte, hatte die Kriminalrätin bei der Ermittlung für sich behalten. Erstens ging es niemanden etwas an und zweitens wurde die Ermittlung dadurch auch nicht beschleunigt.

Ihr Smartphone klingelte, Koschke nahm das Gespräch entgegen. »Was gibt es, Martin?«

»Ich wollte dich schnell über die Frau informieren, die heute Nachmittag von der Dachterrasse gestürzt ist. Gegenüber dem Außenministerium.«

»Steckt dahinter was Politisches?«

»Bislang nicht. Ich vermute eher, dass der Ehemann die Tat begangen hat.«

»Ach so. Und deswegen rufst du mich an?«

»Ich dachte, es würde dich interessieren.«

»Natürlich. Tut es.«

»Hat sich schon was wegen der Razzia getan?«

»Was genau meinst du?«

»Haben sich Gäste beschwert?«

»Ja. Eine Menge.«

»Ist auch schon eine Anzeige eingegangen?«

»Der Anwalt von Carsten Leitner hat eine gestellt. Bei der Staatsanwaltschaft. Hausfriedensbruch.«

»War klar. Und wie wollen wir jetzt vorgehen?«

»Was heißt wir? Du bist davon nicht betroffen. Du hast schließlich nur meine Anordnung befolgt.«

»Stimmt schon, aber ich fühle mich irgendwie mit verantwortlich. Wir sollten vielleicht …«

Die Kriminalrätin schnitt Nettelbeck das Wort ab. »Martin, belaste dich nicht unnötig mit Dingen, die du nicht ändern kannst. Ich komme schon alleine zurecht. Okay?«

»Du bist die Chefin.«

»Genau.«

»Dann bis morgen.«

»Gleichfalls.«

Jutta Koschke legte das Smartphone beiseite. Sie fror auf einmal, obwohl es immer noch fast dreißig Grad waren. Die Kriminalrätin zog das Badelaken hoch, um ihre Schultern zu bedecken. Ihr war klar, dass sie in einem Dilemma steckte. Und zwar ziemlich tief, wie sie nicht leugnen konnte. Wie sollte sie auf Nettelbecks Anteilnahme reagieren? Ihr Kollege hatte aufrichtig geklungen, aber sie traute ihm nicht. Sie fürchtete, dass er sie noch mehr hineinreiten würde. Nicht nur das, inzwischen war sie überzeugt, dass Nettelbeck im Auftrag von Roger Delbrück handelte. Deswegen war es richtig, dass sie seine Hilfe abgelehnt hatte. Im Grunde blieb ihr keine andere Möglichkeit.

Jutta Koschke blickte zum Tegeler See hinaus. Das Kanu mit dem jungen Paar hatte inzwischen ein ganzes Stück zurückgelegt und näherte sich der Großen Malche, der nördlichsten Bucht des Sees. Ohne dass sie es wollte, füllten sich ihre Augen mit Tränen. Koschke schüttelte sich, versuchte, auf andere Gedanken zu kommen, ging zurück ins Wohnzimmer.

Trotz des lauten Duschgeprassels hörte sie, wie Günther einen neuen Shanty sang.

Auf einem Seemannsgrab, da blühen keine Rosen,
Auf einem Seemannsgrab, da blüht kein Blümelein,
Der einz'ge Gruß, das sind die weißen Möwen
Und eine Träne, die ein kleines Mädel weint.

Eine Träne, die ein kleines Mädel weint. So ein Kindskopf, ihr Günther, als würde er ganz genau spüren, was in ihr vorgeht. Die Kriminalrätin wischte sich die Tränen fort und lächelte.

III

Hasso Rohloff saß in seiner Zelle, war bereits seit Stunden wach. Er hatte zwar einen mörderischen Kater, aber der Dreck, den ihm die Aufsichtskräfte als Frühstück angeboten hatten, stand immer noch unberührt auf einem Tablett neben der Holzpritsche. So was würde er niemals in sich hineinstopfen. Im Waschraum hatte er sich neben anderen Inhaftierten notdürftig gewaschen. Gott sei Dank waren die Holländer nicht dabei gewesen, diese orangefarbenen Arschlöcher. Hasso hatte überlegt, wie er vorgehen sollte, und jetzt stand sein Entschluss fest. Er würde weiterhin nichts sagen und alles seinem Anwalt überlassen.

Ein uniformierter Beamter schloss die Zellentür auf.

Zwar war Hasso froh, als Nettelbeck und Täubner in seine Zelle traten, aber er ließ sich das nicht anmerken. Hasso stand auf, sah die beiden mit stoischer Miene an.

»Guten Morgen, Herr Rohloff.«

Hasso nickte.

»War Ihre Nacht okay?«, erkundigte sich Täubner.

»Ich würde gerne mit meinem Anwalt sprechen.«

»Sicher. Hätten Sie was dagegen, uns vorher noch ein paar Fragen zu beantworten?«

»Ohne Anwalt spreche ich nicht. Die letzte Nacht hat mir gereicht, das war alles andere als okay.«

»Gut. Dann verschieben wir die Vernehmung.« Nettelbeck gab Hasso seine polizeiliche Visitenkarte.

»Melden Sie sich, sowie Sie mit Ihrem Anwalt alles geklärt haben.«

Nettelbeck wollte gerade zu Täubner in den Dienstwagen steigen, als sein Smartphone klingelte.

»Roger hier, was gibt's Neues?«, fragte sein alter Partner, der Leitende Kriminaldirektor Delbrück.

Nettelbeck blieb auf dem Bürgersteig stehen und zog sein Jackett aus. Bereits am Vormittag war es schon wieder brütend heiß.

»Wir sind an dem Todesfall in Mitte dran, der Sturz von der Dachterrasse. Der Ehemann mauert allerdings.«

»Das kennst du doch zur Genüge. Setz ihn mal ein bisschen unter Druck. Brauchst du 'nen Tipp, wie man so was macht?«

»Danke, ich kenne bereits alle. War ja schließlich in deiner Schule. Sag mal, bleibt es bei morgen Abend?«

»Klar. Wollen wir vor dem Konzert noch irgendwo was trinken?«

»Machen wir danach. Philomenas Babysitter kommt erst um halb sieben.«

»Gut. Und sonst? Irgendwas Neues im Fall unserer verehrten Kriminalrätin?«

»Roger, du bist viel näher dran an der Führungsspitze. Was fragst du ausgerechnet einen kleinen Kriminalkommissar?«

Nettelbeck hörte ein lautes Lachen. »Mach dich nicht kleiner als du bist, Martin. Ihr zwei habt doch unter Garantie miteinander telefoniert. Wie will sich Jutta denn in der Sache verhalten? Hat sie dir was gesteckt?«

»Tut mir leid, Roger. Da muss ich passen. Sie hat nicht mal die kleinste Andeutung gemacht.«

»Kommt noch. Schneller, als du denkst, würde ich sagen. Also, bis morgen. Und nimm dir für Sonntag nichts vor. Die Nacht wird lang.«

»Ja, tschüss.« Nettelbeck steckte das Smartphone in die Jacke und stieg in den BMW.

»Halte unterwegs bitte kurz bei dieser Patisserie in der Grolmanstraße. Ich muss noch was besorgen.«

Täubner nickte und gab Gas.

*

Irina Eisenstein hatte die Nachprüfung am gestrigen Abend mit Bravour bestanden. Damit waren drei ewig lange Jahre beendet, in denen sie sich mehrmals wöchentlich nach der Arbeit im Landeskriminalamt in das Abendgymnasium in Prenzlauer Berg gequält hatte. Nicht zu zählen die ganzen Stunden, die sie nachts und am Wochenende zu Hause hinter ihren Büchern gehockt hatte. Doch das alles war Vergangenheit, Schnee von gestern. Das Abitur hatte sie in der Tasche – auf zu neuen Ufern. Und die Angestellte im Ermittlungsdienst wusste auch schon, welches Ziel sie als Nächstes ansteuern würde: das Studium der Rechtswissenschaft an der Freien Universität Berlin.

Irina hatte am Morgen überlegt, ob sie eine Flasche Sekt mit ins Büro nehmen sollte, um mit Martin und Wilbert auf ihr Abitur anzustoßen. Doch dann hatte sie sich dagegen entschieden. Es passte irgendwie nicht. Dabei machte ihr weniger die Vorschrift Probleme, dass am Arbeitsplatz kein Alkohol getrunken werden sollte, als ihr diffiziles Verhältnis zu Wilbert Täubner. Sie mochte ihn wirklich. Sehr sogar. Er war klug, smart, hatte Humor, sah richtig gut aus. Und er war ihr gegenüber mit Respekt und der Empathie aufgetreten, die sie von einem Mann einfach erwartete, von den ersten Tagen ihres Kennenlernens einmal abgesehen. Wilbert hatte sich sofort um sie bemüht, dezent, mit Stil und Geduld. Eigentlich war er der Richtige. Das wusste Irina.

Vor drei Monaten, nach Wilberts Geburtstagsparty, waren sie das erste Mal zusammen ins Bett gegangen. Es war eine

Liebesnacht, die alle ihre Erwartungen übertroffen hatte. Harmonie pur, auch in sexueller Hinsicht. Am nächsten Tag hatte sie den samstäglichen Unterricht ausfallen lassen, das einzige Mal in den drei Jahren, hatte das Wochenende mit Wilbert im Bett verbracht. Doch in den Tagen danach waren ihr erneut Zweifel gekommen. Sie hatte Angst, dass sie ihre beruflichen Pläne für Wilbert beiseiteschieben und sich in ihrer Liebesgeschichte verlieren könnte. Und das durfte nicht sein. Es hatte sie sehr viel Mühe gekostet, bis hierherzukommen. Das würde sie sich von keinem Mann zerstören lassen. Wilbert war natürlich irritiert, dass sie keine Zeit mehr für ihn hatte, aber ihre Erklärung mit den anstehenden Abiturprüfungen überzeugte ihn schließlich.

Irina schob die Gedanken beiseite und vervollständigte das Protokoll über die erfolglos verlaufene Razzia im Restaurant *Cassirer.* Es ärgerte sie wahnsinnig, dass man diesen Mehrfachvergewaltiger nicht gefasst hatte. Sie fand es mutig, dass Kriminalrätin Koschke wenigstens den Versuch dazu unternommen hatte, und rechnete es ihr hoch an.

Ihre beiden Kollegen kamen in Irinas Büro. Nettelbeck hielt eine große Einkaufstüte der *Confiserie Mélanie* im Arm und strahlte erwartungsvoll. Täubner hingegen machte das leicht missmutige Gesicht, das für Irina inzwischen Alltag war, seit sie ihn auf Abstand hielt.

»Und? Wie ist es gelaufen?«, fragte Nettelbeck.

»Bestanden, Notendurchschnitt eins Komma vier.«

Nettelbeck stellte die Tüte ab und umarmte sie. »Herzlichen Glückwunsch. Ich habe keinen Moment lang daran gezweifelt, dass du mit Auszeichnung bestehen würdest.«

Täubner war einen Moment perplex, dann nahm er Irina ebenfalls in den Arm, aber mit Abstand. »Gratulation Irina, dass du es endlich geschafft hast. War ja eine lange und harte Zeit.«

»Danke«, Irina machte sich von Täubner los. »Tut mir leid, ich habe nicht mal was zum Anstoßen da.«

»Aber wir.«

Nettelbeck nahm eine Flasche Taittinger Prélude Brut aus der Einkaufstüte und reichte sie Täubner. Dann griff er erneut hinein und holte eine azurblaue Pralinenbox heraus, die von einer zitronengelben Schleife gekrönt wurde.

»Ist ein Gemeinschaftsgeschenk von Wilbert und mir.«

Täubner schluckte und beeilte sich zu nicken. »Mach sie schon auf«, presste er hervor.

Irina öffnete die Pralinenbox und erblickte drei Dutzend handgefertigte Pralinen in den Farben des Regenbogens. Neben den klassischen Geschmacksrichtungen befanden sich darin auch ausgefallene Sorten wie Absinth, Salz-Caramel, Tonkabohne-Mohn oder Wasabi.

»Wahnsinn, für diese Köstlichkeiten würde ich morden!« Die Angestellte im Ermittlungsdienst umarmte Täubner, gab ihm einen Kuss. »Danke, Wilbert.«

Dann umarmte sie Nettelbeck, unterließ es jedoch, ihn ebenfalls zu küssen. »Jetzt stoßen wir aber an. Ich hole Gläser.« Sie lief in den Nebenraum.

»Ich dachte, Irina wäre erst nächste Woche mit allem durch. Mensch, du hast mich echt gerettet.«

»Keine Ursache.«

»Wie konnte ich das nur verschwitzen?«

»Du musst eben stärker an deinem fokussierten Blick arbeiten. Binde dir mal lieber die Augenklappe um.«

Irina kam mit drei Gläsern zurück. »Wilbert, machst du bitte den Champagner auf?«

»Klar.«

Als die Gläser gefüllt waren, hob Nettelbeck sein Glas. »Auf deine Zukunft, Irina.«

Die drei stießen an und tranken einen Schluck.

»Hast du schon was von der Gerichtsmedizin gehört?«, fragte Nettelbeck.

»Dr. Sprengel hat vor einer halben Stunde angerufen.«

»Und was hat ihre Obduktion erbracht?«

»Nichts. Sie muss euch vertrösten. Sie wird die Leiche wahrscheinlich erst am Samstagabend obduzieren.«

»Dann werde ich Sonntag ins Büro gehen«, sagte Nettelbeck.

»Soll ich mich anschließen?«, fragte Täubner.

»Liegt bei dir.«

Täubner schaute Irina fragend an, doch die wandte sich ab und trug die Geschenke zu ihrem Schreibtisch. Hantierte umständlich herum, offenbar wusste sie, was Täubner erwartete. Der zögerte, gab sich aber geschlagen.

»Dann komme ich auch.«

Nettelbeck warf Irina einen Blick zu und nickte dann.

*

Die polnische Putzfrau hatte die Müllsäcke zum Container gebracht und kam zu Hasso Rohloff in die Küche zurück.

»Nett von dir, Zuzanna, dass du so kurzfristig kommen konntest.« Hasso schob ihr den Lohn hin. »Wie ausgemacht, fünfzig Euro zusätzlich.«

»Danke, Herr Rohloff. Ihre Frau nicht da?«

Hasso schüttelte den Kopf.

Zuzanna nahm ihre Tasche vom Stuhl. »Ich gehen.«

»Natürlich.«

Hasso begleitete die Putzfrau zur Haustür.

»Nächste Woche dann wieder wie immer, ja?«

Zuzanna nickte und Hasso öffnete die Tür.

Als die Putzfrau das Townhouse verließ, kreuzte ein junger Mann ihren Weg. Hasso stutzte, versuchte, sich zu erinnern.

Den Typ kennst du doch. Woher bloß? Gedächtnisfragmente kamen langsam aus der Tiefe seines alkoholgepeinigten Hirns angekrochen. Legten sich puzzleartig aneinander, begannen, ein sinnvolles Ganzes zu bilden: Es war der junge Mann, der gestern mit den Bullen bei ihm aufgekreuzt war! Der behauptete hatte, er hätte gesehen, wie Míla vom Balkon gestürzt war. Von ganz alleine, ohne dass jemand nachgeholfen hätte – hahaha. Hasso überlegte fieberhaft, wie er reagieren sollte. Ehe er einen Entschluss fassen konnte, stand der junge Mann schon vor ihm.

»Tag, Herr Rohloff«, sagte Bilal Gösemann. »Komme ich ungelegen?«

»Nein, nein. Gar nicht. Möchten Sie reinkommen?«

Bilal nickte und betrat das Townhouse.

Hasso schloss die Tür und ging voraus in die Küche. »Ich mache mir gerade Kaffee. Wollen Sie auch eine Tasse, Herr …?«

»Gösemann. Bilal Gösemann. Ja, gerne. Mit Milch, wenn's geht.«

Hasso trat zur Espressomaschine, machte sich umständlich an die Zubereitung, nutzte die Zeit, um so etwas wie einen Plan zu erarbeiten. Irgendein Konzept, wie er die Situation meistern konnte. In ihm arbeitete es. Was will dieser Typ? Na was wohl, Hasso – Geld. Das wollen doch alle. Bleib ganz cool, Geld hast du schließlich mehr als genug.

Bilal versuchte seinerseits, sich ein Bild von seinem Gegenüber zu machen. Der Typ war uralt, mindestens achtzig, wenn nicht noch älter. Sein Blick war merkwürdig glubschig, die Augen traten stark hervor, hatten schwere, geschwollene Lider, blinzelten kaum. Die Haut war faltig, wie gegerbt und von tiefen Kratern durchzogen. Aber er hatte noch volle Haare, die ihm fast bis auf die Schultern fielen. Sie waren strohblond gefärbt, doch das Grau brach an vielen Stellen bereits wieder durch. Sah echt grottig aus. Doch der Anzug, der Anzug war ein Hammer. Superlässiger italienischer Schnitt, reine Seide, das konnte sogar Bilal erkennen. Und bestimmt schweineteuer. Überhaupt schien der Typ Asche bis zum Abwinken zu haben.

»Tolles Haus. Und 'ne echt schicke Gegend«, sagte Bilal.

»Ich habe früher in der Nähe von Düsseldorf gewohnt. Hat mir dort besser gefallen. Aber meine Frau wollte ja unbedingt nach Berlin.«

»Kenn ich. Ich wäre auch mal fast wegen 'ner Frau umgezogen. Nach Schmöckwitz, an den Arsch der Welt. Tja, Frauen, kennst du eine …«

»… kennst du alle«, ergänzte Hasso und reichte Bilal eine Tasse Kaffee.

»Danke.«

Die beiden Männer grinsten sich an. Beide auf der Hut, aber die größte Anspannung war gefallen.

»Lassen Sie uns den Kaffee oben trinken, dann gibt's noch was dazu.«

Wenig später saßen sich Hasso und Bilal auf der Couchlandschaft im dritten Stock gegenüber, tranken Kaffee und Cognac, beschnupperten sich.

»Schmeckt er Ihnen?«

»Wahnsinn. So was Irres habe ich noch nie getrunken.«

»Kein Wunder, hat ja auch über fünfundsiebzig Jahre im Fass gereift. Noces d'Albâtre von Hardy, kostet dreitausendzweihundert Euro der Liter. Wenn man ihn überhaupt noch kriegt.«

»Sie wollen mich verarschen …«

»Nein. Das ist ein Blend aus kleineren Cognacmengen, die Armand Hardy nach dem Ersten Weltkrieg gesammelt hat. Höchstpersönlich übrigens.«

Ehrfürchtig betrachtete Bilal den Schwenker in seiner Hand, in dem ein bernsteinfarbener See glitzerte. »So was möchte ich mir auch mal leisten können.«

»Und warum tun Sie es nicht?« Hasso grinste, leerte seinen Schwenker mit einem Ruck.

»Das war jetzt wenigstens für ... für mindestens hundert Euro«, sagte Bilal.

»Na und? Die gleiche Summe habe ich vorhin meiner Putzfrau gegeben. Man lebt schließlich nur einmal. Trinken Sie aus.«

»Danke, hab noch ...«

»Austrinken. In einem Zug.«

Bilal zögerte. Dann setzte er den Schwenker an und kippte den Cognac hinunter.

Hasso griff nach der Kristallkaraffe, nahm den rosenförmigen Glasverschluss ab, goss sich und Bilal nach.

»Woran liegt es, dass Sie sich so ein harmloses Vergnügen nicht leisten können?«

»Vielleicht hab ich einfach zu wenig Kohle.«

Hasso reichte Bilal den Schwenker. »Daran kann man doch was ändern.«

Bilal antwortete nicht. Lehnte sich zurück und nippte an seinem Glas, in dem Cognac im Wert von mindestens hundertfünfzehn Euro auf die Vernichtung wartete, wie er schätzte.

Hasso stellte sein eigenes Glas ab, stand auf und trat zu einem riesigen Plasmafernseher, der eine Bilddiagonale von beeindruckenden 75 Zoll hatte und Bilal beim Hereinkommen sofort aufgefallen war.

Hasso drückte auf eine Fernbedienung und der Bildschirm glitt geräuschlos beiseite. Dahinter verbarg sich ein Wandtresor. Hasso gab auf dem Tastaturfeld eine Nummernfolge ein und öffnete die Tresortür.

Bilal beugte sich vor, konnte kaum glauben, was er da sah. Im Safe stapelten sich die Geldscheinbündel förmlich. Keine Ahnung, wie viele es waren. Fünfzig, sechzig Bündel oder mehr? Und wie viel Euro mochten das sein? Bilal tippte auf mindestens achtzigtausend. Oder reichte das nicht? Waren es womöglich über hunderttausend Euro?

Hasso schob eine Beretta 92 und ein paar Munitionsschachteln beiseite, griff sich einige Geldscheinbündel und schloss den Tresor.

Bilal lehnte sich schnell zurück, schaute nach draußen auf den Park und nahm desinteressiert einen Neunzehneuroschluck.

»An was haben Sie gedacht?«, fragte Hasso.

»Was? Jetzt gerade eben?« Bilal wandte sich wieder Hasso zu.

»Wie viel möchten Sie hiervon?« Hasso wedelte beidhändig mit mehreren dicken Geldscheinbündeln. »Für Ihr persönliches Engagement, Ihre Auslagen, Ihren Zeitverlust und so. Nicht zu vergessen die neunzehn Prozent Mehrwertsteuer.«

Bilal war perplex. Sollte es wirklich so easy sein, die Kohle für Diegos Abgang einzusacken, nach den ganzen verfickten Scheißversuchen in den vergangen Tagen? Nein, er traute dem Angebot nicht.

»Geld ist nicht alles, Herr Rohloff.«

Hasso starrte Bilal an. Die Gedächtnispuzzleteile in seinem Hirn begannen, mit aller Macht auseinanderzustreben: War der Typ der Falsche? War er nicht der von gestern Nachmittag? Oder war er möglicherweise einfach nur etwas debil? … Oder bist du es selber, Hasso?

»Ich habe es aus reiner Freundschaft gemacht, Herr Rohloff.«

»Ach …«

Hasso setzte sich auf das Couchmonstrum, die Geldbündel in den Händen. Er war verwirrt, begann der Cognac schon zu wirken? Ausgeschlossen nach den paar Tropfen. War ja gerade mal seine tägliche Frühstücksration.

»Sind Sie vom Roten Kreuz? Von der Heilsarmee?«

Bilal lachte. »Nein, ich bin momentan zwar finanziell ein bisschen unter Druck. Aber nichts Ernstes, nur vorübergehend.«

Hasso starrte auf die Geldbündel. »Dann bin ich Ihr Mann.«

»Herr Rohloff, Sie wollen mich kaufen. So was mag ich nicht. Ich bin gekommen, um Ihnen meine Freundschaft anzubieten. Und Sie ... Sie wollen mich besoffen machen, mit Ihrem Millionärsschnaps.«

Hasso war perplex, kippte seinen Cognac ex. »Und weshalb haben Sie mir dann ein Alibi gegeben? Sie haben doch gesehen, wie ich ... wie ich meine Frau ... wie ich Míla aus Versehen von unserer Dachterrasse gestoßen habe.«

»Sie sagen es selbst, Herr Rohloff, es war ein Versehen. Ein Unfall.«

Hasso legte die Geldbündel auf dem Couchtisch ab. »Was wollen Sie dann von mir, Herr Gösemann?«

»Ich wollte Sie fragen, ob Sie mir eventuell etwas leihen könnten.«

Hasso starrte Bilal verständnislos an, dann nahm er die Gelbündel vom Couchtisch und hielt sie Bilal hin. »Ja dann ... nehmen Sie sich, was Sie wollen.«

Bilal schob Hassos Hände zurück.

»Herr Rohloff, was soll das? Sie beleidigen mich. Warum? Was habe ich Ihnen getan?«

Hasso wurde zusehends verwirrter. Was will diese Schießbudenfigur von ihm? Dieser tranige Erpresser soll endlich sagen, war er will.

»Ich brauche Geld für einen Diamanten …«

Hasso musste mühsam an sich halten, um nicht in ein hysterisches Lachen auszubrechen. »Wollen Sie heiraten?«

»Ich? Nein.«

»Ja dann … Möchten Sie noch einen Cognac?«

»Gern.«

Hasso griff nach der Karaffe, goss ihnen beiden nach. »Wie viel Geld brauchen Sie denn?«

»Vierzehn wäre super …«

Perplex hielt Hasso beim Einschenken inne. »Sie wollen vierzehn Millionen Euro? Das ist heftig.«

»Keine vierzehn Millionen, Herr Rohloff. Ich würde mir gerne vierzehntausend Euro von Ihnen leihen.

»Vierzehntausend …?«

»Bingo. Und keinen Cent mehr. Es ist für Diego.«

»Diego? Wer ist das? Ihr Lover?«

»Wie, mein Lover?«

»Fickt ihr zusammen und so? Ich bin tolerant. Ich habe nichts dagegen, wenn Männer über Männer herfallen und Frauen über Frauen.«

Bilal starrte Hasso an. »Diego ist mein Hund.«

»Verstehe«, antwortete Hasso, obwohl er gar nichts verstand. »Und für Diego brauchen Sie das Geld.«

»Sagte ich doch. Für Diegos Diamanten.«

»Was macht ein Hund mit einem Diamanten?«

»Sie verstehen nicht. Diego ist jetzt ein Diamant. Er ist gestorben und ich habe seine Seele in einen Edelstein verwandeln lassen. Aus seiner Asche wurde ein Diamant gepresst. Nennt man *Ein Karat Unendlichkeit* das Ganze.«

Hasso starrte Bilal an. »*Das* haben Sie gemacht?«

»Diego war mein bester Freund. Einen besseren hatte ich nie.«

»Kann ich nachfühlen. Ja dann …«

Hasso nahm die Geldbündel, zählte vierzehntausend Euro ab und steckte das restliche Geld in seine Hosentasche. Die abgezählte Summe reichte er Bilal.

»Danke, ich zahle es Ihnen selbstverständlich zurück.«

»Müssen Sie nicht.«

»Doch, doch.«

»Aber lassen Sie sich Zeit, es eilt nicht.«

Hasso griff nach der Cognackaraffe, betrachtete sie kritisch und stellte sie dann wieder ab. »Vielleicht sollten wir auf etwas Leichteres umsteigen. Mögen Sie Bordeaux? Ich habe da ein paar trinkreife Flaschen, Jahrgang 1989, aus der Region Pauillac.«

»Klingt nicht schlecht.«

»Dann mal los.«

Die Nacht senkte sich langsam über die Stadt, in den meisten Häusern brannten bereits die Lichter. Nur das Auswärtige Amt lag wie ein dunkler bedrohlicher Monolith neben dem Park, als wollte es das ganze Unheil der Welt von der Townhousesiedlung fernhalten. Hasso und Bilal lehnten auf der Dachterrasse am Geländer und tranken Bordeaux.

»Möchten Sie eigentlich nicht wissen, warum ich meine Frau …?«

»Sie werden schon Ihre Gründe gehabt haben.«

»Die hatte ich auch. Sie wollte mich rausschmeißen. Aus meinem eigenen Haus.«

»Was 'ne Fotze.«

»Genau das habe ich auch gesagt. Du Fotze! Und dann ist sie runtergekippt.«

»Was haben denn die Bullen gemeint?«

»Ich hatte den Eindruck, sie glauben mir nicht.«

»Die glauben niemanden. Haben Sie schon einen Anwalt? Falls es hart auf hart kommt?«

»Selbstverständlich, einen alten Kumpel aus Düsseldorf. Er arbeitet schon seit vierzig Jahren für mich.«

»Den können Sie vergessen. Sie brauchen einen Rechtsverdreher, der weiß, wie man solche Dinge regelt.«

»Sie meinen eine Art Consigliere?« Hasso grinste. »Einen Unterweltsanwalt?«

»So was gibt es nur im Kino. Sie sollten einen Spezialisten nehmen, den besten, den Berlin für Fälle dieser Art zu bieten hat.«

»Und Sie kennen so einen?«

»Sicher, Dr. Baerwald«, Bilal deutete mit dem Weinglas hinüber zur anderen Straßenseite. »Hat da vorne seine Kanzlei, in dem Eckgebäude. Berät auch meinen Chef. Ist der Topanwalt für alles, was ein bisschen ausgefallen ist. Von seinem Balkon aus habe ich übrigens gesehen, wie Sie …« Bilal verstummte.

Hasso hielt ihm sein Glas hin. »Ich heiße Hasso.«

»Bilal.«

Die beiden stießen miteinander auf ihre Freundschaft an, tranken einen Schluck. Hasso deutete auf Bilals Stretchoberteil, auf dem zwei sich überkreuzende Comicpistolen abgebildet waren.

»Du bist ein echter Großstadtcowboy, was?«

»Yep«, nickte Bilal.

Hasso nahm die Flasche Bordeaux vom Boden und goss nach. »Ich hab mal die Meinhof gefickt. Auf Sylt. In den Arsch.«

»Wer issen das?«

»Meinhof. Ulrike Meinhof. Hab ich gefickt. In den Arsch. In Kampen.«

»War bestimmt super.«

Hasso nickte. »Yep.« Dann griff er in seine Hosentasche, holte die restlichen Geldscheine heraus und drückte sie Bilal in die Hand. »Steck es weg. Du hast doch bestimmt Auslagen gehabt, die wir noch nicht berücksichtigt haben, oder?«

Bilal nickt. Sichtlich beeindruckt.

Sie ließen die Gläser klingen, tranken erneut einen Schluck.

Hasso strahlte Bilal an.

Bilal strahlte Hasso an.

Der Beginn einer wunderbaren Freundschaft.

IV

Als sie zurück zum Ufer schwammen, mussten Jirí Kimlová und Erich Pollak gegen meterhohe Wellen ankämpfen. Das Rote Meer brodelte heftig, stieß weißbraune Schaumblasen aus, war unendlich erbost, ganz so, als würde jemand in wenigen Minuten den Abflussstöpsel rausziehen, um es für alle Zeiten zum Toten Meer zu degradieren.

Als die Brandung kurzzeitig etwas ruhiger wurde und die Wellen ausrollten, gelang es Jirí und Erich, den Strand zu erreichen. Sie wankten durch den Sand, hielten sich die Seiten, brauchten einen Moment, um wieder zu Atem zu kommen. Dann schüttelten sie das Meerwasser ab, strichen sich die nassen Haare zurück und lachten – zwei schaumgeborene männliche Nachkommen der Aphrodite. Trotz des Meeresrauschens war das Schrillen eines Telefons zu hören. Die beiden gingen zum Glasbodenschiffswrack, auf dem sie ihre Sachen platziert hatten.

Erich fummelte ein Smartphone unter einem Badelaken hervor.

»Erich Pollak. – Ja, Servus, Hasso, gibt's dich auch noch? Wie geht's denn so? – Sekunde, steht neben mir.«

Er gab das Smartphone an Jirí weiter.

»Hey, Hasso, gut dass du dich meldest, ich wollte euch beide sowieso nachher anrufen …«

Hasso Rohloff stand auf der Dachterrasse und blickte hinüber zum Außenministerium, das in samstäglicher Schläfrigkeit dalag.

»Pass mal auf, Jirí, hör mir jetzt mal zu. Ja? Bitte einfach nur zuhören. Míla ist tot. Sie hatte einen schrecklichen Unfall. Sie ist von unserer Dachterrasse gestürzt. Es tut mir unendlich leid, Jirí. Ich weiß, sie war deine einzige Schwester und eine Seele von …«

»Wie ist das passiert, Hasso? – Was soll das heißen, du warst nicht dabei? Wo warst du denn?«

»Ich sagte es doch, Jirí. Es war ein Unfall, ich war unten in der Küche. Die Polizei kann das bestätigen. Ich wollte dir nur mein aufrichtiges Beileid ausdrücken. – Jirí, von der Polizei ist keiner mehr da. Es war doch schon am Donnerstag …«

»Und warum rufst du mich erst heute an? Warum, Hasso? – Idiotství, mein Handy ist immer erreichbar. – Erzähl keinen Unsinn …«

Bla, bla, bla, bla, ging es Hasso durch den Kopf, quatsch du nur, du Simpel.

»Jirí, die Verbindung ist ziemlich schlecht. Ich habe es wirklich zu allen Zeiten versucht. Das musst du mir glauben.«

»Okay, Hasso, ich komme morgen nach Berlin. – Was meinst du damit? Mílas Leiche ist noch nicht freigegeben? Was bedeutet das?«

»Die Polizei muss doch überprüfen, ob es ein Unfall war und ob nicht vielleicht … Na ja, ob nicht zum Beispiel jemand aus einem gegenüberliegenden Gebäude auf Míla geschossen hat.«

»Wer hat auf meine Schwester geschossen? Hasso, was erzählst du da? – Nein, ich komme nach Berlin und kümmere mich um Mílas Beerdigung. Oder willst du das nicht?«

»Doch, ja. Du warst Mílas Bruder und du bist mein Schwager und das bleibst du auch.« Hasso ließ das Smartphone kurz sinken, rieb es geräuschvoll an seinem Hemdärmel, hielt es dann wieder ans Ohr. »Jirí, die Verbindung wird immer schlechter. Ich melde mich, sowie ich mehr weiß. Wiederhören.«

»Hasso, ich denke wir …« Jirí registrierte, dass die Verbindung unterbrochen war. Ihm kamen die Tränen.

Erich nahm seinen Freund in den Arm. »Liebster, ruhig, ganz ruhig.«

»Meine Schwester ist tot, meine süße kleine Míla. Jetzt habe ich niemanden mehr. Nur noch dich.«

»Jirí, soll ich dir was sagen? Das Schwein hat Míla umgebracht. Das spüre ich. Es ging wahrscheinlich um dein Geld.«

»Du meinst, dass Míla wegen der zweihunderttausend Euro sterben musste?«

»Ja. Es war kein Unfall. Daran glaube ich nicht. Hasso hat wahrscheinlich abgelehnt, dir noch mal Geld zu leihen. Und als Míla darauf bestanden hat, ist er ausgerastet.«

In Jirí arbeitete es. Dann nickte er. »Du hast recht, es kann nur so gewesen sein. Míla wusste ja, wie wichtig das Geld für mich ist. Und jetzt?«

»Du musst sofort nach Berlin.«

»Aber nicht ohne dich, Liebster.«

»Natürlich nicht.«

Über dem Roten Meer baute sich eine neue Wolkenwand auf, schickte bedrohliche Wellen aus, auf der Landseite näherten sich die Vorboten eines Sandsturms.

Jirí und Erich griffen sich ihre Sachen und liefen zur Tauchstation.

*

Nettelbeck ging den Bahnsteig entlang, er war viel zu früh dran. Wie meistens, wenn er sich mit Philomena Baddoo traf, als befürchtete er, er könne sie verpassen. Und das, obwohl sie bereits seit einem Jahr zusammen waren.

Als Philomena aus der S-Bahn stieg, war er wieder für einen Moment lang von ihrem Anblick geblendet, auch das hatte in der ganzen Zeit nicht nachgelassen. Aber inzwischen ließ er sich das nicht mehr ganz so deutlich anmerken, legte fast so etwas wie lässige Contenance an den Tag. Sie küssten sich und gingen Hand in Hand die Treppe zum Else-Ury-Bogen hinab.

»Wie lange bleibt dein Babysitter?«

»Bis morgen früh, ich habe also Open End. Das sollten wir ausnutzen.«

»Der gleiche Gedanke ist mir auch gekommen.«

Sie kamen an einer Galerie vorbei, die afrikanische Tribal Art anbot. Keine gefakten Nachbildungen, sondern echte Antiquitäten aus den letzten vier Jahrhunderten. Vor elf Monaten, als Nettelbeck gerade die ersten Verabredungen mit Philomena hatte, war er eines Tages in die Galerie gegangen, um sich die Ausstellungsstücke anzusehen. Als er eine Ritualmaske aus Niger näher ansehen wollte, kippte hinter ihm ein anderes Ausstellungsstück um. Es war ein großer Togu-Na-Pfosten aus Mali, vom Volk der Dogon. Er gehörte zu einer Gruppe von Pfeilern, die ursprünglich einmal als Wandpfosten ein Hirsestrohdach getragen hatten. Das Exponat war von einem unbekannten Künstler geschnitzt worden und stellte einen weiblichen Körper dar, mit stark betonten Geschlechtsmerkmalen. Ein unübersehbarer Appell an die Fruchtbarkeit. Damit war es allerdings vorbei, denn bei dem Sturz war der Pfeiler in zwei Hälften zerbrochen. Der Leiter der Galerie war zu Nettelbeck geeilt, mit einer Mischung aus Freude und Bedauern im Gesicht – ein Stück im Wert von fünftausendsechshundert Euro verkaufte er schließlich nicht jeden Tag. Nettelbecks Versicherung hatte ohne Murren gezahlt und jetzt lagen die zwei Teile in seiner Wohnung und harrten ihrer zukünftigen Verwendung. Die war immer noch ungewiss, aber irgendwie spürte der Kommissar, dass der Appell an die Fruchtbarkeit noch nicht endgültig verloschen war. Es fragte sich nur, wem er galt.

Roger und Christa Delbrück standen mit Bekannten an der Bar des *A-Trane*, als Nettelbeck und Philomena Baddoo den Jazzklub betraten. Christa Delbrück machte alle miteinander bekannt: »Philomena – Cornelia, Bernd – Martin.«

Sie orderten Getränke und wechselten ein paar Sätze. »Sind Sie auch bei der Kripo?«, fragte Philomena, was Cornelia lachend von sich wies.

»Nein, ich habe zwar auch mit Morden zu tun, aber glücklicherweise nur zwischen Buchdeckeln.«

Während Cornelia und ihr Mann Bernd zwei Barhocker ergatterten, wurden die anderen vier an den letzten freien Tisch geführt. Er war erstklassig, bot den besten Blick auf Nils Wogram und seine Band *Root 70 & Strings*. Nettelbeck hatte den Posaunisten schon viele Male gehört, im *A-Trane* und anderswo, in den unterschiedlichsten Formationen. Sei es im Duo mit dem Pianisten Simon Nabatov, mit seinem *Septet* oder eben mit *Root 70*. Nettelbeck war aber immer wieder aufs Neue überwältigt von Wograms spielerischer und kompositorischer Brillanz. Dessen vorzüglich strukturierte Stücke faszinierten ihn nicht nur mit ihrer klangmalerischen Sensibilität, sondern durch ihre Logik und Konsequenz. *Root 70* spielte traumhaft. Und die Streicher erst …

In den kurzen Spielpausen hatte Roger Delbrück versucht, ihn über Jutta Koschke und die missglückte Razzia auszuhorchen. Nettelbeck war seinem Expartner ausgewichen, hatte das Gespräch immer wieder zurück zur Musik gelenkt. Er mochte es nicht, von Roger verhört zu werden und schon gar nicht zu einem derartig unpassenden Zeitpunkt.

Als Nils Wogram das Stück *Uniformly Uninformed* von der gerade erschienen CD *Riomar* ansagte, fing Roger erneut an zu bohren. Philomena unterbrach ihn brüsk: »Roger, hör endlich auf! Martin will die Musik hören und keinen Polizistentratsch. Und ich auch nicht.«

Roger war völlig baff, während Christa laut losprustete.

Das Zusammenspiel von Wogram mit den anderen Musikern war betörend, verfügte über einen Gleichklang und eine Intensität, wie Nettelbeck sie bei einer jungen Band selten gehört hatte. Kongruenz traf es wohl am besten. Zu ihrer Zeit hatten Roger und er ähnlich traumwandlerisch harmoniert, hatten sich die Bälle zugeworfen, sie unendlich lang in der Luft gehalten und dabei noch die winzigsten Zwischentöne des anderen klar und deutlich gelesen. Doch das war einmal, aus und vorbei, wie er in letzter Zeit immer öfter feststellen musste. Leider.

Nach dem Konzert waren sie zum Essen in ein spanisches Restaurant ein paar Straßen weiter gewechselt. Es war früher ihr Lieblingslokal gewesen. Nicht das von Philomena & Martin oder Christa & Roger, sondern das Lieblingslokal der Kommissare Delbrück & Nettelbeck. Nach Dienstschluss hatten sie dort unzählige Male gegessen. Roger zumeist das Kaninchen mit Knoblauchsoße, er die Paella.

Nettelbeck hatte seine Freundin in Gesellschaft noch nie so ausgelassen erlebt. Philomena verstand sich bestens mit Christa und sie hatten zu viert den ganzen Abend gelacht. Das Thema Koschke hatte Philomena mit Christas Unterstützung weiter abgeblockt. Selbst bei einem letzten Absacker in einer Bar war Delbrück erfolglos geblieben. Seine Mission *Martinaushorchen* war auf ganzer Linie gescheitert.

V

Carsten Leitner hatte seinen Wagen in der Onkel-Tom-Straße geparkt und war zu seiner sonntagmorgendlichen Laufstrecke gejoggt. Die übliche Route entlang des Venngrabens, der Krummen Lanke, dem Schlachtensee und wieder zurück. Wochentags joggte er aus Zeitgründen nur drei Kilometer durch den Volkspark Wilmersdorf. Für die zehn Kilometer durch den Grunewald brauchte er normalerweise achtundvierzig Minuten. Nicht schlecht für einen Zweiundfünfzigjährigen, dachte er. Und genug Zeit, um über die Geschäfte nachzudenken.

Heute drehten sich seine Gedanken ausschließlich um Robert Ploog. Er kannte seinen Partner und dessen Schwäche zur Genüge, die schon öfters zu Problemen geführt hatte. Die Robert aber immer aus der Welt schaffen konnte. Mehr oder weniger geräuschlos. Leitner war dabei von seinem Partner immer herausgehalten worden. Die Drecksarbeit hatte Stefan Baerwald erledigt. Der Anwalt hatte mit den Frauen eine außergerichtliche Einigung herbeigeführt, sprich: Schweigegeld bezahlt. Doch bei den letzten beiden Frauen hatte das nicht funktioniert. Baerwalds Kontaktversuche waren schon im Vorfeld gescheitert. Die Frauen wurden abgeblockt und der Anwalt war nicht bereit gewesen, gröbere Maßnahmen zu ergreifen. In Hinblick auf die komplizierten Verträge, die Baerwalds Kanzlei für die Finanzierung und den Betrieb des *Cassirer-Centers* zwischen seinen Mandanten Ploog und Leitner ausgehandelt hatte, schien es dem Anwalt am besten, erst einmal abzuwarten. Warum sollten sie die Millioneninvestition unnötig gefährden, wenn die Vergewaltigungsvorwürfe am Ende eingestellt würden? Baerwald hatte vorgeschlagen, dass Ploog sich für längere Zeit aus allen geschäftlichen Dingen zurückziehen, gewissermaßen auf Tauchstation gehen sollte. Für wie lange hatte er nicht gesagt.

Doch plötzlich schienen sich die Dinge zu ändern, Absprachen brüchig zu werden. Dass Baerwald aufgeschreckt worden war, deutete Leitner als ein eindeutiges Zeichen. Und dann dieser Erste Kriminalhauptkommissar. Leitner hatte sich umgehört. Martin Nettelbeck galt als unberechenbarer Sonderling, der bei seinen Kollegen ziemlich unbeliebt war, aber eine sehr hohe Aufklärungsquote hatte. Dass Nettelbeck fast alle Ermittlungen erfolgreich abschloss, gab Leitner zu denken. Zwei Menetekel innerhalb von achtundvierzig Stunden waren mindestens eines zu viel.

Aber Leitner verdankte Robert Ploog eine Menge. Ohne die Chuzpe und Skrupellosigkeit seines Partners wäre er niemals so weit gekommen. Ohne ihn hätte er nie die ganzen Miets- und Bürohäuser erwerben können, kein Millionenvermögen angehäuft. In den vergangenen drei Jahren hatte Leitner seine Immobilien mit hohem Gewinn abgestoßen und das Geld in das *Cassirer-Center* gesteckt. Das heißt, er besaß zwar die Majorität, aber Robert hielt immerhin noch fünfunddreißig Prozent an dem gesamten Objekt. Baerwalds vier Prozent konnte er vernachlässigen, aber Roberts Anteil? Ausgeschlossen. Nein, es musste eine saubere Lösung her. Die seine Interessen wahrte und seiner Bringschuld gegenüber Robert gerecht wurde.

Auf den letzten zwei Kilometern konzentrierte Leitner sich auf den weichen, nachgiebigen Uferboden, hörte das leise Wasserrauschen und sog den harzigen Duft ein, der von den Bäumen ausging.

Als er in der Onkel-Tom-Straße wieder in seinen Wagen stieg, stand sein Entschluss fest.

*

Martin Nettelbeck war stolz auf sich, stolz auf die Cleverness, mit der er die Situation gemeistert hatte. Die letzte Nacht hatte er in Philomena Baddoos Wohnung genächtigt, während die Kinder dort ebenfalls schliefen. Es war erst das zweite Mal gewesen, sonst hatte Philomena immer bei ihm logiert. Nettelbeck musste sich selber loben, wie großartig er die morgendliche Situation gemeistert hatte. Im Gegensatz zu dem ersten gemeinsamen Frühstück mit Philomenas Kindern, als er knapp an einer Katastrophe vorbeigeschlittert war.

Efua Marie und Mark Kojo hatten seine Dienstwaffe sehen wollen, nachdem er ihnen erklärt hatte, dass er gleich ins Polizeikommissariat müsse. Das Problem war, dass er keine dabeihatte. Auch keine zu Hause in seiner Wohnung. Seine Waffe war wie immer im Landeskriminalamt eingeschlossen, im sagenumwobenen Reich des WuG.

Wie erklärt man einem achtjährigen Jungen und einem sechsjährigen Mädchen, dass man Polizist ist, obwohl man keine Pistole dabeihat, keinen Einsatzschlagstock, keine Handschellen? Mit seinem Polizeiausweis und der Kripomarke aus Messing konnte er Philomenas Kinder jedenfalls nicht überzeugen. Nettelbeck sah den beiden an, dass sie ihn für ein Großmaul hielten, für einen erbärmlichen Aufschneider.

Er schaute Hilfe suchend zu Philomena, doch sie lächelte sibyllinisch und räumte den Tisch ab. Als die Ratlosigkeit in seinem Gesicht nicht verschwand, erbarmte sie sich schließlich und wechselte aus erzieherischen Gründen ins Englische: »Martin, my dear, you're not afraid of two brats, are you? You will handle this alone, right?«

Der Kommissar nickte. Und ging es dann an, überlegt und systematisch. Wie er es von Berufs wegen gewohnt war.

Demzufolge hatte Nettelbeck beim heutigen Frühstück als Superbulle geglänzt. Als Top Cop durch und durch. Als wäre er geradewegs einem amerikanischen Thriller entsprungen. Total souverän und kontrolliert. Dank einer Tüte mit Give-aways der Gewerkschaft der Polizei, die ihm Jobst Weigel geschenkt hatte, sein zuständiger GdP-Ansprechpartner im LKA. Eine Tüte voller Werbegeschenke für die Kinder potenzieller Mitglieder, alle versehen mit dem Gewerkschaftslogo. Immerhin bist du ja auch schon zwanzig Jahre dabei, hatte ihm GdP-Weigel gesagt, als er ihm die Tüte mit festem Händedruck überreichte. Zwanzig Jahre Mitglied in der GdP – was Nettelbeck gar nicht bewusst gewesen war.

Efua Marie und Mark Kojo waren begeistert, als sie die Schätze auspackten. Jobst Weigel hatte sich nicht lumpen lassen und richtig was rausgerückt. Zwei Bastelbögen *Wachtmeister Zappelmann*, Pappgliederpuppen in den Uniformfarben Grün beziehungsweise Blau, samt kindgerechter Bastelanleitung. Sechs Malbücher zum Thema *Sicherheit im Straßenverkehr* mit zwei riesigen Schachteln Wachsmalstiften. Zehn Reflektoren *Tatütata* zum Befestigen an der Kleidung während der dunklen Jahreszeit. Ein Dutzend Fruchtgummitüten *Blaulicht & Martinshorn*, zahnfreundliche Kaubonbons in Form von Polizeiautos, in den Geschmacksrichtungen Blaubeere und Waldmeister.

Als Highlight für Mark Kojo einen Polizei-Anhaltestab in Miniaturausführung, mit Beleuchtungseinrichtung plus zwei Batterien. Und für Efua Marie einen Kommissarsteddy aus Plüsch, auf dessen Rückseite groß *Polizei* prangte.

Die Dreierpackung Kondome aus Naturkautschuk, mit mundfreundlichem Green-Mint-Aroma und dem GdP-Aufdruck *Safe dank deinem Policeman!*, hatte Nettelbeck noch rechtzeitig aussortiert. War das etwa ein Scherz des Kollegen? Passte so gar nicht zu GdP-Weigel.

Efua Marie und Mark Kojo hatten sich freudestrahlend bei Nettelbeck bedankt. Auch Philomena lobte ihren Freund und gab ihm vor den Kindern einen Kuss. Der zum Erstaunen der Kids gar nicht aufhören wollte.

Nirwana, schoss es Nettelbeck durch den Kopf, das Himmelreich!

Ungewohnt beschwingt aufgrund seiner morgendlichen Triumphe, verließ Martin Nettelbeck das Mietshaus am Holsteinischen Ufer und schritt an der Spree entlang. Er steckte sich seine Mikrokopfhörer in die Ohren und wählte auf dem Smartphone ein Stück von Bennie Green. *We wanna cook* von der LP *Soul Stirrin'* aus dem Jahre 1958. Bennie Green war ein etwas unterbewerteter, aber äußerst wichtiger Posaunist, der den Übergang vom Swing zum Bebop mitgeprägt und den Jazz harmonisch erneuert hatte. Sogar Größen wie J. J. Johnson und Kai Winding wurden durch ihn beeinflusst. Vor allem aber spielte Bennie Green eine mächtige Posaune, deren swingende Tonlinien Nettelbeck geradezu zum Tanzen zwangen. Immer und immer wieder. Egal wo, egal wann. Das heißt, wenn man seine Bewegungen zu Bennies schnellem Drive als Tanz durchgehen ließ.

Doch an seine Tanzkünste verlor Nettelbeck keine Gedanken. Der Tag war grandios gestartet und was immer er noch bringen würde, der Anfang war kaum zu toppen. Bennie G.s gigantischer Groove und Philomena B.s phänomenaler Endloskuss – diese Kombination war unschlagbar. Ein Gefühl, das ihn geradezu überwältigte. Heute wäre er sogar bereit, mit der Kollegin Koschke ein Tänzchen zu wagen. Doch Gott sei Dank war heute Sonntag und Jutta Koschke vermutlich beim Fliegenfischkillen an irgendwelchen Brandenburger Gewässern.

Nettelbeck grinste und tänzelte leichtfüßig die Stufen zum S-Bahnhof Bellevue hinauf.

*

Vor dem *Café Sinbad* parkten vier neue, auf Hochglanz polierte Limousinen. Ein Porsche Cayenne Turbo S, ein Mercedes-Benz ML 63, ein Audi Q7 TDI quattro und ein BMW X5 xDrive. Die Fahrzeuge standen mitten auf der Fahrbahn, sodass für andere Verkehrsteilnehmer kein Durchkommen mehr war.

Walid Sharif und seine Söhne nahmen von den Überführungsfahrern, die Firmenkleidung mit dem Logo *Premium-Cars-Plauen* trugen, die Funkschlüssel entgegen.

Während Walid Sharif einen Anruf bekam, gingen Halil, Ghassan und Rashid zu ihren neuen Fahrzeugen, begutachteten sie kritisch.

Bilal lehnte im Restauranteingang und sah zu. Mit stoischer Miene.

Fatima trat zu ihm. »So einen Wagen hättest du viel mehr verdient als meine Brüder, Bilal.«

»Ach was …«

»Doch. Du bist viel cleverer und smarter als die.«

»Erzähl nicht so einen Scheiß, Fatima.«

»Ist kein Scheiß. Rashid ist den ganzen Tag bedröhnt und Ghassan … Der ist doch völlig verklemmt. Wie der mit den Nutten klarkommt, ist mir ein Rätsel.«

»Solange der Umsatz stimmt.«

»Noch stimmt er. Und was ist später? Wenn Vater sich

zur Ruhe gesetzt hat? Soll unsere Familie dann immer noch kleine Brötchen backen?«

»Solche Luxuskarren nennst du kleine Brötchen?«

»Alles geleast. Von meinen Brüdern hat doch keiner eine Ahnung, wie man richtige Geschäfte macht. Echtes Geld produziert. Sauberes Geld.«

»Ich dachte, Halil hat große Pläne.«

»Halil? Ich lach mich kaputt. Der ist doch schon an dem einfachen Dreisatz gescheitert.«

Bilal schaute Fatima an, versuchte, ihren tangentialen Blick einzufangen. »Aber du ... du würdest es dir zutrauen, ja?«

»Das würde ich«, antwortete sie ernst. »Mit der entsprechenden Hilfe. Wenn ich jemanden an meiner Seite hätte, der ...« Fatima verstummte, da ihr Vater zum Restauranteingang kam, das Handy ans Ohr gedrückt.

»Das ist perfekt, Rashid«, sagte Walid Sharif. »Meine Familie freut sich schon sehr, deinen ältesten Sohn kennenzulernen. – Natürlich, alles wie besprochen. – So, wie wir es immer gemacht haben. Und hoffentlich noch lange machen werden. – Dann bis in drei Tagen, Yasser.« Walid Sharif steckte sein Mobiltelefon ein, lächelte Fatima und Bilal zu und verschwand im Restaurant.

Halil, Ghassan und Rashid saßen bereits am Lenkrad ihrer neuen Limousinen. Sie tauschten einen Blick aus, gaben Vollgas und bretterten davon. Wobei jeder versuchte, den anderen in der engen, zugeparkten Straße zu überholen. Ohne Rücksicht auf Verluste.

»Beschränkte Kindsköpfe. Habe ich doch gesagt.«

»Es sind deine Brüder, Fatima.«

»Na und? Das Einzige, was wirklich zählt, ist die Familie, Bilal. Es kommt aber auch darauf an, was du für die Familie tust. Ob du der Bruder oder der Cousin bist, ist völlig unwichtig.« Fatima gab Bilal einen Schubs in die Seite. »Denk mal darüber nach.«

Dann verschwand sie im Café.

*

Das neue Mundstück, das ihm der Kollege WuG geschenkt hatte, war erheblich schwieriger zu spielen, als Martin Nettelbeck erwartet hatte. Zwar ermöglichte der schmale Rand allergrößte Beweglichkeit und die unterschiedlichsten Zungentechniken, doch da der Druck auf die Lippenmuskulatur von einem sehr engen Bereich ausging, wirkte er umso stärker. Nettelbeck hatte am Samstagvormittag stundenlang geübt, ohne irgendwelche Fortschritte zu erzielen. Offensichtlich waren seine Lippen nicht kräftig genug, um mit dem schmalen Rand zurechtzukommen. Es half nichts, er musste dringend an seiner Lippenmuskulatur arbeiten. Das Küssen von Philomena war alleine leider nicht ausreichend. Bedauerlicherweise, dachte Nettelbeck und betrat sein Büro.

Wilbert Täubner erwartete ihn mit einer Neuigkeit. Katharina Sprengel hatte gerade Míla Rohloffs Obduktionsbericht geschickt. Er war eindeutig. Augenblicklicher Tod durch Schädelfraktur und schwere Hirnblutungen aufgrund der Absturzhöhe.

Irgendwelche Hinweise, die auf Fremdverschulden schließen lassen würden, wie kleinere Verletzungen oder Hämatome, konnte die Gerichtsmedizinerin nicht belegen. Sprengel schloss eine Beteiligung Dritter sogar zu neunzig Prozent aus. Dafür hatte sie aber bei Míla Rohloff eine Schwangerschaft im vierten Monat festgestellt.

»Davon hat Hasso Rohloff nichts gesagt. Also wenn meine Frau schwanger wäre und plötzlich stirbt …«

»Vielleicht wusste er es nicht«, sagte Nettelbeck.

»Oder er war gegen ein Kind.«

»Du meinst, dass er sie deshalb getötet hat?«

»Wäre immerhin möglich. Latenter Kinderhass ... Oder er fühlte sich in seinem Freiraum eingeengt.«

»Glaube ich nicht«, Nettelbeck legte den Obduktionsbericht beiseite. »Bei Rohloffs Vermögensverhältnissen ist ein Kind doch überhaupt kein Problem. Er könnte zehn Kindermädchen einstellen, ohne an irgendwas sparen zu müssen.«

»Und was vermutest du dann?«

»Míla Rohloff hat es ihm verheimlicht. Aus welchen Gründen auch immer.« Nettelbeck warf einen Blick auf die Falldaten, griff zum Telefon und wählte.

»Hallo, Martin Nettelbeck hier. – Richtig, deswegen rufe ich an. – Das ist mir egal. Sie können zu uns ins Landeskriminalamt kommen oder wir ... – Dann sagen Sie ihm Bescheid. In einer Stunde sind wir bei Ihnen.«

Nettelbeck und Täubner schellten am Rohloff'schen Townhouse und ihnen wurde prompt geöffnet. Ganz so, dachte Nettelbeck, als hätte das fiese alte Krokodil schon stundenlang hinter der Eingangstür auf sie gelauert.

Hasso Rohloff war kaum wiederzuerkennen. Er trug einen maßgeschneiderten Anzug, hatte einen frischen Haarschnitt mit neuer Färbung, war hellwach und blickte sie freundlich an. Als wollte er nach dem Tod seiner Frau ein neues, gottgefälliges Leben anfangen.

»Sie kommen goldrichtig. Mein Anwalt ist auch gerade eingetroffen«, Hasso deutete mit großer Geste ins Hausinnere. »Immer hinein in die gute Stube.«

Auch heute hatte Stefan Baerwald sich in Schale geworfen, registrierte Nettelbeck, war erneut die vollkommene Kasperleinkarnation. Perfekt gekleidet für den zweiten Akt eines bislang unbekannten Marionettenspiels aus Franz von Poccis Nachlass:

Míla plötzlicher Tod
oder
ein Schurkenstück aus der finsteren Gegenwart
in drei Aufzügen

Anwalt Baerwald trug eine gewagte Farb-Stoff-Kombination, die offenbar jedermann klarmachen sollte, welche spezielle Rolle er in der Aufführung einnahm. Nämlich die des mit allen Wassern gewaschenen Kasperls. Eines Kasperls, der gemeinsam mit dem bösen Krokodil den dummen Schutzmann und dessen einfältigen Helfer Seppel nach Strich und Faden verarschen wird.

Stefan Baerwald öffnete den Mund und Nettelbeck erwartete, dass ein Satz herauskam wie: »Hochgeehrtes Publikum! Jetzt, wo unsere liebe Míla so plötzlich verstorben ist …«

Doch der Anwalt hustete heiser und erklärte umständlich, wieso er die anwaltliche Vertretung von Hasso Rohloff übernommen und sich sogar am Sonntag herbemüht habe. Wobei Baerwald behutsam seine Harry-Potter-Brille abnahm, um sie mit einem Microfasertüchlein fast zu Tode zu putzen. Er sonderte Floskeln über den unschuldigen Verdächtigen ab, der in seinem langen Leben noch nicht ein einziges Mal gegen das Gesetz verstoßen, der seine verstorbene Frau förmlich vergöttert habe und jetzt einem Dasein voller Einsamkeit entgegensähe. Da hatte er als Anwalt keine Wahl gehabt, musste trotz seiner vielen sonstigen Verpflichtungen Herrn Rohloffs Verteidigung übernehmen. Wobei von Verteidigung ja keine Rede sein konnte, da sein Mandant vollkommen unschuldig sei. Baerwald hustete erneut, lächelte die beiden Ermittler an.

»Nicht zuletzt ist mein Büro ja nur ein paar Meter entfernt. Und bekanntlich ist Bequemlichkeit bei der juristischen Wahrheitsfindung ein nicht zu gering einzuschätzender Faktor. Aber nun zu Ihnen, meine Herren. Stellen Sie meinem Mandanten doch bitte Ihre Fragen.«

»Ihre Frau war im vierten Monat schwanger«, begann Täubner. »Wieso haben Sie uns das verschwiegen?«

Hasso blieb gelassen, offensichtlich bestens gecoacht. »Habe ich doch gar nicht. Sie haben nur nicht danach gefragt.«

»Dann wussten Sie es?«

Hasso stand von der Couch auf, zog eine Schublade aus einem Sideboard heraus. Er trat zu Nettelbeck und Täubner und kippte sie vor ihnen auf den Couchtisch aus. Eine Riesenmenge Potenzpillenschachteln fielen heraus.

»Fragen Sie sich mal, warum ich den ganzen Scheiß geschluckt habe. Damit ich Vater werde. Wenigstens einmal in meinem Leben. Wenn es auch erst mit fünfundsiebzig Jahren passiert.«

»Dann haben Sie sich also auf Ihren Nachwuchs gefreut?«, fragte Täubner.

»Ja, das habe ich, junger Mann. Auch wenn Sie es mir altem Sack nicht zutrauen. Meine Frau Míla war schwanger. Von mir. Und von niemand anderem.« Hasso warf seinem Anwalt einen empörten Blick zu, doch Baerwald hustete bloß, hob beschwichtigend die Hände.

Nettelbeck beugte sich vor, griff nach einer Viagraschachtel, die unter die Couch gefallen war. Seine Hand erspürte einen größeren Gegenstand und er holte ihn hervor – ein feminin gestyltes Smartphone, das mit schimmernden Swarovskikristallen besetzt war.

»Das gehört einer Freundin von mir. Sie vermisst es schrecklich«, Hasso streckte die Hand aus. »Toll, dass Sie es gefunden haben.«

Nettelbeck drückte den Einschaltknopf, doch der Akku war leer.

Hasso sah Baerwald an. Inständig, beschwörend.

Der Anwalt unterdrückte eine Hustenattacke, zwang sich zu einem Lächeln. »Seien Sie so nett und geben es bitte meinem Mandanten.«

»Ist vorläufig beschlagnahmt.« Nettelbeck steckte das Smartphone in seine Jackentasche.

»Wer kann uns noch Auskunft über Ihre Frau geben?«, fragte Täubner. »Hatte sie Freunde?«

Hasso schüttelte den Kopf. »Eigentlich nicht. Ein paar Leute kannten wir vom Golfspiel. Aber das sind eher flüchtige Bekannte als richtige Freunde. Meine Frau war Ausländerin, sie sprach nicht gut Deutsch.«

»Als Dolmetscherin?«, fragte Täubner. »Das sollen wir Ihnen abnehmen?«

»Ich habe Míla zwar als Dolmetscherin eingestellt, aber ... Ehrlich gesagt, waren ihre Deutschkenntnisse ziemlich erbärmlich. Ihre Qualitäten lagen woanders. Sie war eine umwerfend schöne Frau, in die man sich einfach verlieben musste. Und bekanntlich baut die Liebe viele Brücken.«

»Dann zu ihren flüchtigen Bekannten. Können Sie uns ein paar Namen nennen?«

Hasso zuckte mit den Achseln, tat so, als würde er angestrengt nachdenken. »Wir leben noch nicht so lange in Berlin. Unser Bekanntenkreis ist annähernd gleich null. Im Grunde waren wir uns selbst genug.«

»Kannte Ihre Frau eigentlich Herrn Gösemann?«

»Was soll die Frage?«, mischte Baerwald sich ein. »Sie wissen genau, dass mein Mandant Herrn Gösemann erst nach dem Tod seiner Frau begegnet ist.«

»Unsere Frage zielte auf Frau Rohloff, Herr Dr. Baerwald«, erwiderte Täubner grinsend. Statt einer Antwort hustete Baerwald in seine Faust. Und dann zeigte Kasperl, was er draufhatte. Und warum er als Verteidiger so gefragt war. In der nächsten halben Stunde ließ der Anwalt die Fragen der Ermittler ins Leere laufen, bügelte ihre Argumente alle nieder. Deutete sie um, wies sie zurück, tat sie als irrelevant ab. Der Anwalt gab Nettelbeck und Täubner zu verstehen, dass ihm bewusst war, dass sie gegen seinen Mandanten nichts in der Hand hatten. Sein Klient sei sauber. Und was den Zeugen Bilal Gösemann beträfe ... Der wäre bereit, per Eid zu beschwören, dass Míla Rohloff durch einen tragischen Unfall zu Tode gekommen sei. Damit wäre alles gesagt und man könne die heutige Sitzung wohl auflösen. Falls sich die Sachlage ändern sollte, könnten Nettelbeck und Täubner sich jederzeit an sein Büro wenden.

Kasperl:
Juchhe! Alles ist jetzt wieder gut
Der Böse liegt in seinem Blut.

Krokodil:
Und wir geh'n jetzt alle ins Wirtshaus.

Der Vorhang fällt.
Ende des Stückes.

VI

Nettelbeck stand in Irina Eisensteins Büro und sah die Unterlagen durch, die sie über Stefan Baerwald zusammengestellt hatte. Zwar hatte er den Namen des Anwaltes schon öfter gehört, aber es war das erste Mal, dass er bei einem Fall direkt mit ihm zu tun hatte.

Baerwald war zweiundsechzig Jahre alt, verwitwet und bewohnte eine Villa in Dahlem. Seine Kanzlei arbeitete häufig für Mandanten, die vom Landeskriminalamt dem Bereich der organisierten Kriminalität zugeordnet wurden. Zum Ausgleich für diese lukrative Schmutzarbeit betätigte der Anwalt sich mäzenatisch, förderte Kunst und kreative Nachwuchstalente. Alle diese Informationen waren Nettelbeck bereits bekannt.

Aber Irina hatte eine Neuigkeit. Stefan Baerwald vertrat nicht nur den Sharifclan und Hasso Rohloff. Er war auch der Anwalt von Carsten Leitner und hatte in dessen Auftrag bei der Staatsanwaltschaft die Strafanzeige wegen Hausfriedensbruch gestellt.

»Der tanzt wohl auf jeder Hochzeit«, murmelte Nettelbeck und steckte die Unterlagen ein.

»Wo ist eigentlich Wilbert?«, fragte Irina.

»Wir haben gestern bei Rohloff ein Smartphone beschlagnahmt. Gehörte möglicherweise der Toten. Wilbert lässt es gerade auslesen.«

»Gut. Kann ich euch irgendwie helfen?«

»Schau mal, was du über Rohloffs Vergangenheit rausfindest. Vor allem über die Zeit vor Berlin. Ich kümmere mich um Gösemann.« Nettelbeck wollte das Büro verlassen, doch Irinas Blick hielt ihn zurück.

»Gibt es noch was?«

Irina zögerte. »Es ist mir etwas peinlich.«

»Hat man dich beim Klauen erwischt?«, grinste Nettelbeck.

»Nein.«

»Was dann?«

»Es geht um Wilbert.«

Jetzt zögerte Nettelbeck. »Irina, in Liebesdingen bin ich der absolut falsche Ansprechpartner. Hast du keine Freundin, mit der du …

»Keine, die den ganzen Tag mit Wilbert rumhängt«, unterbrach sie ihn.

Nettelbeck nickte betrübt. »Was möchtest du wissen?«

»Spricht Wilbert manchmal mit dir über mich? Ich meine, über unsere Beziehung?«

»Meinst du die Frage ernst?«

»Natürlich, sonst hätte ich sie dir nicht gestellt. Also tut er es oder nicht?«

»Hin und wieder mal. Aber eher in Andeutungen. Irgendwie nebulös. Das ist wohl das richtige Wort dafür. Nebulös.«

»Wieso hast du genau gewusst, wann ich meine Abschlussprüfung hatte, und wieso hat Wilbert den Termin verschwitzt?«

Nettelbeck bewegte sich langsam in Richtung Tür. »Weil du vermutlich die Tochter bist, die ich nie hatte.«

Irina lachte auf.

Nettelbeck zwinkerte ihr zu und schlüpfte schnell aus dem Raum.

*

Täubner hatte dem Staatsanwalt den Sachverhalt geschildert und innerhalb von fünf Minuten hatte dieser beim Bereitschaftsrichter einen richterlichen Beschluss bekommen, um das sichergestellte Smartphone auslesen zu lassen.

Jetzt saß der Kommissar im Landeskriminalamt am Tempelhofer Damm und sah zu, wie sein Kollege Achim Lebeck mit der einen Hand eine Energydrinkdose aufriss und runterkippte und mit der anderen das Smartphone auslas. Zweifellos eine Vorstellung, die speziell für Wilbert Täubner bestimmt war, von der Lebeck aber garantiert schon Hunderte von Aufführungen gegeben hatte.

Lebeck strich sich die schweißnassen Haare zurück, zerdrückte die leere Dose und zielte auf einen Papierkorb, der drei Meter entfernt in einer Ecke stand. Er warf, ohne hinzugucken, und traf.

Tausendfach einstudierte Standardsituation, dachte Täubner, wie bei Hertha BSC in einer ihrer Aufstiegsphasen. Dann lächelte er seinen Kollegen an – schwer beeindruckt.

Lebeck grinste und druckte Míla Rohloffs Adressbuch aus.

»Hast du auch Zugriff auf den Einzelverbindungsnachweis der letzten vier Wochen?«

»Falls dir die Aufstellung hier nicht reicht, musst du dir den bei ihrem Provider besorgen. Kriegst du ohne Probleme mit dem richterlichen Beschluss.«

Lebeck klickte eine Datei auf, in der sämtliche europäische Telefonprovider aufgeführt wurden. Er scrollte abwärts und deutete dann auf einen Namen. »Ruf den da an und bestell 'nen schönen Gruß von Energy-Achim. Dann mailt er dir die Liste sofort rüber.«

»Klasse, wenn man solche Verbindungen hat.«

Lebeck lächelte geschmeichelt und öffnete eine neue Dose. »Ach so, willst du auch eine?«

»Lass mal, ist mir zu stark.«

»Echt? Ich trink von den Dingern zwanzig Stück am Tag.«

»Tja, wenn man 'ne Pumpe wie Vin Diesel hat.«

Lebeck leerte auch die neue Dose mit einem Schluck und wählte dann Standardsituation Nummer was-weiß-ich. Ohne hinzuschauen, warf er die zusammengedrückte Dose über die Schulter in Richtung Papierkorb. Und traf.

»Du solltest damit im Zirkus auftreten.«

»Reiner Zufall.«

»Gib mir doch mal eine ...«

Achim Lebeck öffnete zwei Energydrinks und gab Täubner eine Dose.

»Danke«, der Kommissar nahm einen großen Schluck, als wäre er am Verdursten. »Wir haben seit ein paar Wochen eine Handyortung am Laufen. Hast du damit auch zu tun?«

»Um wen geht's?«

»Robert Ploog. Kontaktperson ist ein Carsten Leitner.«

Achim Lebeck rief auf seinem PC ein Programm auf, klickte sich durch mehrere Seiten.

Täubner leerte seine Dose und wartete.

»Da tut sich nichts. Hat noch niemand bei dem Kontakt angerufen, den wir als Robert Ploog identifizieren konnten.«

Täubner zerknüllte die Energydrinkdose. »Scheiße.«

»Geduld. Wir kriegen sie alle.«

»Dein Wort in Horst Herolds Ohr.«

Ohne sich umzudrehen, warf Täubner seine Dose über die Schulter in Richtung Papierkorb. Und traf.

Verblüfft starrte Lebeck den Papierkorb an, dann den Kommissar.

»Das war jetzt aber Glück, oder?«

»Was denn sonst?«, entgegnete Täubner.

*

»Siebenhundertfünfundachtzig Anrufe allein in den letzten vier Wochen«, sagte Nettelbeck. »Davon jeden Tag acht bis zehn von einem Phillip Duve.«

»Den Míla Rohloff fast genauso oft zurückgerufen hat«, ergänzte Irina Eisenstein.

»Unter sozialer Isolierung stelle ich mir definitiv etwas anderes vor«, sagte Täubner.

»Wohl war. Mach uns bitte einen Termin bei dem Herrn.«

Irina nickte und nahm den Einzelverbindungsnachweis an sich.

»Ich habe Informationen über Bilal Gösemann zusammengestellt«, Nettelbeck schaute auf seinen PC. »Also, er wurde am 18. Februar 1991 in Berlin-Gropiusstadt geboren. Unehelich. Einziges Kind der Verkäuferin Rosa Gösemann. Als Vater wurde ein Bilal Moussa eingetragen.«

»Türke?«

»Deutsch-Libanese. Mehrfach verurteilt wegen Drogenhandel. Zwei Monate vor der Geburt seines Sohnes wurde Moussa bei einer Auseinandersetzung mit rivalisierenden Dealern getötet.«

»Hier in Berlin?«

»Ja, aber der Fall konnte nie aufgeklärt werden. Ist ein seltsamer Typ, dieser Gösemann. Einerseits hat er die Fachhochschulreife gepackt, andererseits eine traumhafte Kleinkriminellen-Karriere hingelegt. Ihr könnt euch ruhig setzen, ist eine ewig lange Liste.«

Täubner schob Irina seinen Schreibtischstuhl hin, setzte sich dann auf die Fensterbank. »Schieß los.«

»Als Vierzehnjähriger ist Gösemann erstmalig auffällig geworden. Körperverletzung, ohne Konsequenzen. Ein halbes Jahr später Verhaftung wegen des Besitzes von Cannabis. Keine Auflagen. Mit fünfzehn dann Verstoß gegen das Hundegesetz. Gösemann züchtete American Staffordshire

Terrier in einem Abbruchhaus, wollte sie als Kampfhunde verkaufen.«

»Dafür hat er aber was gekriegt. Wetten?«

»Siebzig Sozialstunden. Ein Jahr später versuchte er, mehrere Klassenkameraden für Raubüberfälle auf Imbisslokale abzurichten. Das Ganze scheiterte, weil die Kids sich ihren Eltern offenbarten. Erneute Sozialstundenauflage.«

»Lass mich raten ... hundert Stunden?«

»Neunzig.«

»Immerhin.«

»Direkt nach seinem Fachabi musste Gösemann eine Jugendstrafe von fünf Monaten absitzen, da er als Siebzehnjähriger ein Motorrad gestohlen und verkauft hatte. In der Jugendstrafanstalt dealte er offenbar mit allem, was gefragt war. Nach seiner Entlassung betrat er Neuland. Bot Sachen bei eBay an, für die er kassierte, die er aber nie lieferte. Dafür wurde er vor drei Jahren zu sechzig Tagessätzen verurteilt.«

»Ist doch ein Schnäppchen.«

»2009 wurde Gösemann der Führerschein abgenommen. Exakt einen Tag, nachdem er ihn gemacht hatte. Hat ihn aber sechs Monate später zurückbekommen. Seitdem war er sauber.«

»Du meinst, seitdem wurde ihm kein Verstoß mehr nachgewiesen«, warf Täubner ein.

»Keine Ahnung, mag sein«, sagte Nettelbeck. »Das eigentlich Interessante ist, dass sein Vater zum Clan der Shariffamilie gehörte. Bilal Moussa war ein Vetter des Clanchefs Walid Sharif. Und jetzt ratet mal, wer Bilal Gösemann bei den ganzen Jugendstrafverfahren vertreten hat.«

»Dr. Stefan Baerwald«, sagte Irina.

»Genau. Unser Unterweltkasperl.«

*

Carsten Leitner wollte mit seinem Porsche aus dem hinteren Hofbereich des *Cassirer-Centers* in eine der Seitenstraßen fahren, als sich ihm in der Ausfahrt ein Typ in den Weg stellte. Der Mann trug eine verspiegelte Sonnenbrille und hatte die Kapuze seiner Sweatjacke trotz der Hitze tief ins Gesicht gezogen.

Leitner fuhr das Seitenfenster herunter. »Was gibt es?«

Der Typ hob die Brille an und jetzt sah Leitner, dass es Robert Ploog war.

»Du bist ja ganz schön mutig, hier aufzukreuzen. Ich wollte gerade zu dir.«

Ploog ging zur Beifahrerseite und stieg ein. »Lass uns ein Stück fahren.«

»Wohin soll's gehen?«

»Du kannst mich am Alex absetzen.«

»Okay.« Leitner gab Gas.

»Wir hatten am Mittwoch eine Razzia.«

»Habe ich gehört. Wieso hast du mich nicht sofort informiert?«

»Ich wollte kein Risiko eingehen. Die haben diesmal einen richtig scharfen Hund auf dich angesetzt.«

»Und Baerwald? Was tut der eigentlich für die ganze Asche, die wir ihm zahlen?«

»Was soll der schon groß machen? Die Lage ist ziemlich verfahren.«

»Nicht mehr lange. Ich habe mich entschlossen, Deutschland zu verlassen.«

»Im Ernst?«

»Für Vergewaltigungen gibt es fünfzehn Jahre, die Verjährungsfrist beläuft sich auf zwanzig. So lange kann sich kein Mensch versteckt halten. Ich jedenfalls nicht.«

»Und wohin willst du dich absetzen?«

»Nach Venezuela. Soll das Eldorado für Typen wie mich

sein«, Ploog grinste. »Da klärt man kleinere Gesetzesüberschreitungen problemlos mit ein paar Scheinen.«

»Ist vielleicht die beste Lösung.«

»Das Problem ist nur, dass ich keinen Zugriff auf meine Geschäftskonten habe. Das Finanzamt hat sie auf Druck der Staatsanwaltschaft sperren lassen. Wegen irgendeiner beschissenen Steuerschuld.«

»Hast du kein Geld im Ausland?«

»Nicht genug, um in Venezuela die nächsten fünfzig Jahre locker abhängen zu können.«

»Soll ich dir was leihen?«

»Carsten, du musst mich auszahlen.«

»Und wie soll das ablaufen? Was stellst du dir vor?«

»Gib mir drei Millionen innerhalb der nächsten Tage. Und die restlichen fünfundzwanzig bis Ende des kommenden Jahres.«

»Das ist heftig«, sagte Leitner und bog Unter den Linden ein. »Die drei Millionen schaffe ich, aber den Rest kann ich dir nur in Raten zahlen. Drei bis vier Jahre werde ich dafür wohl brauchen.«

»Bin ich mit einverstanden.«

»Dir ist klar, dass es nicht leicht wird?«

Ploog nickte und nahm die Kapuze ab. Seine Haare waren klitschnass, klebten am Kopf. »Ja, ja. Ich weiß deine Hilfe zu schätzen, Carsten. Aber ich muss dringend raus aus Deutschland. Ich dreh durch, wenn ich noch länger warte.«

»Du hast die drei Millionen am Donnerstag. Allerspätestens am Freitag.«

»Gut. Ich verlass mich drauf.«

»Ich rufe dich an, sowie ich das Geld habe. Wir müssen das Ganze aber über Baerwald abwickeln. Ich treffe ihn wahrscheinlich heute Abend. Er soll uns einen Vertrag aufsetzen, der alles regelt.«

»Den bringst du mir dann zusammen mit dem Geld. Darin müssen auch die Restzahlungen geregelt sein.«

»Baerwald macht das schon, der kennt sich in so was aus.«

»Kriegt ja auch genug Asche von uns.«

»Ist wirklich das Beste, wenn du das Land verlässt. Die Bullen werden dich nicht mehr in Ruhe lassen«, Leitner grinste. »Sieh es sportlich: Anderswo gibt es auch hübsche Frauen.«

»Kannst du laut sagen.« Ploog rückte seine Sonnenbrille zurecht, zog sich die Kapuze wieder über den Kopf.

»Wie heißt es noch so schön, Robert. Andere Länder, andere Sitten ...«

»... andere Weiber, andere Titten.«

Die beiden Geschäftsfreunde lachten.

*

Nettelbeck und Täubner parkten gegenüber dem grauen, unsanierten Wohnturm, in dem Bilal Gösemann und seine Mutter wohnten. Rosa Gösemann im elften Stock, ihr Sohn drei Etagen tiefer. Während Nettelbeck nach dem Klingelschild suchte, sah Täubner sich um.

»Bisschen grau alles. Erinnert mich an meinen letzten Ukrainetrip. So könnte ich nicht wohnen.«

»In Gropiusstadt ist die Kriminalitätsrate aber niedriger als in deinem Friedrichshain. Und grüner ist es auch.«

»Dann überleg ich es mir noch mal.«

Das Türsignal erklang und die beiden betraten das Haus.

Nettelbeck und Täubner waren in einer anderen Welt gefangen, fühlten sich, als hätte ein mächtiger böser Zauberer sie ins Spielzeugland verbannt, in den hintersten Winkel, in die Teddybärhölle. Die Zweieinhalbzimmerwohnung war in grellen Rot- und Pinktönen gestrichen und vollgestopft mit Teddybären, in allen Größen, Formen und Farben. Wohin die Kommissare auch blickten, auf dem Fußboden, dem Wohnzimmerschrank, dem Sofa, dem Küchentisch, überall saßen, standen, lagen, hingen Plüschteddys.

Der kleinste Bär war gerade einmal einen Zentimeter groß, aus Altsilber und baumelte an Rosa Gösemanns Halskette. Der größte Teddy maß fast zwei Meter und thronte auf ihrem Bett. Zu jeder Schandtat bereit. Bilals Mutter war stark übergewichtig, hatte mahagonibraun gefärbte Haare und trug einen Kaftan aus schokoladenbraunem Frottee, wodurch sie eine gewisse Ähnlichkeit mit ihren Sammlerstücken hatte.

»Schauen Sie sich ruhig um, meine Herren, so was sehen Sie bestimmt nicht jeden Tag.«

»Wie viele Bären sind das?«, fragte Täubner.

»Keine Ahnung, bei dreihundert habe ich aufgehört zu zählen.«

»Können Sie die eigentlich noch unterscheiden?«

»Aber natürlich. Jeder Teddy ist besonders, jeder hat ein eigenes Wesen«, Rosa Gösemann räumte ein Dutzend Bären von der Couch. »Setzen Sie sich doch.« Sie deutete auf einen unscheinbaren, etwas abgewetzten Teddy, der neben dem Fernseher hing. »Mit dem dort hat alles angefangen. Den hat mir Bilals Vater bei unserem ersten Rendezvous geschenkt. Im April 1990.«

»Bilal Moussa, richtig?«, fragte Nettelbeck, während sie Platz nahmen.

»Meine große Liebe«, Rosa Gösemann nahm eine gerahmte Fotografie von einem Beistelltischchen, die sie als junge Frau mit einem südländisch aussehenden Mann zeigte. »Das Foto haben wir genau an dem Tag gemacht. Sehen Sie den Teddy?«

Die beiden Ermittler nickten. Täubner sofort, Nettelbeck mit Verzögerung.

»Als mein Verlobter von diesen feigen Schweinen umgebracht wurde, habe ich mit dem Sammeln angefangen. Gleich nach Bilals Geburt«, Rosa Gösemann wischte sich ein paar imaginäre Tränen weg. »Für mich ist der Gesichtsausdruck das Wichtigste. Alle meine Bären müssen lächeln. Ein böse guckender Teddy kommt mir nicht in die Wohnung.«

Jetzt wurde Nettelbeck klar, was ihn die ganze Zeit irritiert hatte. Es war das identische monotone Grinsen, welches ihm von jedem Teddygesicht entgegenblickte. Der Horror pur. Plüschtiergrauen.

Rosa Gösemann hob einen Teddy vom Boden auf. »Erkennen Sie den wieder?«

Nettelbeck verneinte, aber es war der gleiche Kommissarsteddy, den er am Sonntagmorgen Efua Marie geschenkt hatte.

»Zu Ihrem Sohn, Frau Gösemann …«

»Was hat Bilal denn jetzt wieder ausgefressen?«

»Gar nichts, aber wir müssen ein paar Informationen überprüfen, da ihr Sohn ein wichtiger Zeuge in einem Mordfall ist.«

»Mord?«, Rosa Gösemann drückte den Polizeiteddy an ihre imposante Brust. »Hat Bilal etwa was damit zu tun?«

»Er ist nur Zeuge.«

»Gott sei Dank, der Junge hat mir schon genug Scherereien gemacht. Seitdem er laufen kann, nichts als Ärger. Bilal hat so gar nichts von seinem Vater. Leider.«

»Ihr Verlobter gehörte zu der Familie Sharif, die in Berlin mehrere Geschäfte und Unternehmen betreibt, oder?«

»Ja, er hat mit Herrn Sharif eng zusammengearbeitet. War so was wie sein Prokurist. Vor ihm lag eine große Zukunft, bis diese Verbrecher …«, erneut tupfte sich Rosa Gösemann ein paar imaginäre Tränen von den Wangen.

»Haben Sie noch Kontakt zu seinen Verwandten? Treffen Sie sich mit der Familie?«

»Viel zu wenig, leider. Heutzutage hat ja jeder so viel zu tun. Ich bin aber froh, dass Bilal bei ihnen arbeitet. Wenn er nur nicht so ein Kindskopf wäre. Er hätte dort jede Aufstiegschance.«

»Wissen Sie, was er genau macht?«

»Nicht so richtig. Bilal und ich, wir reden nicht oft miteinander. Er kommt mich auch nur selten besuchen. Er mag meine Teddys nicht.«

»Sind doch hübsch«, sagte Täubner.

»Sonst gefallen sie auch jedem meiner Besucher.«

»Wann haben Sie denn das letzte Mal die Sharifs getroffen?«

»Lassen Sie mich überlegen. Da war diese Fußball-Weltmeisterschaft.«

»Vor drei Jahren in Südafrika.«

»Nein, hier bei uns.«

»Meinen Sie die von 2006? Die WM in Deutschland?«

»Genau, da war ich bei den Sharifs zur Geburt ihres letzten Sohnes eingeladen. Eine sehr schöne Feier war das.«

»Und seit wann arbeitet Bilal bei den Sharifs?«

»Ich glaube, er hat kurz danach dort angefangen. Ich verstehe nicht, warum er immer noch nicht Prokurist ist. Oder wenigstens Filialleiter oder so. Er hat doch sogar Abitur.«

»Kommt vielleicht noch. Sagt Ihnen eigentlich der Name Hasso Rohloff was?«

»Wer soll das sein?«

»Ein älterer Geschäftsmann, der sich in Berlin zur Ruhe gesetzt hat. Er wohnt in Mitte, hat eine sehr hübsche jüngere Frau.«

»Kenne ich nicht.«

»Hat Ihr Sohn vielleicht mal von diesem Rohloff gesprochen?«

»Nicht dass ich wüsste. Was ist denn mit dieser jungen Frau? Hat sie was mit dem Mord zu tun?«

»Sie ist das Opfer, sie heißt mit Vornamen Míla. Haben Sie den Namen schon einmal gehört? Míla Rohloff?«

Rosa Gösemann schüttelte den Kopf.

»Gegen Ihren Sohn liefen ja schon einige Strafverfahren«, sagte Nettelbeck. »Auch wenn das zum Glück inzwischen Vergangenheit ist. Vor Gericht hat ihn immer ein Dr. Stefan Baerwald vertreten …«

»Den kenne ich«, sagte Rosa Gösemann, sichtlich erleichtert.

»Er ist einer der teuersten Strafverteidiger Berlins. Wer hat eigentlich sein Honorar bezahlt? Waren Sie das?«

»Ich?! Ich bin Frührentnerin. Ich komme gerade so über die Runden. Nicht einfach bei meinem Hobby.«

»Wurde Baerwalds Honorar dann möglicherweise von der Familie Sharif übernommen?«

»Keine Ahnung. Weiß ich wirklich nicht. Soll ich mal mit meinem Sohn darüber sprechen?«

Nettelbeck und Täubner standen auf. »Nicht nötig. So wichtig ist es nicht.«

Rosa Gösemann erhob sich schwerfällig. »Dürfte ich Sie um einen kleinen Gefallen bitten?«

Nettelbeck und Täubner schauten sie fragend an und Rosa Gösemann hielt ihnen den Polizeibären hin. »Könnten Sie mir nicht noch so einen Teddy besorgen? Ich hätte zu gerne eine Freundin für meinen süßen Polizeibrummbären.«

*

Der Kellner trat an den abseits stehenden Tisch, der im Restaurant *Cassirer* extra für intime Geschäftsgespräche bereitgehalten wurde, und servierte. Baerwald bekam das Dreierlei vom Müritzlamm mit jungem Mais, Spitzkohl und Ahornvinaigrette, Leitner den gedämpften Wolfsbarsch mit Zitronen-Kapern-Butter und karamellisierter Petersilienwurzel. Passend zum Hauptgang drehte sich ihr Gespräch noch um Nebensächlichkeiten, Baerwald erzählte von der gelungenen Ausstellungseröffnung in der Neuen Nationalgalerie, Leitner von den tollen Kritiken, die sein Restaurant bereits von mehreren wichtigen Gastronomiekritikern bekommen hatte.

»Mit Recht, Carsten, dein Koch hat es wirklich drauf«, Baerwald legte das Besteck ab und hustete heiser.

»Warte mal auf das Dessert.«

»Lass ich heute ausfallen. Ich werde langsam zu fett.«

»Unsinn.«

»Doch, doch. Was hast du auf dem Herzen?«

»Robert war heute hier.«

»Ach ja? Mutig von ihm.«

»Habe ich ihm auch gesagt. Er will Deutschland verlassen. Für immer.«

»Ist vielleicht nicht die schlechteste Idee. Und was wird aus seiner Investition?«

»Ich soll ihn auszahlen.«

»Auf einmal, die ganze Summe?«

»So in etwa stellt er sich das vor.«

»Kannst du so viel Geld auf die Schnelle freikriegen?«

»Natürlich nicht. Steckt doch alles hier drin. Dann müsste ich das *Cassirer-Center* verkaufen. Du kannst dir vorstellen, was ich bei einem Notverkauf verliere. Das weiß Robert auch.«

»Er muss ja ganz schön unter Druck stehen. Und was willst du tun?«

»Ich werde seine Forderung ablehnen und ihm meinerseits ein Angebot machen. Ich gebe ihm zweieinhalb Millionen und das war's. Wenn er einfach so abhaut, kann er seinen Anteil in den Wind schießen. Ich bin doch kein Selbstmörder.«

»Na ja, so einfach ist das alles nicht. Ihr habt schließlich Verträge miteinander.«

»Geheimverträge, Stefan. Außer uns dreien weiß kein Mensch davon. Du hast Roberts Anteil wunderbar versteckt in dieser rechtlichen Konstruktion. Sehr clever von dir. Ich bin immer noch beeindruckt.«

»Das ist mein Job«, sagte Baerwald und steckte sich ein Hustenbonbon in den Mund.

»Mag sein, aber trotz deines ansehnlichen Honorars bist du für die ganze Arbeit bei der Vertragsgestaltung erheblich zu kurz gekommen. Meiner Meinung nach hättest du für deine Mühe sehr viel mehr Geld verdient.«

»Und was, meinst du, wäre angemessen?«

»Zwei ... zweieinhalb Millionen? Oder besser fünf Prozent am *Cassirer-Center*?«

»Klingt interessant. Sollte ich mir eure Verträge dann nicht vielleicht noch einmal gründlich ansehen?«

»Stefan, du triffst den Nagel auf den Kopf. Wie immer. Mehr würde ich dir auch gar nicht zumuten. Alles andere fällt selbstverständlich in meinen Bereich.«

»Davon gehe ich aus.«

»Wunderbar. Dann sind wir uns so weit einig?«

Baerwald nickte und rückte seine Fliege gerade. »Weißt du was, Carsten? Jetzt nehme ich doch noch ein Dessert.«

»Das ist mal ein Wort«, sagte Leitner und winkte den Kellner heran. »Und das geht aufs Haus.«

»Nur das Dessert?«

»Natürlich. Du bist schließlich Anwalt. Ich möchte dich auf keinen Fall korrumpieren.«

Leitner lachte auf und Baerwald stimmte laut hustend mit ein.

*

Nettelbeck hatte eine ganze Weile mit Philomena telefoniert, bis sie schließlich die Kinder ins Bett bringen musste. Sie hatten eine Idee diskutiert, die Nettelbeck nach dem Konzert im *A-Trane* gekommen war. Wie wäre es, wenn sie zusammen mit den Kindern für ein paar Tage an die Ostsee fahren würden? Anfang Oktober, in den Herbstferien. Nettelbeck hatte noch Resturlaub und das Wetter war zu der Zeit auf Rügen auch ziemlich gut. Philomena war einverstanden und würde es mit den Kindern besprechen.

Nach dem Telefonat räumte Nettelbeck die Wohnung auf und dachte dabei über Jutta Koschke nach. Sie war verbohrt, wollte offenbar direkt in ihr Verderben laufen. Er wusste immer noch nicht, warum sie sich so verbissen hatte und sich nicht helfen lassen wollte. Der Kommissar fragte sich, wie er ihren gegen sich selbst gerichteten Amoklauf nur stoppen konnte. Er hatte aber immer noch keine Idee.

Nettelbeck nahm die CD *Manhattan Wildlife Refuge* von Bill Watrous und schob sie in den Player. Auf seiner ewigen Liste der zehn ultimativen Posaunensoli, die er inzwischen immerhin schon seit siebenundzwanzig Jahre unermüdlich führte, gab es von jeher Fluktuation, Veränderung, Wechsel. Anfangs, als junger Posauneneleve, war J. J. Johnson mit gleich drei Stücken darauf vertreten, Jimmy Cleveland und Al Grey mit jeweils zwei. Später kamen anders orientierte Posaunisten dazu, wie Albert Mangelsdorff oder Roswell Rudd, traten neben die Bopkoryphäen. Manche Posaunisten hielten sich in Nettelbecks imaginärem Trombone-Heaven drei oder vier Jahre, andere nur eine Saison. Bill Watrous jedoch war immer dabei gewesen, seit Nettelbeck die Liste führte. Mal an vorderster Stelle, mal auf einem der hinteren Plätze. Und immer mit demselben Stück, seinem aberwitzigen Solo in *Fourth Floor Walk-Up* von *Manhattan Wildlife Refuge*. Obwohl Bill Watrous noch viele weitere Posaunen-

Bravourstücke aufgenommen hatte, die alle ähnlich betörend waren, blieb *Fourth Floor Walk-Up* unerreicht.

Als das Stück ausklang, wusste Nettelbeck, was er zu tun hatte. Er rief Roger Delbrück an und verabredete sich mit ihm für den nächsten Nachmittag. Um endlich das verdammte Jutta-Koschke-Problem zu klären.

VII

Der Bundesverband der Deutschen Futtermittelhersteller hatte seine Büros in der Glinkastraße, in Rufweite von mindestens zwanzig weiteren Lobbyistenverbänden. Nettelbeck und Täubner betraten das ehemalige Markgrafenpalais, das Mitte des neunzehnten Jahrhunderts erbaut und Anfang des neuen Jahrtausends als Hauptsitz des BdDF umfassend saniert worden war.

Im Vestibül wurden sie bereits von Phillip Duves Assistenten erwartet, der sie durch das Treppenhaus in den ersten Stock lotste. Der junge Mann öffnete eine Flügeltür und führte Nettelbeck und Täubner in ein Besprechungszimmer, das mit amerikanischen Designklassikern der Fünfzigerjahre ausgestattet war. Auf dem Besprechungstisch hatte man Kaffee, Softdrinks und Gebäck bereitgestellt.

Der Assistent klopfte an eine Seitentür und verließ dann das Zimmer.

Phillip Duve kam aus dem Nebenraum, machte sich mit Nettelbeck und Täubner bekannt und setzte sich zu ihnen. Der Geschäftsführer des BdDF war ein gepflegter mittelgroßer Mann in Nettelbecks Alter, blond, schlank, sportlich. Er hatte das verbindliche Auftreten des scheinbar unabhängigen Lobbyisten, sprach mit wohltönender Stimme, unterstützt von offenen, nach außen gerichteten Gesten, die die Ernsthaftigkeit seiner Rede positiv verdeutlichten. Alles an ihm vermittelte Selbstvertrauen und Autorität. Zweifellos ein Verhalten, das man ihm in schweineteuren Coachingseminaren eingebläut hat, dachte Nettelbeck und goss sich

Mineralwasser ein. Auf ihn machte Phillip Duve einen eher angespannten Eindruck.

»Warum genau wollen Sie mich sprechen? Ihre Kollegin hat sich bei dem Telefonat mit meinem Assistenten ja ziemlich bedeckt gehalten.«

»Es geht um Míla Rohloff …«

»Was ist mit ihr?«, unterbrach Duve Täubner.

»Sie ist tot. Sie starb am vergangenen Donnerstag.«

Der Geschäftsführer starrte die Kommissare an, seine antrainierte Fassade brach zusammen.

»Unmöglich … ausgeschlossen …«

»Frau Rohloff ist zu Hause von der Dachterrasse gestürzt.«

»Nicht Míla. Nein. Ich habe sie am Nachmittag mehrmals angerufen. Aber sie hat das Gespräch nicht angenommen. Ich war im Ministerium. Der monatliche Jour fixe mit der Ministerin.«

»Es gibt einen Zeugen, der den Sturz beobachtet hat.«

»Wer soll das sein? Etwa ihr Mann?«

»Jemand anderes.«

»Kennen Sie Hasso Rohloff persönlich, Herr Duve?«

»Ich bin ihm einmal auf einem Empfang begegnet. Dort habe ich auch Míla kennengelernt. Ich mochte ihn nicht. Wir haben höchstens zwei, drei Sätze gewechselt.«

»Kennen Sie eigentlich Freunde der Rohloffs? Sagt Ihnen der Name Dr. Stefan Baerwald was? Oder Bilal Gösemann?«

»Nein. Nie gehört.«

»Wie war Ihre Beziehung zu Frau Rohloff?«

»Míla war meine Geliebte, seit einem Jahr. Sie war schwanger. Von mir, im vierten Monat. Wir wollten heiraten, sowie sie geschieden war.«

»Und wie stand Hasso Rohloff zu diesen Plänen?«

»Er wusste nichts davon. Míla wollte ihm am Donnerstag

sagen, dass sie sich trennen wird. Und das hat sie auch gemacht, das weiß ich. Deswegen hat Rohloff sie umgebracht.«

»Dafür haben wir bisher keine Beweise.«

»Er war es aber. Es passt zu dem, was Míla mir erzählt hat.«

»Wie beschrieb Frau Rohloff denn ihre Ehe?«

»Als kaputt, total auf dem Nullpunkt. Er war seit mehreren Jahren impotent. Míla ging ihm, wo sie konnte, aus dem Weg. Eine richtige Beziehung war das schon lange nicht mehr. Ich habe Míla seit Monaten gedrängt, sich von ihm zu trennen, aber das war finanziell nicht so einfach.«

»Inwiefern?«

»Mílas Bruder Jirí ... Er schuldete Rohloff eine größere Geldsumme, die er sich von ihm für seine Tauchstation in Hurghada geliehen hatte.«

»Seit wann kannten sich Rohloff und Ihre Freundin überhaupt?«

»Míla hat Mitte der Neunzigerjahre bei ihm als Dolmetscherin angefangen. Zwei Jahre später zog sie in sein Haus in Düsseldorf. Anfangs lief alles gut, sie war ja noch unerfahren. Rohloffs Geld und der ganze Lebensstil haben ihr ziemlich imponiert.«

»Nach unseren Unterlagen haben die beiden am Jahreswechsel 1999/2000 geheiratet und Rohloff hat sich kurz darauf zur Ruhe gesetzt.«

»Kann hinkommen. Míla wollte Kinder, doch das hat nicht geklappt. Rohloff war das egal, er hat versucht, sie mit Geschenken bei Laune zu halten. Da hat Mílas Beziehung zu ihm wohl den ersten Knacks gekriegt. Mit allem, was dazugehört.«

»Auch Affären mit anderen Männern?«

»Ja, aber nur hin und wieder, nichts Ernstes. Vor sechs oder sieben Jahren erwischte Rohloff sie bei einem Seitensprung mit einem Typen aus ihrem Golfklub. Er hat ihr eine

Riesenszene gemacht, ohne nur einmal auf Mílas Kinderwunsch einzugehen. Sie ist noch am selben Tag nach Tschechien geflogen.« Duve hielt inne, starrte auf die Getränkefläschchen, nahm schließlich einen Traubensaft und trank einen Schluck.

Nettelbeck und Täubner sahen ihm an, dass er sich zwingen musste, weiterzureden.

»Nachdem er sechs Wochen nichts von Míla gehört hatte, ist Rohloff nach Budweis gefahren, um ihr großspurig zu verzeihen. Er liebe sie immer noch und sie solle zu ihm zurückkommen. Für seinen Ausraster entschuldigt hat er sich allerdings nicht.«

»Aber Ihre Freundin hat es akzeptiert …«

»Unter der Voraussetzung, dass sie näher an Tschechien ziehen. Rohloff hat das Townhouse in Mitte gekauft. Und als Zeichen ihrer aufgefrischten Liebe hat er Míla als alleinige Besitzerin eintragen lassen.«

»Großzügig«, sagte Täubner.

»Eher berechnend«, erwiderte Nettelbeck und nickte Duve aufmunternd zu.

»Nachdem sie in Berlin wohnten, ging es eine Weile auch wohl so einigermaßen. Aber vor drei Jahren begann Rohloffs sexuelles Interesse an Míla immer mehr nachzulassen. Meine Freundin konnte das nicht verstehen. Sie hat ihn zur Rede gestellt und deswegen musste er schließlich mit seiner Impotenz rausrücken.«

»Hat er das so gesagt? Impotenz?«

»Ich war einmal bei ihr zu Hause und Míla hat mir den ärztlichen Befund gezeigt, den die Charité für Rohloff erstellt hat. Schwere erektile Dysfunktion stand da drin. Unheilbar. Eine medikamentöse Behandlung oder eine Sexualtherapie galt als nicht Erfolg versprechend. Nur eine Operation, bei der die Schwellkörper durch Implantate ersetzt werden, hätte ihm helfen können, wenn ich mich noch richtig erinnere.«

»Hat Rohloff die Operation denn durchführen lassen?«

»Nein. Míla hat eine Zeit lang versucht, ihn zu überreden, aber er hat alle ihre Bemühungen boykottiert. Das war das Ende.«

»Und dann haben Sie Frau Rohloff kennengelernt.«

»Ja. Es war aber keine normale Affäre. Es war Liebe. Von Anfang an. Und als Míla schwanger wurde ...« Phillip Duve stand auf, wandte den Kommissaren den Rücken zu und trat an die Fensterfront. Er blickte hinaus auf die Straße, sein Oberkörper bebte leicht.

Was immer jetzt in ihm vorging, Nettelbeck war froh, es nicht mit ihm teilen zu müssen.

*

In der Trauerhalle war eine Marmorsäule aufgebaut, um die in einem Halbkreis mehrere Stühle standen. Bilal, Hasso, Nadine und Jessica nahmen darauf Platz.

Bilal wirkte bedrückt, starrte zu Boden.

Jessica tätschelte seine Hand, lächelte ihm aufmunternd zu.

Die Seitentür wurde geöffnet, Carl und Almut Lorenz trugen ein Samtkissen herein und platzierten es behutsam auf die Säule. Auf dem Kissen glitzerte ein Diamant.

»Das war wirklich Diego?«, fragte Nadine.

Bilal nickte.

»Toll, das soll man mit mir später auch machen.«

Carl Lorenz räusperte sich. »Liebe Trauergemeinde, ein Leben ist zu Ende gegangen. Diego hatte ein Leben, das wir uns unschuldiger nicht vorstellen können. Wo er jetzt ist, ist alles neu für ihn. Heute ist Zeit, noch einmal zurückzublicken. Diego ist als kleiner Hund zu seinem Herrchen gekommen, zu Ihnen, Herr Gösemann, und Sie beide schlossen den Freundschaftsbund fürs Leben.«

Bilal nickte, mit Tränen in den Augen.

»Ich glaube, ich darf mit dem Abstand eines Menschen, der es aus der Ferne kaum beurteilen kann, trotzdem sagen: Das war ein Glücksfall. Ein Lebensglück für beide, für Sie, Herr Gösemann, und für Ihren geliebten Freund Diego. Sie haben mir erzählt, Herr Gösemann, dass Diego, wenn er Sie gereizt hatte und Sie etwas strenger geworden sind, Ihnen die Schnauze hingestreckt hat. Als liebevolle Versöhnungsgeste. Diego war nicht nachtragend. Und er konnte sich über alles freuen, über alles, was er mit Ihnen erlebte. Sie haben mir Fotos gezeigt, Herr Gösemann, und da strahlen Sie. Alle beide. Ich habe lange nichts Schöneres gesehen. Und doch ging dieses wunderbare Leben so plötzlich zu Ende.« Der Bestatter nickte seiner Schwester zu.

Almut Lorenz nahm das Samtkissen von der Säule und ging an der Stuhlreihe entlang, damit sich alle von Diego verabschieden konnten.

»Heute müssen wir Diego Lebewohl sagen. Doch Ihr Freund lebt weiter, Herr Gösemann. Diego hat uns vieles mitgegeben. Liebe und Freundlichkeit, Hilfe und Beistand, Güte und Rat. Für ihn war das alles selbstverständlich. Diego machte davon kein großes Aufheben. Gerade deshalb gibt er uns Hinterbliebenen Kraft und wir können trostvoll dem hundertneununddreißigsten Psalm zustimmen, in dem es heißt: Nähme ich Flügel der Morgenröte und bliebe am äußersten Meer, so würde auch dort deine Hand mich führen und deine Rechte mich halten.«

Almut Lorenz drapierte das Samtkissen wieder auf der Säule und steckte den Diamanten in eine kleine Schmuckschachtel. Dann trat sie neben ihren Bruder.

»Ich möchte zum Schluss danken. Diegos Freunden dafür, dass Sie heute anwesend sind, und ich möchte auch Ihnen, Herr Gösemann, danken, dass Sie meiner Schwester und mir das Vertrauen geschenkt haben. Dass Sie sich uns geöffnet haben, um Ihnen in diesen schweren Stunden beizustehen. Und ich möchte Gott danken, von dem ich glaube, dass er Diego getragen und nun erlöst hat.«

Bilal stand auf, schüttelte den Geschwistern die Hand und übergab ihnen danach einen dicken Briefumschlag.

»Das war sehr schön. Danke.«

Carl Lorenz nickte. Er dreht allen Anwesenden den Rücken zu, schaute in den Umschlag und steckte ihn ein.

Almut Lorenz reichte Bilal die Schmuckschachtel. »Er wird immer bei Ihnen sein, Herr Gösemann.«

»Danke.« Bilal betrachtete die Schachtel unschlüssig.

Hasso legte ihm väterlich die Hand auf die Schulter. »Dann würde ich alle gerne zu einer kleinen Trauerfeier in mein Haus einladen«, sagte er. »Essen und Trinken vom Feinsten. Einverstanden?«

»Klar«, sagte Nadine.

»Super Idee«, schloss sich Jessica an.

Die beiden Frauen hängten sich bei Hasso ein und steuerten zum Ausgang.

»Kommst du, Großer?«

Bilal verstaute das Kästchen in seiner Hosentasche und folgte ihnen.

*

Nettelbeck hatte bereits das erste Bier ausgetrunken, als sein ehemaliger Partner ins Gartenlokal kam. Delbrück hatte ihm eine SMS geschickt und ihn über die beruflich bedingte Verspätung informiert. Nettelbeck hatte die Zeit genutzt, um noch einmal seine Beweisführung auf ihre Schlüssigkeit zu überprüfen.

Delbrück ging zum Getränkeausschank, setzte sich kurz darauf mit zwei Gläsern Bier an Nettelbecks Tisch. »Netten Tag gehabt? Oder musstest du dich auch nur mit Nervensägen rumschlagen?«

»War ganz okay«, antwortete Nettelbeck.

Die Männer tranken einen Schluck.

»Wir sollten öfter mal zusammen ausgehen. Samstagabend war fantastisch.«

»Auch die Musik?«, grinste Nettelbeck.

»Auch die Musik. Wenn dieser Wogram vielleicht noch das eine oder andere Stevie-Wonder-Stück einbaut oder was von UB40, kann er glatt ein Weltstar werden.«

»Als Posaunist? Das möchte ich sehen. Aber ich guck mal, wer nächsten Monat im *A-Trane* spielt und sag dir Bescheid.«

»Zwischen dir und Philomena läuft es anscheinend hervorragend, nach dem, was ich so mitgekriegt habe. Sie hat sich ja wie eine Löwin auf mich gestürzt, als ich ein einziges Mal das Thema Jutta angesprochen habe.«

»Ein einziges Mal ist gut.«

»Die Sache interessiert mich eben.«

»Aber du hast recht mit Philomena. Es könnte gar nicht besser sein. Und mit den Kindern ist es inzwischen auch unkompliziert. Im Moment schmieden wir Reisepläne.«

»Wohin wollt ihr?«

»Nach Rügen, in den Herbstferien. Efua Marie und Mark Kojo freuen sich jetzt schon wie Bolle.«

»Hast du vor, eine Familie zu gründen? Wenn ich du wäre, würde ich Philomena festhalten und nie mehr loslassen.«

Nettelbeck trank einen Schluck Bier. Dann lächelte er Delbrück an. »Die Idee ist mir auch schon gekommen.«

»Die beste, die du je hattest. Eine Frau wie Philomena trifft man nur einmal im Leben. Wenn überhaupt.«

»Was tut sich denn in Sachen Jutta? Hast du was gehört?«

»Läuft alles auf ein Strafverfahren hinaus. Plus Versetzung auf eine untergeordnete Verwaltungsstelle. Einschließlich Kürzung ihrer Beamtenbezüge. Du kennst das Prozedere ja selbst.«

»Jutta hat das nicht zu verantworten. Sie will mich nur schützen.«

»Pardon? Wie viel Bier hast du heute schon getrunken?«

»Roger, ich habe die Razzia bei Jutta durchgesetzt, obwohl sie dagegen war. Ein Informant von mir hat in den letzten Wochen mehrmals beobachtet, wie Ploog das *Cassirer-Center* betrat. Sogar am Tag vor der Razzia.«

»Und das soll ich dir glauben?«

»Habe ich dich jemals angelogen?«

»Geflunkert hast du schon das eine oder andere Mal.«

»Dann war es auch nötig.«

Delbrück betrachtete seinen Expartner skeptisch. Dann trank er sein Bier aus und schob das leere Glas über den Tisch. »Du bist dran. Und wenn du zurück bist, erzählst du mir bis ins Kleinste, wie das mit deinem Informanten abgelaufen ist.«

»Mach ich doch gern.«

»Ich werde dir die Geschichte zwar trotzdem nicht abnehmen, aber im Gegensatz zu dir habe ich keine Lust, mich irgendwann auf dem Abschiebebahnhof wiederzufinden.«

»Das ist doch eine Haltung, Roger«, Nettelbeck zwinkerte seinem Freund verschwörerisch zu, nahm die leeren Biergläser und ging zur Getränkeausgabe. Vielleicht sind Roger und ich ja doch noch nicht so weit auseinandergedriftet, dachte er, wäre schön.

Zurück am Tisch erläuterte Nettelbeck seinem Expartner

mit hieb- und stichfesten Argumenten, was es mit dem Informanten auf sich hatte, welche Position der Mann im *Cassirer-Center* besaß und wieso und aus welchen Beweggründen er sich an Nettelbeck gewandt hatte.

Delbrück blieb skeptisch, der Buschfunk hatte ihm etwas anderes zugetragen, aber schließlich akzeptierte er Nettelbecks Erklärung als glaubwürdig. Eher notgedrungen, wie er betonte. Eine eingehendere Überprüfung würde die Geschichte wahrscheinlich sogar überstehen. Aber Nettelbeck und Jutta seien damit noch nicht aus dem Schneider. Sein Partner werde sich einer Untersuchung stellen müssen, da der Wirbel um die Razzia zu groß geworden sei und es zahlreiche Beschwerden einflussreicher Berliner Großkotze gegeben habe.

Nettelbeck war mit allem einverstanden und bezahlte auch bereitwillig die nächsten Runden.

Als sie sich später vor dem Gartenlokal verabschiedeten, hatte Delbrück noch eine letzte Frage: wieso Nettelbeck sich ausgerechnet für ihre alte Feindin Jutta Koschke einsetze. Doch darauf bekam er keine Antwort. Nettelbeck wusste selber nicht so genau, warum er es tat.

*

Die zweihäuptige Schlange schillerte doppelzüngig, lebensecht, atemberaubend verführerisch. Ein dunkles, feucht schimmerndes Wesen, wie einem Bild von Franz von Stuck entsprungen.

Hasso spürte eine wachsende Erregung. In seinen Hirnregionen begann das komplexe Zusammenspiel von Nervenzellen und Botenstoffen loszurattern. In seinem limbischen System, in der untersten Etage seines Zwischenhirnes, schrie der Hypothalamus nach Fortpflanzung, Fortpflanzung,

Fortpflanzung. Sogar sein Gyrus rectus im linken Stirnlappen erlahmte.

Haremsbilder tauchten in Hasso auf, gaukelten ihm verlockende orientalische Vielweibereien vor, exzessives Begatten und Sichverströmen. Die Dopaminausschüttung raste, brachte ihn zum Zittern, Hasso musste an sich halten, sich auf das Couchmonstrum setzen.

Bilal lehnte neben dem Flachbildschirm, die Fernbedienung in der Hand, und betrachtete seinen neu gewonnenen Freund. Wassen mit Hasso los? Kriegt er 'nen Herzkasper?

Mit fiebrigem Blick streckte Hasso die Hände aus, ließ sie über Nadines und Jessicas Hinterbacken wandern. Anbetungswürdig. Bilal hat nicht gelogen. Absolut anbetungswürdig. Und die Schlange hat an jedem Ende ein Haupt. Eine zweiköpfige Versuchung – Wahnsinn.

Als Hasso das Muskelspiel in den prallen Backen spürte, verlor er endgültig die Kontrolle über seine Gedanken.

Penispumpe ... Wenn du jetzt drei Pillen einwirfst ... *Levitra, Cialis, Viagra* ... Von jeder Sorte eine ... Ach was, zwei Stück ... Noch einmal richtig ficken und dann sterben!

Bilal nahm die Champagnerflasche, goss allen nach und hob sein Glas. »Auf Diego, dass wir ihn niemals vergessen.«

Die zweiköpfige Schlange entfernte sich abrupt von Hasso, seine Hände irrten im sexleeren Kosmos.

»Auf den wunderbarsten aller Hunde«, rief Nadine. »Wuff-Wuff.«

»Geliebt, beweint und unvergessen. Wau-Wau«, übertönte Jessica sie.

Hasso rappelte sich von der Couch hoch. »Ich hab den Kläffer ja nie kennengelernt, muss aber eine ganz tolle Töle gewesen sein. Diego, wir gönnen dir die ewige Ruhe.«

Die vier stießen an.

»Zeig ihn uns noch mal.«

»Was denn?«, fragte Hasso.

»Du doch nicht. Bilal.«

»Ich?«

»Klar. Zeigen.«

»Du meinst …?«

»Klar, Diego …«

Bilal klemmte die Fernbedienung unter seinen Arm und fummelte die Schmuckschachtel aus seiner Hosentasche hervor. Er öffnete sie vorsichtig.

Ein Leuchten ging durch den Raum, erfüllte das Townhouse mit bläulichem Glitzern. Sphärische Klänge setzten ein. Bilal registrierte, dass er den Bildschirm eingeschaltet hatte. Er drückte den Ausknopf, legte die Fernbedienung beiseite. Dann ließ er den Diamanten vorsichtig auf seine Handfläche gleiten.

»Darf ich ihn mal anfassen?«

Bilal nickte.

Jessica fuhr mit der Fingerspitze über den Kristall. »Ich glaube, ich spüre Diegos Energie. Unheimlich stark.«

Dann trat sie hinter Bilal und schlang ihre Arme um seinen Oberkörper. »Ich würde jetzt gerne mit dir meditieren, Bilal. In Gedenken an Diego. Um uns endgültig von ihm zu verabschieden.«

»Super Idee, Jessi.«

Nadine nahm Hasso das Glas ab, schubste ihn auf die Couch und setzte sich auf seinen Schoß. »Magst du das auch?«

»Was?«

»Meditation, Hasso.«

»Meditation?«

»Man nennt es auch *sich versenken* oder *sich vertiefen.*«

Hasso starrte Nadine verständnislos an.

Nadine flüsterte ihm etwas ins Ohr.

Hasso begriff, grinste, strahlte und packte ihren Po mit beiden Händen.

»Und ob. Ich liebe diesen Asienquatsch!«

Hasso wird langsam irre, dachte Bilal, als er die Zehen an Jessicas rechtem Fuß ablutschte. Jeden Einzelnen, einen nach dem anderen. Während Jessi mit ihrem linken Fuß seinen Schwanz masturbierte, unerträglich langsam. Was sie großartig machte.

Bilal musste grinsen. Im Grunde war es das gleiche Programm, das sie bereits bei den *Gropiusmäusen* zelebriert hatten. Schon damals hatte er Jessis und Nadis Füße abgeschleckt, hingebungsvoll an ihren Zehen gelutscht. Trotz der ganzen Pipidreckssandstückchen, die an ihren Patschefüßen klebten. Aber bekommen hatte er dafür nichts. Eigentlich könnte er Jessi und Nadi nachträglich noch eine Rechnung schicken. Dreihundert Stunden Zehennuckeln. Wie viel Cash könnte er dafür wohl verlangen?

Aber das war jetzt nicht wichtig. Es gab Dringenderes: Hasso. Er musste bei ihm vorsichtig sein. Hasso war wie eine ungesicherte Sprengladung. Konnte jeden Moment hochgehen. Wer weiß, wozu der Typ noch fähig war. Sollte er nicht mal schnell nach ihm und Nadine gucken?

Jessica entzog ihm ihren Fuß, legte ihn um Bilals Hals und zog ihn an sich.

»Und jetzt richtig, Großer? Für Erwachsene?«

Bilal grinste. Was spricht dagegen? Müssen Nadi und Hasso eben warten.

Nadine sprang von dem riesigen Bett runter und schlüpfte in ihren Slip.

»Du, das hat doch keinen Sinn.«

»Hey, versuch es noch ein bisschen. Komm schon.«

»Meine Kehle ist völlig ausgetrocknet. Ich muss was trinken.«

»Scheiße.«

»Passiert jedem Mann mal, Hasso. Gibt sich wieder.«

Hasso stand auf und griff nach seinem Morgenmantel.

»Okay, wir köpfen ’ne Flasche und dann versuchst du es noch mal.«

»Vielleicht.«

Jessica hatte sich auf die Seite gedreht, die Beine angezogen und schnurrte leise im Schlaf. Wie ein Kätzchen, dachte Bilal, richtig süß.

Er verließ das Bett, zog seine Sachen an und ging leise aus dem Raum.

Hasso stand auf der Dachterrasse und beobachtete Nadine, die an der Balkonbrüstung lehnte.

Spitzenweib. Sieht irre scharf aus mit ihrem G-String.

Nadine deutete mit ihrer Champagnerschale zur gegenüberliegenden Straßenseite, wo das Bundesministerium des Auswärtigen bedrohlich im Dunkeln lauerte. »Was ist das für ein Riesenkasten? Ein Knast?«

»Das Auswärtige Amt«, sagte Hasso. Wieso steht er bloß nicht? Scheiße! Wieso nicht?

Nadine hielt Hasso ihr Glas hin und er goss nach.

»Komm, wir versuchen es noch mal. Ich zahl dir fünfhundert.«

»Das ist Diegos Trauerfeier. Da nehme ich kein Geld.«

»Umso besser.«

»Nein, es reicht. Mal ehrlich, Hasso. Wie lange kriegst du schon keinen mehr hoch? Einen Monat? Zwei Monate? Länger …?« Nadine streckte beide Hände aus, spreizte die Finger, ließ sie flattern, deutete unendlich viele Monate an.

Hasso schmiss sein Glas an die Hauswand und es zerbrach. »Du bist 'ne Schlampe! 'ne richtige kleine Schlampe, was?«

»Vorsicht, alter Mann. Beleidige keine Dame.«

»Möchtest du auch mal 'ne kostenlose Flugstunde nehmen?«

»Verstehe ich nicht.«

Bilal kam auf die Dachterrasse, hatte die letzten Sätze mitbekommen. Er griff nach Nadines Hand.

»Hasso, ich bringe die Ladys nach Hause.«

»Wieso? Die Party ist noch nicht vorbei. Heute hauen wir auf die Pauke, wir machen durch bis morgen früh.«

»Geh schlafen, Hasso«, sagte Bilal. »Ich melde mich morgen, okay?«

Hasso nickte. »Macht doch, was ihr wollt.« Er beugte sich über die Balkonbrüstung, schaute hinunter zu der Stelle, an der Míla gestorben war. Was wäre, wenn ich jetzt springe? Würde auch nur irgendein Arsch mir eine Träne nachweinen? Er atmete tief durch. Als er sich wieder umdrehte, war er allein.

VIII

»Eine Tobol Carbon Zyros 4. Tolles Teil.« Der Zollbeamte holte das Druckluft-Harpunen-Gewehr vorsichtig aus dem Aluminiumcase heraus und betrachtete es interessiert. Er zog einen der Pfeile aus dem Reservoir, hielt ihn ins Licht, versuchte, das Gewicht zu schätzen. Dann legte er ihn behutsam zurück.

»Ist das eine Mitnahme oder eine Verbringung?«

Erich Pollak kam Jirí Kimlová zuvor. »Wird von uns wieder nach Ägypten ausgeführt.«

»Also eine Mitnahme. Das Jagen mit Harpune ist in Deutschland verboten. Das ist Ihnen bekannt?«

»Sicher. Ist eine reine Sportwaffe.«

»Gut. In Berlin können Sie damit sowieso nichts Richtiges fangen. Und die Ostsee können Sie auch vergessen. Ich habe da noch nicht mal 'ne dämliche Flunder rausgeholt.«

Der Zollbeamte schloss den Alukoffer, reichte ihn Jirí. »Dann noch einen schönen Aufenthalt in der Hauptstadt.«

Jirí und Erich nickten. Sie nahmen ihr Gepäck, verließen den Zollbereich und gingen zum Flughafenausgang.

»Das ist keine reine Sportwaffe, Erich. Das weißt du.«

»Rechtlich ist sie es aber.«

»Aber ich bin kein Freizeitsportler, der Plattfische in der Ostsee jagt.«

»Ich weiß Jirí. Deswegen bin ich auch mitgekommen.«

*

Die Abteilung 4 des Landeskriminalamts Berlin war zuständig für organisierte Kriminalität, der Banden-, Eigentums- und Gewaltkriminalität sowie der Rotlichtkriminalität. Nils Röpke war einer ihrer erfahrensten Ermittler. Der Erste Kriminalhauptkommissar war Mitte vierzig, mit beginnender Stirnglatze, langen, zu einem Zopf geflochtenen Haaren, buschigen Augenbrauen und einer Hakennase, die seinem Gesicht etwas Draufgängerisches gab. Er versuchte, mit einem lauwarmen Tee gegen die morgendliche Hitze anzukämpfen, und blickte kraftlos auf seinen Kollegen, der sich vor seinem Schreibtisch aufgebaut hatte und ihn wütend anfunkelte. Wie ein degeneriertes Rumpelstilzchen, dachte Röpke.

Patrick Ahlrich war Ende dreißig, hatte eine auffällige Lücke zwischen den Schneidezähnen, glatt nach hinten gegelte Haare und ein akkurat gestutztes Oberlippenbärtchen. Trotz der Hitze trug er Weste und eine Krawatte, die den Hals fest umschloss und sein Gesicht förmlich glühen ließ.

»Und was will das Arschloch hier?«, fragte Ahlrich. »Kannst du mir das mal sagen? Was will der Wichser?«

»Nimm dir einen Tee, Patrick, sonst kollabierst du gleich.«

»Sollen wir etwa mit ihm zusammenarbeiten?«

»Er braucht unsere Unterstützung. Ist ein guter Mann, der Nettelbeck.«

»Und was ist damit?« Ahlrich hob sein rechtes Bein an und legte es auf Röpkes Schreibtisch. Mit der Faust klopfte er demonstrativ auf die Wade. »Das Schwein hat mich fast zum Krüppel geschossen. Und zwar absichtlich.«

»Jetzt übertreib nicht. Die Schusswaffenkommission hat es als Fahrlässigkeit eingestuft.«

»Das waren ja auch alles Kumpels von ihm.«

»Die Fremddienststelle ist bei ihrer Untersuchung aber zum selben Ergebnis gekommen. Es war ein banaler Unfall.«

»Ich wäre aber fast bei draufgegangen.«

»Krieg dich wieder ein, Patrick.«

Mit unterdrückter Empörung nahm der Kriminalhauptkommissar das Bein vom Schreibtisch. »Und dass der sozialpsychologische Dienst mich fünf Monate krankgeschrieben hat, zählt wohl gar nicht.«

»Sei froh, bekommt nicht jeder. Schmerzensgeld hast du ja auch gekriegt.«

»Ich habe Nettelbeck auf zwölftausend Euro verklagt. Und er musste lediglich siebenhundertfünfzig abdrücken. Ist doch lächerlich.«

»Vergiss das endlich mal, ist lang genug her. Willst du nicht doch einen Tee?«

Ahlrich schüttelte den Kopf, setzte sich an seinen Schreibtisch. Man sah ihm an, dass er ebenfalls unter der Hitze litt, doch statt seine Krawatte abzunehmen, lockerte er sie lediglich um ein paar Millimeter. Es klopfte an der Tür. Nettelbeck und Täubner betraten den Raum.

Röpke grinste breit: »Martin Nettelbeck, welch hoher Besuch.«

»Tag, Nils! ... Hallo, Patrick. Lange nicht gesehen.«

Ahlrich schaute Nettelbeck mürrisch an, machte nur die Andeutung einer Begrüßungsgeste.

»Wilbert Täubner, wir arbeiten zusammen.« Nettelbeck stellte eine Flasche Barolo auf Röpkes Schreibtisch.

»Das ist ja schon nicht mehr wahr. Anderthalb Jahre her, was?«

»Wettschulden sind Ehrenschulden, Nils.«

»Was können wir für euch tun, Kollegen?«

»Wir bearbeiten den Fall aus Mitte, die Frau, die am Donnerstag aus dem vierten Stock gefallen ist. Es gibt einen Zeugen, der behauptet, dass es ein Unfall war. Glauben wir aber nicht.«

»Wie heißt der Typ?«

»Bilal Gösemann, er arbeitet für Walid Sharif.«

»Die Sharifs, unsere Lieblingsklienten. Das ist ’ne Sippe was?«

»So viel wissen wir nicht über die.«

»Dann bringen wir euch mal auf den Stand der Dinge.«

Röpke rief an seinem Computer eine Akte auf. »Walid Sharif und seine Familie kamen Anfang der Achtzigerjahre nach Deutschland. Vermutlich aus dem Libanon. Eine hochkriminelle Sippe. Drogen, Prostitution und so weiter. Die ganze Palette.«

»Das ist in etwa unser Informationsstand«, sagte Täubner.

»Es gibt eine interne Liste des Berliner Innensenators, auf der alle Personen erfasst sind, die in den Libanon abgeschoben werden sollen«, berichtete Röpke weiter.

»So was gibt es wirklich?«, Nettelbeck grinste. »Habe ich immer für eine Beschwichtigungsmaßnahme gehalten.«

»Schön wär's«, sagte Ahlrich mit verkniffener Miene. »Aber die Sharifs sind auf der Liste komischerweise nicht vertreten.«

»Und wieso nicht?«

»Damit jemand in diese Liste eingetragen wird, müssen wir Unterlagen vorlegen, die eine libanesische Identität nahelegen. Das ist die Voraussetzung, um mit dem Libanon überhaupt in Verhandlungen treten zu können.«

»Ratet mal, wie viele unserer Berliner Kunden darauf momentan erfasst sind«, verlangte Röpke.

Nettelbeck zuckte die Schultern.

»Knapp einhundert«, sagte Ahlrich. »Fast alle kommen aus arabischen Großfamilien libanesischer Herkunft. Doch die leben immer noch in der Stadt und ziehen unbehelligt ihre Geschäfte ab.«

»Ich beobachte die Szene seit Jahren, hab aber immer

mehr das Gefühl, auf der Stelle zu treten«, sagte Röpke. »Wir kommen einfach nicht weiter. Echt frustrierend das.«

»Welche Unterlagen müsst ihr denn vorlegen?«, fragte Täubner.

»Da liegt die Krux. Fast alle staatenlosen Palästinenser sind keine Libanesen, sondern Kurden aus den türkischen und syrischen Grenzgebieten. Während der Dreißiger- und Sechzigerjahre sind sie in mehreren Wellen in den Libanon geflüchtet. Die meisten wurden aber niemals eingebürgert.«

»Zum Teil erhielten sie international gültige Ersatzpässe für Personen mit ungeklärter Staatsangehörigkeit«, führte Ahlrich fort. »Diese Pässe wurden von den Vereinten Nationen ausgestellt.«

»Damit konnten sie aus dem Libanon ausreisen, doch die Ersatzpässe verloren bereits ein Jahr nach Verlassen des Landes ihre Gültigkeit. Eine Rückkehr war also ausgeschlossen.«

»Als Staatsangehörigkeit wurde meistens ›staatenlos‹ oder ›ungeklärt‹ eingetragen. Die ungeklärte Staatsangehörigkeit hat einen super Vorteil: Selbst wenn Deutschland ihren Asylantrag ablehnt, können Kriminelle nicht abgeschoben werden, denn dazu muss klar sein, welches Herkunftsland sie aufnehmen soll.«

»Als 1982 der Libanonkrieg ausbrach, begann der Exodus der Palästinenser. Die meisten von ihnen gingen nach Deutschland«, sagte Röpke, »und landeten überwiegend in Berlin, Bremen und Nordrhein-Westfalen. Den Rest kennt ihr.«

»Status nur geduldet, keine Arbeitserlaubnis, keine deutsche Staatsbürgerschaft, ergo Einstieg in die Kriminalität«, sagte Täubner.

Röpke und Ahlrich nickten.

»Und wie verhält sich die libanesische Regierung?«

»Die mauert ohne Ende. Der größte Teil der deutschen Rückführungsersuche wird abgelehnt. Irgendwie einleuchtend, die Typen haben zig Verurteilungen an der Hacke, Drogendelikte, Körperverletzung, versuchter Totschlag oder was weiß ich.«

»Solche Verwandtschaft würde ich auch nicht reinlassen«, sagte Nettelbeck. »Aber wieso steht niemand von den Sharifs auf der Liste?«

»An uns lag es nicht. Wir haben es immer wieder versucht«, sagte Ahlrich. »Die können sich eben die besten Anwälte leisten. Zum Beispiel …«

»Stefan Baerwald«, sprang Nettelbeck ein.

»Zum Beispiel. Was der am Tag verdient, dafür muss jeder von uns ein paar Wochen ackern.«

»Habt ihr bei den Sharifs denn keinen verdeckten Ermittler eingeschleust?«

»Wir haben noch nicht mal einen V-Mann. Alles, was wir hatten, waren Informanten auf der Verteilerebene. Die Clowns, die den Stoff verticken. Kannst du alle vergessen, die zerreißt jeder Anwalt in der Luft. Bekloppte, drogensüchtige Großschnauzen.«

»Die Shariffamilie ist hierarchisch strukturiert und beschäftigt auf den wichtigeren Positionen ausschließlich Landsleute«, erläuterte Röpke. »Die wachsen da als Jugendliche rein und lernen früh, gegenüber unseren Leuten dichtzuhalten. Deswegen gehen sie lieber mehrere Jahre in den Knast, als auszupacken.«

»Wie bei der Mafia.«

»Das gleiche Prinzip. Streitigkeiten werden untereinander geklärt. Ohne die deutsche Justiz. Walid Sharif ist in Berlin quasi Obermufti, Amtsgericht, Landgericht und Bundesgerichtshof in einer Person. Du erinnerst dich an die Schießerei vor zwei Jahren im Wedding?«

»Vor dieser Disco am Humboldthain?«

»Genau. Da hatte sich der Sharifclan mit einer libanesischen Sippe aus Neukölln geprügelt. Einer der Neuköllner wurde erschossen, ein anderer von ihnen lag monatelang auf der Intensivstation, ist heute schwerbehindert.«

»Es wurde gegen zwölf Tatverdächtige ermittelt«, ergänzte Ahlrich. »Alles notorische Wiederholungstäter, mit bis zu hundertsiebenunddreißig Delikteinträgen in unseren Akten. Aber nicht mal bei dem Neuköllner Clan war jemand bereit, gegen die Sharifs auszusagen.«

»Wie passt denn Bilal Gösemann da rein?«, fragte Nettelbeck.

»Schwierig zu sagen. Er ist mit den Sharifs weitläufig verwandt, arbeitet auch seit einigen Jahren für sie. Hat aber bis heute keine nennenswerte Karriere gemacht. Keine Ahnung, wieso.«

»Kennst du ihn persönlich, Nils?«

»Nein, aber einer meiner Leute hat auf meine Anweisung hin versucht, Gösemann als V-Mann anzuwerben, leider erfolglos. Momentan sind die Sharifs allerdings mal wieder in den Fokus unser Ermittlung gerückt. Der Drogenmarkt ist ziemlich ausgetrocknet, es müssten jeden Tag neue Lieferungen kommen.«

»Könntet ihr ein Auge auf Gösemann haben?«, bat Nettelbeck.

»Ist es dringend?«, fragte Ahlrich .

»Ist es. Ihr könnt mich Tag und Nacht anrufen.«

»Machen wir.«

Nettelbeck und Täubner verabschiedeten sich, verließen das Büro.

Nils Röpke nahm die Flasche Barolo in die Hand und lächelte. »Barolo Perseira von 2007. Hat Stil, der Kollege Nettelbeck.«

»Ich traue dem trotzdem nicht.«

»Musst du auch nicht. Hauptsache, du arbeitest mit ihm einigermaßen zusammen. Kriegst du das hin?«

In Patrick Ahlrich arbeitete es, man sah, wie er schwitzte. Dann nickte er unwillig und löste seine Krawatte.

*

Halil, Ghassan und Rashid Sharif saßen auf den Besucherstühlen und sahen zu, wie ihre Schwester Fatima einen Salatteller mit Käse und etwas Brot auf den Schreibtisch stellte.

»Keine Ziegenpastete?«, fragte Halil.

»Vater fühlt sich nicht so gut.«

»Was hat er denn?«

»Große Sorgen.«

»Weswegen?«

»Seine ältesten Söhne sind ihm völlig missraten. Vater weiß nicht, was er mit ihnen machen soll.«

»Echt? Das hat er gesagt?«

»Quatsch, Ghassan, hör endlich mit dem Scheißkiffen auf«, sagte Halil. »Deine Birne ist ja schon völlig matschig.«

»Du bist vielleicht komisch, Fati«, giftete Rashid. »LOL sag ich da nur.«

Fatima lächelte, goss Tee in ein Glas und stellte es neben den Salat. Mit dem Tablett verließ sie den Raum.

Kurz darauf kam Walid Sharif in sein Büro. Er nickte seinen Söhnen wortlos zu und setzte sich an den Schreibtisch. Missmutig betrachtete der Clanchef den Salat. Dann griff er zur Gabel und begann zu essen, was entfernt an das Mümmeln eines Feldhasen erinnerte. Halil, Ghassan und Rashid warteten, bis ihr Vater das Wort an sie richtete.

»Morgen erwarte ich von euch, dass ihr keinen Mist baut. Dass ihr euch völlig auf die Arbeit konzentriert.«

»Selbstverständlich, Vater«, sagte Halil. »Kommt endlich die Lieferung aus Rotterdam?«

»Auch. Aber vor allem kommt morgen Fatimas zukünftiger Ehemann.«

Die drei Brüder starrten ihren Vater an. Sprachlos, konsterniert.

Walid Sharif registrierte die Blicke seiner Söhne und sehnte sich plötzlich in das Grenzgebiet zurück, zu seinen Ziegen. Er schaute auf den Salatteller, spuckte angeekelt die Grünzeugklümpchen aus, die unter seinem Gaumen klebten. Dann griff Walid Sharif nach dem Teeglas, spülte den Geschmack fort.

»Wollt ihr mir etwas sagen, Söhne?«

Ghassan und Rashid schauten Halil auffordernd an und der älteste der Brüder räusperte sich. »Bist du sicher, Vater, dass Fatima auch bereit ist, Abdul Omari zu heiraten?«

»Ich verstehe deine Frage nicht.«

»Ich will damit sagen ... Ich meine, wir glauben ... Rashid, Ghassan und ich ... Hast du mit Fatima schon darüber gesprochen? Weiß sie, dass sie heiraten soll?«

»Natürlich nicht. Es soll doch eine Überraschung werden. Es ist immerhin der wichtigste Tag in ihrem Leben.«

»Du hast sicher recht, Vater, wie immer. Trotzdem, eine kleine Andeutung solltest du Fatima gegenüber vielleicht machen. Ihr Leben wird sich bald ja völlig ändern.«

»Das vorgegebene Schicksal der Frauen. Seit uralten Zeiten. Schluss jetzt damit. Kommen wir zum Geschäft.«

Halil, Ghassan und Rashid nickten.

»Ich habe vorhin mit Yasser Omari telefoniert. Er hat mir versichert, dass die Lieferung heute Nacht von Rotterdam nach Berlin geschickt wird. Wahrscheinlich wird sie am Mittag bei uns ankommen.«

»Und wo übernehmen wir die Ware?«

»Das kann ich euch nicht sagen. Jetzt noch nicht«, Walid Sharif lächelte. »Ihr wisst doch, dass mein Freund Yasser daraus immer ein großes Geheimnis macht. So war er schon, als die Mauer noch stand. Er will einfach nicht begreifen, dass die Zeiten sich geändert haben.«

»Und wer sagt uns dann Bescheid?«

»Ihr habt doch diese Telefone. Wie heißen die noch mal?«

»Smartphones, Vater«, sagte Rashid.

»Richtig. Smartphones. So was habe ich jetzt auch. Also gebe ich euch Bescheid. Seid unbesorgt.«

Walid Sharif nahm einen Schluck Tee und lächelte geheimnisvoll. Dann lehnte er sich in dem geschnitzten Lehnstuhl zurück, schloss die Augen und dachte daran, wie er mit seinen Ziegen durch das Grenzgebiet gezogen war. Damals. Vor langer, langer Zeit.

*

Der Warteraum war fensterlos und wurde nur von Neonröhren beleuchtet, die Wände waren in Dunkeltürkis gestrichen. Alles strahlte eine unangenehme Kälte aus, die den Besuchern sofort vermittelte, dass sie nicht gerade willkommen waren.

Jirí Kimlová und Erich Pollak saßen mit ihren Reisetaschen auf einer der Wartebänke. Sie wirkten müde und frustriert.

»Bist du sicher, dass die uns überhaupt was sagen?«

»Natürlich, Jirí, wir sind bei der deutschen Polizei und nicht bei den beschissenen ägyptischen Bakschischjägern. Außerdem warst du immerhin Mílas engster Angehöriger.«

»Und wieso dauert es dann so lange?«, fragte Jirí und nahm das Aluminiumcase auf seinen Schoß. »Ich will mir endlich Hasso vorknöpfen.«

»Du machst aber keinen Scheiß, Jirí. Versprich mir das.«

»Ja, ja.«

Erich nahm Jirí den Koffer ab. »Ich meine es ernst. Hasso soll dir das Geld geben, alles andere ist Sache der Polizei.«

»Klar, ich bin ja nicht irre.«

Jirí nahm seinem Freund den Koffer wieder ab.

Erich seufzte.

Ein uniformierter Beamter durchquerte den Raum, nickte ihnen zu.

»Ich habe noch mal Bescheid gesagt. Sie werden gleich abgeholt.«

»Danke«, sagte Erich.

Der Beamte wollte den Raum verlassen und stieß in der Tür fast mit Irina Eisenstein zusammen.

Er nickte in Richtung Kimlová und Pollak. »Das sind die Herren.«

»Gut.« Irina Eisenstein trat zu den beiden und machte sich bekannt. »Sie sind der Bruder der Toten, richtig?«

Jirí nickte.

»Dann möchte ich Ihnen mein herzliches Beileid aussprechen.«

»Danke.«

»Kommen Sie bitte mit in unser Büro. Die mit dem Vorgang betrauten Ermittler müssen jeden Moment hier eintreffen. Ihr Gepäck können Sie mitnehmen.«

Erich warf Jirí einen aufmunternden Blick zu und der lächelte zurück. Schon etwas hoffnungsvoller.

*

Das *Café Sinbad* hatte noch geschlossen. Fatima saß an einem der Tische und baute ein neues Smartphone zusammen.

Walid Sharif saß ihr gegenüber und schaute mit großen Augen zu – was seine Tochter alles konnte. Erstaunlich.

»Du benutzt es erst mal wie dein altes Handy, Vater. Nur zum Telefonieren. Und wenn du damit klarkommst, erkläre ich dir nach und nach die anderen Funktionen.«

Sie gab ihm das Gerät.

»Das ist vernünftig, Fatima. Ich werde dich für deine Hilfe reich belohnen.«

»Nicht nötig, Vater. Aber vielleicht darf ich eine Bitte äußern.«

»Natürlich. Was möchtest du?«

»Es geht um Bilal. Er arbeitet jetzt schon so lange für dich, ist immer zuverlässig und freundlich. Glaubst du nicht, dass du ihm allmählich wichtigere Arbeit geben solltest? Wo er wirklich zeigen kann, was in ihm steckt?«

Walid Sharif überlegte einen Moment, dann nickte er. »Du hast recht, Tochter. Er hat es sich verdient.«

Fatima strahlte. »Danke, Vater.«

»Schon gut. Ich werde Bilal zu Halils Assistenten machen, sowie deine Hochzeitsvorbereitungen abgeschlossen sind.«

»Wovon redest du, welche Hochzeitsvorbereitungen?«, fragte Fatima geschockt.

»Es ist Zeit, dass du dich vermählst, Tochter. Morgen wirst du deinen zukünftigen Ehemann kennenlernen.«

»Aber wer, wen hast du für mich ausgesucht, Vater?«

»Du musst dich noch eine Nacht gedulden. Es wird aber eine wunderbare Überraschung sein.«

»Kenne ich ihn?«

Fatimas Vater schmunzelte und legte seinen Zeigefinger auf den Mund. Dann tippte er ziellos auf das Display des Smartphones und eine App ging auf: *Desert Warrior 4*, ein Ego-Shooter.

Walid Sharif sah einen martialisch dreinblickenden Beduinen, der in der Wüste eine Horde Ziegen hütete. Im Hintergrund näherte sich ein Jeep. Fasziniert betrachtete er die

Animation. Als Walid Sharif auf einen Knopf drückte, holte der Wüstenkrieger eine Maschinenpistole unter seinem Mantel hervor und eröffnete das Feuer.

Fatima sah ihren Vater an, mit Tränen in den Augen. Doch Walid Sharif hatte keinen Blick für sie, freute sich wie ein kleiner Junge, als der Jeep explodierte und die Ziegen auseinanderstoben.

*

Martin Nettelbeck konnte sich nicht erinnern, dass in seinem Büro jemals mehr als zwei Nationalitäten vertreten gewesen waren. Und heute waren es gleich vier: eine Exrussin, ein Tscheche, ein Österreicher und zwei Deutsche. Fast schon eine kleine EU-Versammlung. Interessant, dachte Nettelbeck, obwohl es für seine Ermittlungen wahrscheinlich nicht die geringste Rolle spielen dürfte.

Nettelbeck hörte sich an, was die beiden Männer zu sagen hatten, aber auch das dürfte ihn kaum voranbringen. Im Grunde waren es nur Beschuldigungen, die auf Telefonaten fußten, die ein Bruder mit seiner Schwester geführt haben wollte. Ohne jegliche Beweiskraft.

»Wieso sind Sie sicher, dass Herr Rohloff Ihre Schwester ermordet hat?«, fragte Nettelbeck.

»Er war es. Míla wollte sich von Hasso trennen.«

»Wir haben einen Zeugen, der Ihrem Schwager ein Alibi gegeben hat. Er schwört, dass es ein Unfall war.«

»Der Mann lügt. Wahrscheinlich hat Hasso ihn geschmiert«, sagte Jirí Kimlová. »Passt genau zu ihm.«

»Wir haben die Ermittlungen noch nicht abgeschlossen«, sagte Täubner. »Möglicherweise findet sich noch ein Zeuge, der Ihre Theorie stützt. Wissen Sie schon, wie lange Sie sich in Berlin aufhalten werden?«

»Zwei, drei Tage«, erwiderte Erich Pollak. »Höchstens. Länger können wir unsere Tauchschule nicht allein lassen.«

»Gut, falls wir Sie erreichen wollen …«

»Ich habe mir die Mobilnummern und das Hotel notiert«, sprang Irina ein.

»Wollen Sie denn nichts gegen den Mörder meiner Schwester unternehmen?«

»Wir tun, was wir können. Versprochen.«

»Das sagt die ägyptische Polizei auch immer. Warten wir ab, ob das bei Ihnen stimmt.«

»Das war's dann ja wohl«, sagte Erich. »Oder wollen Sie von uns noch etwas wissen?«

Nettelbeck verneinte.

Jirí griff sich das Aluminiumcase und verließ mit Irina das Büro. Erich nahm das restliche Gepäck und folgte ihnen.

Nettelbeck bedauerte ein wenig, dass sein EU-Projekt schneller als erwartet zu Ende gegangen war. Oder war etwa noch mit weiteren Gipfeltreffen zu rechnen?

*

Die Führungskräfte-Konferenz des Landeskriminalamts fand in der Regel einmal wöchentlich statt, bei Bedarf auch öfter. Es wurden die Probleme besprochen, die in den sieben LKA-Abteilungen sowie dem Kompetenzzentrum Kriminaltechnik und der Zentralstelle für Prävention anstanden. Meistens war es eine eher trockene Veranstaltung, die jedoch sehr wichtig für ein reibungsloses Zusammenspiel der verschiedenen Abteilungen war und Synergie pur produzierte. Oder, wie der Polizeipräsident einen Ausspruch von Aristoteles zu rezitieren pflegte, »das Ganze ist mehr als die Summe seiner Teile«.

Es gab keine feste Sitzordnung und der Zufall hatte Roger

Delbrück heute direkt neben Jutta Koschke platziert. Für sie hatte sich der Kriminaldirektor ganz gezielt neben sie gesetzt. Das gehörte mit zu seiner perfiden Strategie, mit der er sie ausbootete. Natürlich passte es dazu, dass Delbrück erst einmal Small Talk machte, sich scheinheilig nach ihrem Hobby Fliegenfischen erkundigte. Als wenn es ihm nicht völlig schnurz war, was sie und Günther in ihrer Freizeit machten. Sie hatte ihm schmallippig geantwortet, ohne allzu unfreundlich zu sein.

Schließlich brachte Jutta Koschke das Gespräch auf die anstehenden Sanktionen, die sie aufgrund der missglückten Razzia zu erwarten hatte. »Gibt es da schon Konkretes?«

»Was meinst du, Jutta?«

»Na was wohl? Die Razzia im *Cassirer-Center.*«

»Das hat sich erledigt.«

»Wie erledigt?«

»Es betrifft dich nicht mehr. Der wahre Verantwortliche für diese dämliche Chaosaktion hat sich gemeldet. Rate mal, wer das ist. Fängt mit ›Nettel‹ an und hört mit ›beck‹ auf.«

»Er hat …«

»Ja, Martin hat die Sache auf sich genommen. Frag mich nicht, wieso. Jedenfalls bist du aus dem Schneider. Könntest dich wenigstens etwas freuen.«

Aber die Kriminalrätin schwieg und starrte ins Nichts. Mit allem hätte sie gerechnet. Doch damit nicht. Warum hatte Nettelbeck das getan? Was ging hier bloß hinter ihrem Rücken vor?

*

Die Scheißkaffeekapseln waren alle. Míla hatte die Dinger immer rechtzeitig nachgeordert. Seit ihrem Tod bestellte niemand mehr Lebensmittel, Getränke und sonstiges Zeug.

Auch die Putze hatte sich nicht mehr gemeldet. Wenn er nicht aufpasste, würde hier bald das totale Chaos herrschen.

Hasso Rohloff hatte seinen fliederfarbenen Trainingsanzug angezogen und versucht, aufzuräumen. Aber nach zehn Minuten musste er aufgeben. Es war einfach nicht seine Art von Arbeit. Stattdessen ließ er sich ein Glas Leitungswasser ein und setzte sich damit an den Küchentisch.

Am Vormittag hatte ihm der Düsseldorfer Anwalt sein Testament gemailt. Er hatte es fünfmal gelesen, jetzt las er es ein weiteres Mal. Míla war tot, hatte sich also als Alleinerbin erledigt. Er musste ein neues Testament aufsetzen. Aber er wusste nicht, wen er einsetzen sollte. Es gab keinen Erben. Keinen entfernten Neffen, keine Nichte dritten Grades. Er hatte niemanden. Scheiße, er war gottverdammt allein auf der Welt.

Es klingelte, Hasso ging öffnen.

Bilal Gösemann stand im Eingang, grinste. »Hi, Hasso, alles klar?«

Hasso zuckte die Achseln. »Weiß nicht.«

»Ich habe bei der Party was verloren. Kann ich reinkommen?«

»Klar. Kaffee gibt's aber keinen. Trinkst du auch Cognac?«

»Wenn er mindestens fünfzig Jahre im Fass gereift ist?«

»Lässt sich machen«, sagte Hasso und grinste ebenfalls. Zum ersten Mal an diesem Tag.

»Wahrscheinlich liegt das Ding im Gästezimmer.«

»Dann guck mal nach.«

Bilal ging in den ersten Stock, betrat das Gästezimmer. Es sah noch genauso aus wie in der Partynacht. Niemand hatte aufgeräumt, es stank nach Alkohol und kalter Asche. Bilal durchsuchte das Bett, kontrollierte den Fußboden, schaute unter die Schränke. Dann wurde er fündig. Unter der Bettbank, in der hintersten Ecke, lag die Schmuckschachtel, lag sein Karat Unendlichkeit. Bilal schaute hinein und war erleichtert, als er Diegos Diamanten sah. Mit dem unangenehmen Gefühl, dass er das Gedenken an seinen besten Freund schändlich verraten hatte, verstaute er das Kästchen in seiner Hosentasche. Pardon, Diego, kommt nicht wieder vor.

Hasso hatte gerade eine neue Flasche Cognac aus dem Vorratsraum geholt, als es erneut schellte.

Hasso ging zur Tür und öffnete.

Draußen standen Jirí Kimlová und sein Lebensgefährte Erich Pollak. Mit einem Haufen Gepäck.

Hasso war perplex, fand keine Worte.

»Hallo, Hasso«, sagte Jirí. »Willst du uns nicht hereinbitten?«

Hasso brauchte einen Moment. Dann nickte er.

*

Nettelbeck hatte nur gelächelt, als Irina Eisenstein ihm mitteilte, dass Kriminalrätin Koschke ihn sprechen wolle. Und zwar umgehend. Definitiv. Die Angestellte im Ermittlungsdienst hatte sich vorsichtig nach dem Grund erkundigt, aber aus ihrem Kollegen nichts herausbekommen. Stattdessen hatte Nettelbeck eine ungewöhnlich intime Frage nach Irinas Verhältnis zu Wilbert Täubner gestellt. Worauf Irina Eisenstein sich ihrerseits ins Land des Schweigens begeben hatte.

Martin Nettelbeck lächelte immer noch, als er Jutta Koschke in ihrem Dienstzimmer gegenübersaß. Er hatte nicht einen Blick für das ausgestopfte Schuppenmonstrum, das von der Wand auf ihn herabblickte und verzweifelt um seine Aufmerksamkeit buhlte. Fast genauso verstört wie die Fischleiche schaute Kriminalrätin Koschke, die Nettelbeck mit einer Mischung aus Misstrauen, Unsicherheit und Hoffnung zugleich anstarrte.

»Um Himmels willen, Martin, das soll doch kein Rapport sein. Ich möchte lediglich wissen, warum du meinen ... meinen Fauxpas auf dich genommen hast.«

»Weiß du das wirklich nicht?«

»Nein, selbstverständlich nicht.«

»Das wundert mich jetzt aber.«

»Martin, tricks hier bitte nicht herum, spiel mit offenen Karten. Steckt Roger dahinter?«

Nettelbeck schaute seine Vorgesetzte verblüfft an, tat verwirrt, als wüsste er nicht, was er darauf antworten sollte.

»Ist es Roger, Martin?«

»Wieso? Was hat der denn damit zu tun?«

»Das sollst *du* mir sagen.«

»Mhmm ... Erinnerst du dich an unseren Einsatz in Hermsdorf?

»Wann soll das gewesen sein?«

»Vor acht Jahren, kurz bevor ich zu dieser UNMIK-Mission in den Kosovo musste.«

»Nicht so richtig. Gib mir mal ein Stichwort.«

»Da hatte sich dieser Typ mit einem neunjährigen Jungen in dem Abbruchhaus verschanzt. Hat gedroht, ihn umzubringen. Nur so, für nichts. Na, dämmert's jetzt?«

Jutta Koschke zögerte mit der Antwort. Ihr schwante, worauf Nettelbeck anspielte. Auf einen seiner gloriosesten Auftritte als Berlins supercleverster Bulle extraordinär. Bei dem Einsatz hatte sie selbst allerdings ziemlich schwach ausgesehen. Mehr als das.

»Was soll diese Anspielung, Martin? Willst du mich verunsichern?«

»Ich möchte dich nur auf den entscheidenden Unterschied zwischen uns beiden hinweisen.«

»Bitte. Ich bin ganz Ohr.«

»Mir ist klar, dass du deine Arbeit gut machst. Wahrscheinlich sogar sehr gut. Und dass du so etwas wie natürliche Führungskompetenz besitzt. Das sagt man doch so: natürliche Führungskompetenz, oder? Ich könnte das nicht, hätte auch keinen Bock darauf. Deswegen war es schon richtig, dass du Kriminalrätin geworden bist.«

»Komm zur Sache.«

»Du hast auf deinem Gebiet große Qualitäten, Jutta. Aber was Chuzpe angeht und Leidensfähigkeit, da bin ich dir ein paar Schritte voraus. Bei dem Einsatz in Hermsdorf hättest du nur eins zeigen müssen – Kaltblütigkeit. Hast du aber nicht. Ich schon.«

»Du schon …«, presste Koschke hervor.

»Und im Gegensatz zu dir weiß ich auch, wie es sich anfühlt, wenn man strafversetzt wird. Das wäre nichts für dich, Jutta. Glaub mir.«

»Du denkst also, dass ich kaputtgehen würde, wenn ich in deiner ›Bürobedarfshölle‹ schmoren müsste?«

Nettelbeck nickte, schaute dann blitzschnell hoch und zwinkerte dem Fischungetüm zu, das jedoch aufgrund der Überrumpelung völlig unfähig zu einer Reaktion war. »Definitiv, Jutta. Du würdest nach drei Monaten die Kündigung einreichen.«

»Dann hast du das also aus lauter Barmherzigkeit gemacht?«

»Ich würde es eher Altruismus nennen, wenn es dir recht ist«, sagte Nettelbeck und grinste.

»Und ich soll dir dafür wahrscheinlich bis ans Ende unserer Dienstzeit dankbar sein?«

»Es reicht, wenn du einfach zugibst, dass ich deinen Arsch gerettet habe.«

»Mein Gott, Martin, kannst du ordinär sein.«

»So wehren wir Subalterne uns nun mal gegen die Obrigkeit. Aber ernsthaft: Jutta, du erinnerst dich an unser erstes Gespräch, das wir nach meiner Rückkehr zur Mordkommission geführt haben?«

»Was genau meinst du?«

»Teamgeist. Du hast mich auf Teamgeist eingeschworen. Teamgeist ist das A und O, hast du mir gesagt. Und jetzt agiere ich mal als echter Teamplayer, zeige Teamgeist bis zum Abwinken, da passt es dir auch nicht.«

Jutta Koschke schwieg.

Schwieg eine ganze Weile.

Schwieg noch viel länger, unendlich lang, sodass Nettelbeck schon das Schnarchen der Horen zu hören glaubte.

Auf einmal lächelte die Kriminalrätin den Kommissar an. Zum ersten Mal seit gefühlten einhunderttausend gemeinsamen Dienstjahren.

»Entschuldige, Martin. Du hast recht. Ich danke dir. Und das meine ich ernst.«

Martin Nettelbeck schickte ein schiefes Lächeln zurück.

»Und wie geht es jetzt weiter? Hast du keine Angst, dass man dich …«

»Nein«, unterbrach Nettelbeck seine Vorgesetzte. »Eine Versetzung geht mir am Wasweißich vorbei. Ich habe nur Angst, dass …« Der Kommissar brach ab, schaute blitzschnell zur ausgestopften Fischleiche hoch, doch die starrte stumm durch ihn hindurch, war offenbar immer noch eingeschnappt.

»Was denn, Martin, sag ruhig …«

»Dass man mich zu einer neuen UNMIK-Mission nach Syrien, Honolulu oder sonst wohin abkommandiert. Ich habe nämlich gestern eine Urlaubsabsprache getroffen. Die würde ich nur ungern absagen.«

Jutta Koschke nickte und zwang sich zu einem Lächeln. Fast tat es ihr schon leid, dass sie vor wenigen Sekunden ihr Innerstes nach außen gekehrt und sich von ganzem Herzen bedankt hatte.

*

Jirí Kimlová und Erich Pollak saßen mit Hasso im Wohnzimmer und ließen sich schildern, wie Míla zu Tode gekommen war.

Jirí unterbrach seinen Schwager immer wieder, hakte nach, stellte ihm Fangfragen. Ohne anwaltliche Unterstützung fühlte Hasso sich merklich unwohl, versuchte, das Thema zu beenden, doch das ließen Jirí und Erich nicht zu. Allmählich geriet Hasso ins Schwitzen, gleichzeitig wurde sein Mund immer trockener.

Bilal kam die Treppe hoch und blieb stehen, als er die fremden Stimmen hörte.

»Hasso, ich glaube dir nicht. Du hast Míla umgebracht. Egal, was die Polizei sagt.«

»Nein, ich habe deine Schwester geliebt.«

»Unsinn, eure Ehe war doch längst im Arsch. Du wolltest ihr nur nicht das Geld geben.«

»Was für Geld?«

»Die zweihunderttausend Euro, die Míla mir versprochen hat.«

»Die wollte ich ihr doch geben. Das Geld liegt bereits in meinem Tresor.«

»Verarsch uns nicht, sonst …« Jirí griff nach dem Aluminiumcase, stellte es neben sich auf die Couch.

»Ich zeig es euch.« Hasso stand auf und fuhr den Flachbildschirm beiseite. Dann öffnete er den Tresor und schob seine Beretta 92 und die Munitionsschachteln aus dem Weg.

Während Hasso so viele Banknotenbündel herausnahm, wie er fassen konnte, holte Jirí das Druckluft-Harpunen-Gewehr aus dem Koffer und schob einen Pfeil in die Öffnung.

Als Hasso sich umdrehte, zielte Jirí mit dem Gewehr auf ihn. »Du hast jetzt eine Minute Zeit, die Wahrheit zu sagen.«

»Das ist die Wahrheit«, Hasso ließ das Geld auf den Couchtisch fallen. »Ich gebe dir alles, was im Tresor liegt. Ist fast eine Viertelmillion. Und dann verschwindet ihr.«

Jirí sprang auf. »Ich scheiß auf dein Geld, du impotente Sau.«

Erich griff nach dem Arm seines Freundes, drückte das Gewehr herunter. »Jirí, nicht!«

Hasso langte in den Tresor, holte die Beretta heraus und richtete sie auf Jiri. »Wer ist hier eine impotente Sau? Ich oder du? Was hat dir deine Scheißschwester sonst noch erzählt? Hat sie dir auch gesagt, dass sie eine Nutte ist? Die für andere Kerle die Beine breitmacht, wenn man pfeift? Und die ganze Zeit nur von meiner Kohle lebt?«

»Hasso, bitte nimm die Waffe herunter«, sagte Erich betont ruhig.

»Hast du hier jetzt auch was zu melden, du Schwuchtel?«

Hasso machte einen Schritt auf Erich zu, stolperte über eine Falte in dem Teppich. Ein Schuss löste sich, traf Jirí direkt in die Stirn. Absolut tödlich.

Erich schrie, riss dem Toten das Druckluft-Harpunen-Gewehr aus der Hand. Er sprang auf und zielte auf Hasso, der in letzter Sekunde aus der Stockstarre erwachte.

Beide Männer drückten ab.

Während der Harpunenpfeil um Millimeterbreite an Hassos Kopf vorbeizischte und sich in ein Gemälde bohrte, traf Hasso ein zweites Mal.

Erich kippte zu Boden, von einem Herzschuss erlegt.

Hasso sackte auf die Couch, am ganzen Körper zitternd.

Er schaute auf die Beretta. Dann auf die beiden Toten und hielt sich die Pistole an die rechte Schläfe.

Bilal war vorsichtig ins Wohnzimmer gekommen. »Mach es nicht, Hasso.« Er ging langsam auf seinen neuen alten Kumpel zu. »Es war Notwehr. Das kann ich bezeugen.«

Erst jetzt nahm Hasso Bilals Stimme war. Er schaute ihn verzweifelt an.

»Wir brauchen nicht mal die Polizei zu holen, Hasso. Wir packen die beiden in deinen Kofferraum und entsorgen sie morgen früh. Außerhalb Berlins, irgendwo in Brandenburg.«

»Du meinst, dass das klappt?«

»Klar, Hasso. Natürlich. Habe ich schon öfters gemacht.«

Hasso nickte willenlos und Bilal nahm ihm die Pistole ab.

»Okay, hast du irgendwo Plastikhandschuhe?

*

Nettelbeck lag auf der Couch und sah die Angebote für Ferienwohnungen auf Rügen durch, die Philomena ihm gemailt hatte. Sie hatte bereits eine Vorauswahl getroffen und Wohnungen mit zwei Schlafzimmern in Sassnitz, Binz und Sellin herausgesucht.

Obwohl er sich auf die Urlaubswoche mit Philomena und den Kids wirklich freute, schweiften seine Gedanken immer wieder ab, kamen auf Jutta und die Razzia zurück. Vielleicht war er doch zu schnell gewesen, als er die Verantwortung dafür übernommen hatte. Vielleicht hätte sich auch eine andere Lösung gefunden. Aber er war trotz tagelangem Grübeln auf keine brauchbare gekommen. Was würde passieren, wenn man ihn erneut strafversetzen würde? Wahrscheinlich würde er den Dienst quittieren. Er fragte sich, wie er das dann Philomena beibringen sollte.

Nettelbeck stand auf und legte eine seiner Lieblings-CDs

in den Player. Albert Mangelsdorffs *Folk Mond & Flower Dream* von 1967. Nettelbeck hatte den Posaunisten persönlich kennengelernt, beim Jazzfest Berlin im Oktober 1986, nach einem Auftritt mit dem *Globe Unity Orchestra.* Hinterher in der Künstlerkneipe, in die ihn zwei ältere Freunde mitgenommen hatten, saß er mit Mangelsdorff an einem Tisch. Nettelbeck hatte allen Mut zusammengenommen und dem Musiker, der kurz zuvor zum weltbesten Posaunisten gewählt worden war, gestanden, dass er ebenfalls Posaune spielen würde. Obwohl er da gerade mal zweieinhalb Jahre Unterricht gehabt hatte. Mangelsdorff hatte gelächelt und ihm mit den Worten zugeprostet: »Dann sind wir ja Kollegen.« Und das ohne jede Überheblichkeit, einfach so, von Musiker zu Musiker.

Von da an hatte Nettelbeck sich noch mehr beim Üben angestrengt. Aber leider reichte es nicht, nicht einmal annähernd. Trotzdem fühlte er sich immer noch als Mangelsdorffs Kollege, wenn er dessen Musik hörte. Auch jetzt noch, Jahre nach Mangelsdorffs Tod. Das Stück *Flower dream* erklang und Nettelbeck konzentrierte sich auf Mangelsdorffs wunderschöne Posaunenlinien. Ja, er hatte richtig gehandelt. Er würde mit der Situation fertigwerden, da war er sicher. Jutta Koschke hingegen würde daran zerbrechen. Nettelbeck schloss die Augen und malte sich aus, wie er am Ostseestrand mit Philomena, Efua Marie und Mark Kojo herumtollte. Zum Rauschen des Meeres und dem Triolengewitter eines imaginären Posaunisten.

*

Die beiden Leichen lagen im Eingangsbereich, in Plastikmüllsäcken und Klarsichtfolie verpackt, fertig zur Entsorgung.

Hasso schrubbte im Wohnzimmer die Blut- und Hirnspuren von der Couch.

»Wenn du das sofort machst, mit kaltem Wasser, geht es völlig raus. Kann dann keine Sau mehr mit bloßem Auge sehen. Wichtig ist aber, dass das Wasser kalt ist, Hasso. Sonst funktioniert es nicht.«

Hasso nickte. »Wo wollen wir die beiden denn hinbringen?«

»Habe schon was gegoogelt. Nach Lieberose, da gibt es ein Moor. Riesig groß. Wir kippen die rein, dann ist für unsere Freunde endgültig Bingo.«

»Wo liegt Lieberose?«

»Hundert Kilometer südöstlich von Berlin. In der Nähe von Eisenhüttenstadt.«

»Eisenhüttenstadt kenn ich. Da hab ich sogar ein paar Kumpel.«

Bilal schaute nach draußen. Es war stockdunkel, weit nach Mitternacht. Im Außenministerium brannte kein einziges Licht mehr.

»Wollen wir?«

Hasso nickte.

Bilal stand im Flur und beobachtete, wie Hasso seinen Bentley zurücksetzte, bis der Weg zwischen Tür und Auto für etwaige Passanten nicht mehr einzusehen war.

Bilal öffnete die Heckklappe, stieß und zerrte die beiden Leichen hintereinander in den Kofferraum. Er musste dabei seine ganze Kraft anwenden, Jirí und Erich waren von einem anderen Kaliber als die Getränkedosenpaletten und Flüssigseifekanister, mit denen er sonst die Spielhallen belieferte. Er schloss die Heckklappe und klopfte an die Rückscheibe.

Hasso fuhr den Wagen wieder auf seinen üblichen Parkplatz. Dann stieg er aus und kam zu Bilal ins Haus. Sichtlich entspannter. »Und was machen wir jetzt?«, fragte er.

»Vielleicht die Flasche Cognac killen, die auf dem Küchentisch steht?«, schlug Bilal vor und zog sich die Plastikhandschuhe aus.

»Das ist doch mal eine Idee.« Hasso legte Bilal den Arm um die Schulter und sie gingen in die Küche – zwei Kumpels, die nichts trennen kann.

IX

Der holländische Blumentransporter fuhr vom Parkplatz der Autobahnraststätte und bog auf die Zufahrt der A 30 in Richtung Berlin ein. Er transportierte keine Tulpen oder andere Schnittblumen, sondern Rollrasen und Blumenerde. Hauptsächlich aber Staudengewächse wie Rittersporn, Montbretien, Akelei und Eisenhut.

Den drei Männern im Fahrerhaus war nicht bewusst, dass Eisenhut unter Europas Giftpflanzen das heimtückischste Gewächs war. So tödlich, dass es seit Jahrhunderten als Jagd- und Mordgift benutzt wurde. Die drei Männer pflegten Auseinandersetzungen nicht mit Giftampullen zu bestreiten, sie benutzten in der Regel ihre Fäuste und Eishockeyschläger. Wenn es nicht anders ging, auch Pistolen und Sturmgewehre.

Dolf Appelboom und Frits Dijkstra waren vor knapp vier Stunden in Rotterdam losgefahren, hatten gerade mal zweihundert Kilometer zurückgelegt und befanden sich erst fünfzehn Kilometer hinter der deutsch-holländischen Grenze. Der Grund für das langsame Fahrtempo war Abdul Omari, der Sohn ihres Chefs, der jede Viertelstunde einen neuen Grund fand, die nächste Raststätte anzufahren. Sowohl Appelboom als auch Dijkstra verachteten den Juniorchef zutiefst. Schon seit ihrer ersten Begegnung.

Abdul Omari war neunundvierzig Jahre alt, ein grobschlächtiger Riese, der unbeholfen auftrat und dem alles mindestens dreimal gesagt werden musste, ehe er es verstand. Letzteres hatten Appelboom und Dijkstra schon einige Male unangenehm zu spüren bekommen. Aber Widerstand half nicht. Abdul war eben Papas Sohn, das notwendige Anhängsel, das ihnen der Boss reingedrückt hatte. Yasser Omaris kranke Vaterliebe war einfach nur widerlich.

Heute war es das erste Mal, dass sie Abdul bei einem Auslandseinsatz mitnehmen mussten. Sonst machte das Papasöhnchen in Rotterdam die Jobs, auf die niemand Lust hatte und die Abduls Intelligenzquotienten nicht allzu sehr überstiegen. Sein Tag bestand also hauptsächlich aus Kaffeekochen, Joints bauen und Frikandel einkaufen.

Abdul Omari starrte auf die dahinfliegende Autobahn und kaute frustriert an einer grauen Frikadelle, die zwischen zwei blassen Toastbrotscheiben klebte.

»Wieso hatten die keine Frikandel? Das war doch eine holländische Raststätte.«

»Nur unter holländischer Leitung, Abdul.«

»Es gibt doch überall Frikandel.«

»In Deutschland nicht.«

»Echt nicht?

»Nein.«

»Scheißdeutschland.«

Appelboom und Dijkstra tauschten einen Blick aus – noch fünfhundert Kilometer bis Berlin, wie sollten sie das nur überstehen?

»Warum muss ich überhaupt nach Berlin?«

»Hat dein Vater dir das nicht gesagt?

»Nein.«

»Uns auch nicht.

Was nicht ganz stimmte. Selbstverständlich hatte der Boss ihnen erzählt, warum Abdul mitfahren musste. Zur großen ultimativen Berliner Brautschau. Um Sohnemann endlich glücklich zu machen. Und im selben Moment hatte der Boss Appelboom und Dijkstra für das Glück seines Stammhalters haftbar gemacht. Persönlich. Also galt es, behutsam vorzugehen, den Kretin nicht unnötig früh zu erschrecken.

Abdul Omari schlang den letzten Frikadellenrest herunter. »Wann kommt denn die nächste Raststätte?«

»Keine Ahnung.«

»Da halten wir aber. Die haben bestimmt Frikandel. Das weiß ich. Und lecker Frietjes mit Pindasaus.«

Appelboom und Dijkstra sahen sich verzweifelt an – noch vierhundertsechsundneunzig Kilometer bis Berlin.

Grauenhaft.

*

Es war bereits zehn nach eins und der Warteraum des Jobcenters wie ausgestorben. Außer den Sharifbrüdern wartete bloß noch ein junges adipöses Paar, das nur Augen füreinander hatte.

»Ich kapier nicht, warum ich meinen Scheißantrag immer persönlich abgeben muss«, maulte Ghassan.

»Weil Vater es so will«, antwortete Halil.

»Nervt total.«

»Er will es aber so.«

»Und wieso? Ist doch völlig bekloppt.«

»Ist Teil unserer Tarnung.«

»Quatsch. Ist einfach nur bescheuert.«

»Dauert ja nicht mehr lange«, sagte Rashid, schaute auf die Wartenummernanzeige, die die Zahl 327 anzeigte, und dann auf seinen Wartezettel. »Ich bin der Nächste. Hab die 328.«

Mit einem Klick sprang die Wartenummernanzeige weiter. Aber von der Nummer 327 direkt zur Nummer 329.

Rashid stand auf, starrte fassungslos auf seinen Wartezettel, dann auf die Wartenummernanzeige, erneut auf den Wartezettel. »Die bescheißen hier!«

Halil und Ghassan glotzten ihren Bruder an.

»Mich gibt es nicht. Die haben mich einfach übersehen. Das machen die ganz bewusst, das verfickte Beamtenpack!« Rashid hielt seinen Brüdern den Wartezettel hin. »Meine Nummer wurde übergangen. Wo ist sie? Welche Sau hat die geklaut?«

Halils Smartphone meldete sich, er nahm den Anruf entgegen. »Ja, Vater …«

»Die Übergabe findet in einer Stunde am Großmarkt statt. Im Blumenmarkt. Ein holländischer Transporter.«

»Okay, wir machen uns auf den Weg.«

»Warte mal, Halil. Hörst du mich gut?«

»Natürlich.«

»So wie sonst oder anders?«

»Wie? Was meinst du?«

»Ist der Klang nicht besser?«

»Weiß nicht.«

»Das musst du doch hören. Stell dich nicht so blöd an, Sohn.«

»Vielleicht anders.«

»Wie anders? Besser?«

»Ja, besser.«

»Gut. Ist neu das Handy. Ein Smartphone, Geschenk von Fatima.«

»Schön.«

»Dann macht euch auf den Weg. Aber versaut es nicht.«

Halil warf seine Nummer weg. »Es geht los.«

Die Brüder sprangen auf und eilten aus dem Raum.

Gegenüber des Jobcenters Wedding parkten Halils Mercedes-Benz, Ghassans BMW und Rashids Audi. Zwei Parklücken dahinter stand ein unauffälliger Opel Vectra, in dem Nils Röpke und Patrick Ahlrich saßen.

»Wieso kriegen die Ärsche eigentlich Hartz IV?«, fragte Ahlrich.

»Steht ihnen vom Gesetz her zu. Die Jungs sind bedauerlicherweise alle arbeitslos.«

»Schon lange?«

»Schon immer.«

»Was für ein Schicksal.«

»Ja, tragisch, vor allem wenn man bedenkt ...« Röpke brach ab, als er sah, dass die Doppeltür des Jobcenters aufgestoßen wurde.

Halil, Rashid und Ghassan kamen aus dem Gebäude und liefen zu ihren Pkws.

»Mensch, das Gelände ist viel zu groß«, sagte Halil. »Wir brauchen Verstärkung.«

»Ruf Fuad, Imad und Nadschib an«, sagte Rashid.

»Mach ich.«

»Und Bilal soll auch kommen.«

»Ja, ja.«

Die Brüder sprangen in ihre Fahrzeuge und gaben Gas.

»Da scheint aber jemand dringende Geschäfte zu haben«, sagte Röpke.

»Wird auch Zeit, dass wir auf andere Gedanken kommen, Einsatzleiter.«

»Dann zeig mal deinen Killerinstinkt.«

Patrick Ahlrich grinste und nahm die Verfolgung auf.

*

Bilal und Hasso fuhren mit dem Bentley in Richtung südliche Stadtgrenze. Bilal saß am Steuer, Hasso hockte in seinem fliederfarbenen Trainingsanzug neben ihm.

»Willst du deinen Strampelanzug nicht ausziehen, bevor wir unsere Freunde entsorgen? So 'n Moor ist ganz schön schlammig.«

»Ist egal, wenn der in den Arsch geht. Konnte ich noch nie leiden, das Teil.«

»Sieht doch todschick aus. Überleg es dir noch mal.«

Sie überquerten den Landwehrkanal und Bilals Smartphone meldete sich.

»Bilal.«

»Halil hier. Wo steckst du gerade?«

»Nähe Hallesches Tor.«

»Okay. Ich brauch dich. Komm sofort zum Großmarkt an der Beusselstraße. Wir treffen uns auf dem Parkplatz fünfzig Meter hinter dem S-Bahnhof. Verstanden?«

»Klar. Ich bring aber einen Freund mit.«

»Wieso?«

»Geht nicht anders. Wir sind in seinem Wagen unterwegs.«

»Wer ist das?«

»Kennst du nicht, ist aber ein Supertyp.«

»Ist er auch ein Profi, Bilal? Ich akzeptiere nur einen Profi.«

»Klar isser das. Vollprofi.«

»Okay. Dann mach hinne.«

Bilal beendete das Telefonat. »Wir müssen unsere Freunde etwas später entsorgen, Hasso. Ich muss noch schnell was für meinen Cousin erledigen.«

»Um was geht's denn?«

»Keine Ahnung. Wahrscheinlich irgend so 'n dämlicher Botenjob.«

Bilal wendete den Wagen und fuhr in Richtung Moabit.

*

Carsten Leitner hatte am Kiehlufer geparkt und schob die Prepaidkarte in das Uralthandy, das er gerade in einem schmuddeligen Neuköllner Handyladen gekauft hatte. Mit sattem Aufpreis, sodass er die Richtigkeit seiner Daten nicht durch seinen Ausweis belegen musste. Er schaltete das Handy ein und stieg aus dem Auto.

Leitner betrat den Elsensteig, der zur anderen Kanalseite führte und wählte Robert Ploogs Nummer.

»Ja?«

»Carsten hier.«

»Hallo. Hast du das Geld?«

»Drei Millionen.«

»Super. Wann bringst du es mir?«

»Morgen früh, gegen halb elf.«

»Perfekt.«

»Dann bis morgen.«

»Okay. Und danke.«

Carsten Leitner blieb auf der Mitte des Steges stehen und blickte sich um. Außer ihm war niemand zu sehen. Er lehnte sich über das Geländer und ließ das Handy in den Landwehrkanal fallen. Leitner sah zu, wie es im Wasser verschwand und ging dann zurück zu seinem Wagen.

*

Martin Nettelbeck war noch nie zuvor in dem Besprechungszimmer in der obersten Etage des LKAs gewesen, der Chefetage, wo die großen Tiere ihre Büros hatten. Und er war auch noch nie von drei Vorgesetzten gleichzeitig in die Mangel genommen worden. Das hatten heute offensichtlich die Leitenden Kriminaldirektoren Frank Wiesemann und Roger Delbrück sowie deren Stellvertreter Kriminaldirektor Arno Ebbinghaus vor. Nettelbeck kannte sie alle, hatte häufig mit ihnen zusammengearbeitet. Aber das spielte jetzt keine Rolle. Wiesemann und Ebbinghaus hatten ihn nur kurz begrüßt, mit einem kühlen Tonfall, der die Fronten gleich klärte. Roger Delbrück war auch reserviert, hatte ihm aber heimlich ein Auge zugekniffen.

»Martin, du musst uns deine Informationsquelle nennen«, kam Wiesemann sofort auf den Punkt.

»Tut mir leid, das kann ich nicht.«

»Natürlich kannst du das. Du willst nur nicht«, verschärfte Ebbinghaus den Ton. »Aber wir können dir nur raten, mit uns zu kooperieren. Es bringt nichts, wenn du dich stur stellst. Damit machst du alles nur noch schlimmer.«

»Aus welchen Gründen willst du deine Quelle nicht nennen? Gibt es dafür ein nachvollziehbares Argument?«, fragte Delbrück.

»Nennt man Zeugenschutzgründe.«

»Komm uns nicht mit *der* Nummer, Martin«, erwiderte Ebbinghaus. »Wir wissen doch alle, wie so was gehandhabt wird. Weißt du eigentlich, wie viele einflussreiche Geldsäcke uns auf die Füße getreten sind? Die Angelegenheit muss schnellstens geklärt werde, also verscheißer uns hier nicht.«

Wiesemann warf Ebbinghaus einen warnenden Blick zu.

»Soll ich euch die Richtlinie der Innenminister über die Behandlung von Informanten und V-Leuten vorlesen?«, Nettelbeck klopfte auf seine Jackentasche. »Habe ich dabei.«

»Werd nicht kindisch, Martin, die Vorschrift kennen wir auch«, sagte Delbrück. »Erklär uns lieber, warum der Mann geschützt werden muss.«

»Er ist einer der engsten Mitarbeiter von Leitner. Er hat Einblick in alle Geschäfte, die Ploog und Leitner am Laufen haben. Wenn sein Name publik wird, ist er beruflich ruiniert. Außerdem ist es mehr als fraglich, ob wir noch mal einen Informanten finden, der so nah an den beiden dran ist.«

Ebbinghaus wollte zu einer neuen Attacke ansetzen, doch Wiesemann brachte ihn mit einem scharfen Blick zum Verstummen.

»Du glaubst also wirklich, dass dein Informant Robert Ploog im *Cassirer-Center* gesehen hat.«

»Definitiv, Frank.«

»Was meinst du, Roger?«

»Wir sollten Martin vertrauen. Er ist erfahren genug, um eine Razzia nicht aus Jux und Dollerei anzuordnen.«

Ebbinghaus suchte Wiesemanns Blick, doch der übersah ihn.

»Dann schlage ich vor, dass wir die Untersuchung vorerst beenden. Martin hat sich klar disponiert, ich denke, alles ist gesagt. Einverstanden?«

»Spricht nichts dagegen«, sagte Delbrück schnell. »Oder Arno?«

Ebbinghaus lächelte verkniffen. »Kann ich mit leben.«

*

Halil und Rashid Sharif standen mit ihren Autos auf dem Parkplatz neben dem Großmarktgelände. Halil gab eine Nummer in sein Smartphone ein.

»Wie sieht's aus bei euch?«

»Die Jungs sind gerade eingetroffen.«

»Wenn der Transporter bei euch reinfährt, gibst du mir sofort Bescheid, Ghassan. Ist das klar?«

»Ja, ja.«

»Und ich rufe dich an, wenn sie unsere Zufahrt nehmen. Hast du das verstanden?«

»Ist ja nicht so schwer.«

»Für 'ne durchgeknallte Kifferbirne schon.«

Halil beendete das Telefonat, stieg aus und ging zu

Rashids Wagen. Sein Blick fiel auf einen Opel Vectra, der zehn Meter entfernt parkte und in dem zwei ältere Typen vor sich hindämmerten. Wahrscheinlich irgendwelche Händler, die darauf warteten, kurz vor Marktschließung Reste zum Spottpreis aufkaufen zu können.

Rashid fuhr die Scheibe herunter.

»Sind auf ihrem Posten, fehlt nur noch Bilal.«

»Wird schon kommen«, sagte Rashid.

»Kann ich ihm auch nur raten.« Halil ging zu seinem Wagen und stieg wieder ein. Er lehnte sich zurück, nahm einen Schokoriegel aus der Ablage und aß ihn langsam. Man muss ganz schön was draufhaben, wenn man der Chef ist beziehungsweise der höchste Stellvertreter des Bosses, dachte Halil befriedigt. Kann auch nicht jeder. Schon gar nicht seine jüngeren Brüder. Die sowieso nicht.

*

Täubner lief vor dem Besprechungszimmer auf und ab, das Smartphone ans Ohr gedrückt. »Er ist immer noch da drin, Irina. Keine Ahnung, wann die fertig sind.«

»Ist das ein schlechtes Zeichen?«

»Das weiß ich nicht. Irina, mein Freund zieht im September nach Freiburg. Er hat mir seine Wohnung angeboten. Dreieinhalb Zimmer, Toplage in Kreuzberg, Marheinekeplatz. Und bezahlbar.«

»Klingt gut.«

»Hättest du Lust, sie dir mit mir anzusehen?«

»Brauchst du Einrichtungstipps?«

»Na ja, ich dachte eher … Vielleicht gefällt sie dir ja auch.«

»Und?«

»Du weißt doch, was ich meine.«

»Nein.«

»Natürlich weißt du das, Irina.«

»Tu ich nicht, aber du kannst es mir ja heute Abend erklären. Ich muss weitermachen. Schick mir eine SMS, wenn Martin rauskommt.«

»Mach ich.«

Täubner steckte sein Telefon ein. Sein Heiterkeitspegel war in den letzten Minuten erheblich gesunken. Um mindestens zehn Grad. Von allen Frauen, mit denen er in seinem Leben befreundet gewesen war, war Irina mit Abstand die schwierigste. Obwohl, ›schwierig‹ war nicht das richtige Wort. Irina war eher reserviert, hielt immer einen Teil von sich vor ihm bedeckt. Als wollte sie sich ihm nicht wirklich anvertrauen. Als hätte sie geheime Pläne, die sie vor ihm schützen musste. Weshalb nur, fragte er sich.

Nettelbeck kam aus dem Besprechungszimmer.

»Wie ist es gelaufen?«, fragte Täubner.

»Schwer zu sagen, das endgültige Ergebnis bekomme ich morgen. Aber die Tendenz ist eher positiv.«

»Das ist doch was ...«

»Ja. Als sie mich in die Mangel genommen haben, kam mir der Gedanke, dass wir Carsten Leitner noch einmal aufsuchen sollten.«

»Wir haben doch nichts gegen ihn in der Hand.«

»Macht nichts, haben die da drin auch nicht.«

»Und was soll dabei rauskommen?«

»Ich will ihm einen Schrecken einjagen.«

»Womit?«

»Dass wir einen Anruf geortet haben, den wir zu Robert Ploog zurückführen konnten. Einen Anruf im Restaurant *Cassirer*. Ich möchte sehen, wie er darauf reagiert.«

»Und was ist mit Baerwald? An dem kommen wir doch niemals vorbei.«

»Wir werden Leitner unangemeldet aufsuchen. Und zwar jetzt gleich.«

*

Bilal fuhr den Bentley auf den Parkplatz, stellte sich hinter die Fahrzeuge der Sharifbrüder.

Bilal gab Hasso einen leichten Faustschlag auf den Oberarm. »Bleib ganz cool. Ist keine große Sache.«

Hasso nickte und Bilal stieg aus.

Patrick Ahlrich hatte den Vorgang hinter halbgeschlossenen Lidern beobachtet. Er stieß seinen Kollegen, der in der Mittagshitze in einen leichten Schlummer gefallen war, in die Seite.

»Guck mal, wer da ist«, sagte Ahlrich.

»Ach du Scheiße«, Nils Röpke war sofort hellwach.

Bilal hatte sich zu Halil in dessen Mercedes-Benz gesetzt.

»Was für 'n Typ schleppst du denn an? Tickst du nicht richtig?«, fragte Halil. »Der ist ja scheintot.«

»Das ist Hasso. Ein echter Killer. Von dem können wir alle noch 'ne Menge lernen.«

»Willst du mich verarschen?«

»Ich lege für Hasso meine Hand ins Feuer.«

Halil schaute Bilal zweifelnd an, dann nickte er. »Gleich kommt ein holländischer Blumentransporter. Mit 'ner Riesenlieferung H und Koks. Wir fahren nach den Holländern auf das Gelände und übernehmen die Ware dort. Du folgst uns mit dem Greis und ihr sichert alles ab. Kapiert?«

»Geht klar, Halil. Verlass dich auf uns.«

Halil nickte, schien aber nicht ganz überzeugt.

Röpke nahm sein Smartphone, wählte Nettelbecks Nummer. »Martin, ich bin's. Wir überwachen gerade die Sharifbrüder und stehen am Großmarkt. – Pass auf, vor zwei Minuten ist hier so 'ne Angeberkarre vorgefahren. Am Steuer unser Freund Gösemann und auf dem Beifahrersitz irgend so ein Greis in 'nem violetten Strampelanzug. – Ja, der Parkplatz an der Zufahrt Beusselstraße.«

*

Dolf Appelboom und Frits Dijkstra konnten es nicht länger aufschieben und hatten dem Sohn ihres Chefs den eigentlichen Sinn seines Berlinbesuches erklärt.

»Was für ein Mädchen soll ich denn kennenlernen?«, fragte Abdul Omari.

»Ein sehr nettes, das dich gerne heiraten möchte.«

»Mich heiraten? Wieso?«

»Sie hat noch keinen Mann. Und du hast ja auch keine Frau.«

»Das stimmt. Aber was soll ich denn mit der machen?«

»Sie kann für dich kochen, wenn du willst.«

»Frikandel?«

»Auch. Und ihr könnt zusammen Kinder kriegen.«

»Keine Kinder. Nur Frikandel.«

»Würde ich genauso machen, Abdul.«

»Bist du denn nicht gespannt, wie deine zukünftige Braut aussieht?«

Abdul schüttelte den Kopf. »Ist mir egal. Sie darf nur nicht zu groß sein.«

»Wieso das denn nicht?«

»Wenn sie zu groß ist, muss ich immer Schuhe mit hohen Absätzen tragen. Das will ich nicht. Ist sie denn groß?«

»Nein, ganz normal. Oder Frits?«

»Hat die richtige Größe.«

»Gut, wenn sie Frikandel kochen kann, dann heirate ich sie.«

Appelboom und Dijkstra tauschten einen Blick aus. Geschafft. Blieben nur noch die Frikandel. Aber das war dann nicht mehr ihr Problem.

*

Nettelbeck und Täubner hatten mit ihrem Dienstwagen hinter dem Opel Vectra Position bezogen und sich kurz mit Röpke und Ahlrich ausgetauscht. Alle warteten auf den Blumentransporter. Die guten Jungs und die bösen Buben.

Endlich bog der Transporter auf die Zufahrtstraße und fuhr auf die Schranke zu. Sowie er sie erreicht hatte, schlossen Bilal und die Sharifbrüder mit ihren Fahrzeugen zu ihm auf.

Nachdem der Konvoi die Schranke durchfahren hatte, warteten die Polizeifahrzeuge noch zwei Minuten und fuhren dann ebenfalls auf das Großmarktgelände.

*

Das Hauptgeschäft des Blumenmarktes lief in den frühen Morgenstunden ab, wenn die Händler Schnittblumen einkauften, ehe sie danach ihre eigenen Läden öffneten. Nach vierzehn Uhr kamen nur noch vereinzelte Händler und fast nur noch Lieferanten mit Stauden, Blumenerde und sonstigem gärtnerischem Beiwerk, das nicht tagesfrisch sein musste.

Dolf Appelboom hatte den Transporter auf der Lieferantenfläche geparkt und öffnete die seitlichen Ladetüren. Dann ging er zu Frits und Abdul, die an einer Rampe lehnten und rauchten.

»Da kommen sie.«

Der Konvoi mit Bilal, Hasso und den zwei Sharifbrüdern parkte zu beiden Seiten des Transporters, sodass dessen Ladetüren für etwaige Passanten nicht einsehbar waren.

Während Bilal, Hasso und Rashid neben ihren Fahrzeugen stehen blieben, ging Halil zu den Holländern. »Hallo Frits, hallo Dolf.«

»Tag, Halil.«

Halil reichte Abdul die Hand. »Bist du Abdul? Yasser Omaris Sohn?«

»Ja. Wo gibt es hier denn Frikandel? Weißt du das?«

Halil warf Appelboom und Dijkstra einen fragenden Blick zu, doch die grinsten unschuldig.

»Wir packen erst mal die Stauden und den Rollrasen aus«, sagte Appelboom. »Ihr kriegt danach die Palette mit der Blumenerde.«

»Sollen wir mit anfassen?«

»Machen wir schon.«

Die Holländer zogen zwei Transportwagen heran und beluden sie mit ihrer Ware. Auch Abdul beteiligte sich. Als er nach einem Plastiksack mit Blumenerde griff, hielt ihn Frits zurück. »Nicht. Die kommt ganz zum Schluss.«

*

Ghassans BMW und ein Ford SUV, in dem die Dealer Fuad, Imad und Nadschib saßen, fuhren vom Zugang Sickingenstraße aus auf das Großmarktgelände. Sie umkurvten die Lebensmittelhallen und die Serviceeinrichtungen, um zur Hinterseite des Blumenmarktes zu gelangen.

Die Ermittler hatten ihre Wagen seitlich des Fruchthofes geparkt und gingen zur Blumenmarkthalle. Es waren nur zwei Arbeiter zu sehen, die in einiger Entfernung mit ihren Gabelstaplern Waren in die Lagerhallen brachten. Ansonsten war der Großmarkt wie ausgestorben.

»Die Sharifs übernehmen eine Drogenlieferung. Wetten?«, sagte Nettelbeck.

Röpke nickte: »Vermutlich von dem Omariclan aus Rotterdam. Die machen schon seit Ewigkeiten Geschäfte miteinander.«

Nettelbeck blieb stehen, als er sechzig Meter entfernt den Blumentransporter inmitten der Wagenburg erblickte.

»Teilen wir uns auf?«, fragte Nettelbeck.

»Okay, ihr geht durch die Hallen an die Laderampe ran, wir kommen vom Ende des Parkplatzes«, sagte Röpke.

Die Holländer packten die letzten Stauden auf den Transportwagen und rollten ihn an die Laderampe, während Halil telefonierte.

»Es läuft alles problemlos, Vater. – Was willst du? – Ich soll Fotos machen? Wieso denn, von was? – Natürlich geht das mit meinem Smartphone auch. – Okay, ist ja gut, ich mache dir ein paar Bilder.« Halil drehte sich im Kreis und schoss wahllos Fotos. Dann steckte er das Smartphone ein und nickte seinen Leuten zu.

Appelboom und Dijkstra sprangen in den Transporter und zogen eine Palette mit vierzig 25-Liter-Säcken Blumenerde heran.

Halil nickte Rashid und Bilal zu. Die beiden gingen zu dem Mercedes-Benz und dem Audi quattro, öffneten die Kofferraumklappen.

Abdul schaute interessiert zu, wie Appelboom und Dijkstra je zwei Säcke in die Fahrzeuge warfen. Als Bilal und Rashid die nächsten Säcke ergriffen, hob Abdul ebenfalls einen Sack hoch. Er ging damit zum Heck des Bentleys und versuchte, die Kofferraumklappe zu öffnen, doch die klemmte.

Mit Panik in den Augen trat Hasso zu ihm.

»Aufmachen«, sagte Abdul.

»Nein«, entgegnete Hasso.

»Doch. Aufmachen.«

»Ich habe Nein gesagt.«

Abdul stieß Hasso den Sack Blumenerde in den Magen und der krümmte sich vor Schmerzen. Der Holländer rüttelte an der Kofferraumklappe und sie sprang auf. Im Inneren lagen die beiden Leichen, deren Plastikverpackungen sich im Laufe der Fahrt gelöst hatten. Vier tote Augen starrten Abdul an.

Abdul schrie auf.

Hasso zog seine Pistole aus der Jackentasche, hielt sie Abdul an den Kopf. »Mach wieder zu, du Arsch.«

Doch Abdul hörte nicht auf zu schreien.

Hasso schloss die Augen und drückte ab. Abduls Gehirnmasse spritzte in den Kofferraum.

Halil kam zum Bentley gelaufen, Bilal folgte ihm. Sie sahen den toten Abdul, der an der Stoßstange lehnte. Dann entdeckte Halil die zwei Leichen im Kofferraum, griff reflexartig nach seiner Pistole.

Hasso war schneller, richtete seine Beretta auf ihn.

Bilal warf sich dazwischen, riss Halil zu Boden, Hassos Schuss ging ins Leere. Bilals Arm knickte unnatürlich zur Seite, er schrie auf.

»Polizei, Waffen fallen lassen.« Nils Röpke und Patrick Ahlrich kamen mit gezückten Pistolen angerannt, versuchten, die Gruppe von beiden Seiten einzukreisen.

Ahlrich übersah, dass Appelboom hinter einem Pkw in Deckung ging und direkt auf ihn zielte.

Gleichzeitig stürmten Nettelbeck und Täubner aus der

Blumenmarkthalle. Während Täubner von der Laderampe aus auf Dijkstra zielte, warf sich Nettelbeck auf Appelboom und riss ihn zu Boden.

Ein Schuss löste sich aus der Waffe des Holländers, blieb als Querschläger in Ahlrichs linker Wade stecken.

Hasso saß auf dem Boden, neben dem toten Abdul Omari, der ganz friedlich dalag, als ob er schlafen würde.

Noch einmal richtig ficken, haste ja nicht auf die Reihe gekriegt. Aber das mit dem Sterben …

Hasso setzte sich die Pistole an die Schläfe und schoss sich eine Kugel durch den Kopf. Bilal schrie auf.

»Polizei! Lassen Sie die Waffen fallen!«

Halil und die anderen Männer gaben sich geschlagen, legten ihre Hände in den Nacken.

Nur Bilal nicht. Er biss sich auf die Lippen, hielt sich den schmerzenden Arm, konnte den Blick nicht von Hasso abwenden.

Ghassan trat auf die Rampe. Er erfasste die Situation mit einem Blick, wirbelte herum und lief zurück in die Blumenmarkthalle.

Täubner nahm die Verfolgung auf.

Ghassan lief durch die leeren Hallen, in denen nur noch wenige Händler arbeiteten. Er riss Verkaufsstände zu Boden, um Täubner auf Abstand zu halten, rüttelte an einer Ausgangstür, doch die war verschlossen. Auf seinem Weg zur anderen Hallenseite verlor er Zeit und Täubner holte auf.

Ghassan stieß eine Doppeltür auf, rannte nach draußen. Er lief über den riesigen Kundenparkplatz, auf dem lediglich noch zwei Autos parkten.

Täubner war besser in Form, kam immer näher.

Ghassan sprang über die Parkplatzbegrenzung, rannte an mehreren Hallen entlang, bis er eine offen stehende entdeckte und hineinlief.

Täubner war jetzt nur noch vier Meter hinter ihm.

Ghassan lief durch die Fleischhalle, vorbei an Verkaufsständen mit Rinder- und Schweinehälften, Galerien mit Frischgeflügel. Hier herrschte noch reger Betrieb und Ghassan bahnte sich mit beiden Ellbogen einen Weg durch die Einkäufer.

Als Täubner ihn fast erreicht hatte, griff Ghassan sich zwei Zerlegemesser, stellte sich seinem Verfolger.

»Soll ich dich abstechen, Bulle?«

»Keine gute Idee«, sagte Täubner und zielte auf ihn mit seiner Sig Sauer.

Ghassan grinste, legte die beiden Messer behutsam beiseite. »War nur ein Scherz. Wollte mal sehen, was du so draufhast.«

Täubner grinste ebenfalls und legte Ghassan Handschellen an.

»Ich hab 'nen Tipp für dich«, sagte Ghassan. »Willst du den hören?«

Täubner zuckte die Achseln.

»Ab und zu hab ich mal 'n kleines Geschäft am Laufen. Heute ist so ein Tag. Der zukünftige Verlobte meiner Schwester hat mir ein bisschen was mitgebracht. Dies und das, von allem etwas. Nur für mich. Für den Eigengebrauch. Ein paar Kumpels wollte ich auch was abgeben. Das Zeug steckt in der Blumenerde.«

»Klar. Und deine Brüder haben natürlich keine Ahnung von dem Deal.«

»Ey, irre, du hast es voll geschnallt, Bulle.«

Täubner erwiderte nichts und schob Ghassan in Richtung Hallenausgang.

Mehrere Polizeiwagen und Krankentransporter fuhren an der Blumenhalle vor.

Martin Nettelbeck hatte Patrick Ahlrich einen provisorischen Druckverband angelegt und prüfte noch einmal den Sitz.

»Jetzt muss ich mich wohl bei dir bedanken, was?«, fragte Ahlrich mit zusammengebissenen Zähnen.

»Nicht nötig«, erwiderte Nettelbeck. »Sieh es einfach als Wiedergutmachung.«

»Letztes Mal war es die rechte Wade, diesmal die linke. Welcher Körperteil ist als nächstes dran?«

»Liegt ganz bei dir«, erwiderte Nettelbeck und half Ahlrich hoch.

»Alles kann, nichts muss, sagte der Chef des Swingerklubs«, grinste Röpke. »Ich übernehme«, er hakte Ahlrich unter und winkte die Besatzung eines Krankentransporters heran.

Nettelbeck reichte Ahlrich die Hand. »Gute Besserung.«

Ahlrich zögerte einen Moment, dann lächelte er und schlug ein. »Danke, Martin.«

Nettelbeck sah Röpke und Ahlrich nach, dann ging er zu Täubner, der Ghassan Sharif an uniformierte Beamte übergab.

*

Im LKA kümmerten sich die Kollegen aus der Abteilung 4 um die Holländer, während Nettelbeck und Täubner die Sharifbrüder und Bilal Gösemann vernahmen.

Halil und Rashid behaupteten, nichts von dem Drogendeal gewusst zu haben, schoben alles auf den toten Abdul Omari.

Ghassan unterstützte die Version seiner Brüder, beteuerte immer wieder, dass er und Abdul das Ganze alleine ausgeheckt hätten, an ihren Familien vorbei.

Die Drogenfahndung hatte den Stoff untersucht, es handelte sich um fünfzehn Kilogramm Kokain und Heroin, mit einem geschätzten Marktwert von ungefähr drei Millionen Euro.

Jetzt zeigte sich Ghassan geschockt. Von so einer Riesenlieferung war nie die Rede gewesen. Er hatte mit Abdul vereinbart, dass der ihm ein halbes Kilogramm Haschisch, etwas Marihuana und eine klitzekleine Menge Koks mitbringen sollte. Aber der zukünftige Verlobte seine Schwester sei eben ziemlich verrückt gewesen. Was jeder bestätigen könne. Was natürlich auch alle Festgenommenen taten.

Und dann kam er, Dr. Stefan Baerwald persönlich, in seinem gewohnten Kasperleoutfit, mit zwei holländischen Anwaltskollegen im Schlepptau. Baerwald war kaum wiederzuerkennen, nicht schlaff und hüstelnd, sondern ein wahres Kraftpaket, ein ungezähmter Stier, bis zur Halskrause gefüllt mit Adrenalin. Fest entschlossen, seine Klienten freizubekommen. Er versuchte, die Haftbefehlbegründungen in der Luft zu zerreißen, warf mit Paragrafen und Gesetzesauszügen nur so um sich.

In Sachen Halil und Rashid Sharif war er auch erfolgreich, eine direkte Beteiligung an dem Drogendeal konnte ihnen erst mal nicht nachgewiesen werden.

Auch für Bilal Gösemann erreichte Baerwald eine vorläufige Freilassung. Was diesen jedoch kaltließ. Bilal war kaum ansprechbar, klagte über starke Schmerzen im Schultergelenk und dachte an den toten Hasso.

Nur für Ghassan konnte Baerwald nichts tun, da der bereits seine Tatbeteiligung gestanden hatte. Völlig unnötig, wie der Anwalt fand. Aber er war überzeugt, dass er vor Gericht für Ghassan eine milde Strafe herausholen werde.

Täubner war anderer Meinung. »Man kann nicht immer Glück haben. Selbst Sie nicht.«

Baerwald blieb gelassen. »Jeder von uns kriegt mal die Pik Sieben. Heute ich, morgen vielleicht Sie. Also nicht arrogant werden.« Dann rückte er seine Fliege zurecht und hustete heiser.

Nettelbeck warf seinem Kollegen einen Blick zu, der seine Erwiderung hinunterschluckte.

»Sie vertreten doch auch Robert Ploog, nicht wahr?«, fragte Nettelbeck.

»Wie meinen Sie das? In welcher Angelegenheit?«

»Geschäftlich. Und in dem Verfahren wegen mehrfacher Vergewaltigung.«

»Ich muss Sie enttäuschen, mein Mandat für Herrn Ploog ruht momentan.«

»Und seit wann genau?«

»Seit Herr Ploog offensichtlich untergetaucht ist.«

»Seitdem hatten Sie keinen Kontakt mehr mit ihm?«

»Korrekt.«

»Auch telefonisch nicht?«

»Ich kann mich nicht erinnern.«

Nettelbeck verschränkte die Arme vor der Brust und grinste breit. Ganz so, als wüsste er das aber anders.

Baerwald zögerte, wurde dann nachdenklich: »Ich persönlich habe definitiv nicht mit ihm telefoniert. Aber ob Herr Ploog möglicherweise in meinem Büro angerufen und mit meiner Sekretärin gesprochen hat … Das kann ich nicht ausschließen.«

»Wir können also davon ausgehen, dass Sie in keinen Interessenkonflikt geraten, wenn wir Sie um eine Aufstellung Ihrer Telefonate bitten? Das heißt natürlich lediglich der Telefonate, die in den letzten vier Wochen in Ihrem Büro eingegangen sind. Die Namen können selbstverständlich geschwärzt werden.«

»Ich bin dazu nicht verpflichtet. Das ist Ihnen klar, oder?«

»Selbstverständlich. Aber Sie würden der Berliner Polizei damit einen großen Gefallen tun. Wer weiß, vielleicht brauchen Sie ja auch mal unsere Unterstützung. Bei Ihrer nächsten Pik Sieben zum Beispiel.«

In Baerwald arbeitete es. »Ich werde Ihnen die Liste morgen Mittag per Kurier schicken.«

»Wunderbar. Nichts anderes hatte ich von Ihnen erwartet.«

Statt einer Antwort brach Baerwald in eine Hustenkaskade aus, die seinen Körper förmlich schüttelte.

»Sommergrippe?«, fragte Täubner.

»Keinen Spott, bitte«, quälte der Anwalt hervor. »Sonst überlege ich es mir anders.«

*

Dr. Ingo Ortmann hatte es geschafft. Statt in der Hinterhofklitsche in Gesundbrunnen residierte er seit vier Monaten in einer neuen Praxis, mit angeschlossener kosmetisch-chirurgischer Klinik, direkt am Kurfürstendamm. Dank Walid Sharifs großzügiger Unterstützung. Es hatte Unsummen gekostet, aber die stylishe, edle Einrichtung verfehlte die Wirkung auf seine vermögenden Klienten aus dem russischen Sprachraum nie. Mit dem Umzug hatte sich Ortmanns Umsatz von heute auf morgen verzehnfacht.

Der Arzt lehnte am Counter und überlegte zum wiederholten Mal, welche seiner drei Empfangsdamen die attraktivste sei. Aber er konnte sich nicht entscheiden. Alle waren hinreißend. Deswegen hatte er sie ja schließlich auch eingestellt.

»Dann würde ich vorschlagen, wir machen Feierabend, meine Damen«, sagte Ortmann.

Die Tür wurde aufgestoßen und Halil Sharif betrat die Praxis, mit einem Typen, den Ortmann noch nie gesehen hatte. Der Unbekannte machte einen etwas abgerissenen Eindruck und hielt den rechten Arm an den Bauch gedrückt.

Der Arzt ging den beiden entgegen. »Ist der Mann angeschossen?«, flüsterte er Halil zu.

»Quatsch, Doktor, hat sich was verrenkt.«

Erleichtert bugsierte Ortmann die beiden in eines der Behandlungszimmer.

»Aaaah!«, schrie Bilal und spürte sogleich, wie der Schmerz nachließ. Der Arzt hatte das Schultergelenk ohne Vorankündigung eingerenkt.

»Tut mir leid, aber das ist der beste Weg«, sagte Ortmann. »Sie bleiben jetzt bitte noch zehn Minuten sitzen, bis die Spritze wirkt. Wenn Sie sich dann gut fühlen, dürfen Sie gehen.«

»Danke«, sagte Bilal.

»Und Ihr Vater, Herr Sharif, geht es ihm gut? Ist alles in Ordnung zu Hause?«

»Ja. Er wird Sie die Tage mal anrufen, sein allgemeiner Check-up ist fällig. Ich hoffe, er bekommt schnell einen Termin.«

»Ihr Vater braucht doch keinen Termin«, sagte Ortmann. »Er kann selbstverständlich kommen, wann immer er möchte.«

»Gut zu wissen, Doktor. Wir brauchen Sie jetzt nicht mehr.«

Ingo Ortmann nickte und verließ das Behandlungszimmer.

Halil zog sich einen Stuhl heran, setzte sich Bilal gegenüber. »Du hast mir heute das Leben gerettet, Bilal, dafür bin ich dir dankbar und werde immer in deiner Schuld stehen.«

»Ist schon okay.«

»Nein, ist es nicht. Meine Familie hat dich bislang nicht so respektiert, wie du es verdient hast. Aber das wird sich jetzt ändern. Das verspreche ich dir.«

»Danke.«

»Vorher habe ich aber noch eine Frage, Bilal. Was hast du mit den beiden Toten zu tun? Hast du sie mit Rohloff ermordet?«

»Nein. Ich habe sie das erste Mal im Blumenmarkt gesehen. Ich weiß gar nicht, wer die sind.«

»Ehrlich? Schau mir in die Augen.«

Bilal hob den Kopf und blickte Halil direkt an. »Ich sage die Wahrheit, Halil. Ich würde die Familie niemals anlügen.«

Halil sah Bilal durchdringend an. Dann lächelte er. »Ich glaube dir, Cousin Bilal. Ich glaube dir.«

X

Wilbert Täubner saß auf seiner Schreibtischkante und zeigte Irina Eisenstein auf dem Smartphone die Wohnungsbilder, die sein Freund ihm geschickt hatte.

»Stimmt, ist wirklich eine tolle Wohnung.«

»Wir können sie uns jederzeit ansehen. Wann immer du willst. Was meinst du?«

»Klar kann ich mir die Wohnung mit dir anschauen, aber ich werde dort nicht einziehen.«

»Ich würde sie dir auch alleine überlassen, solange ich dort eine Zahnbürste deponieren kann«, grinste Täubner.

»Wilbert, ich will mich im Herbst für Jura einschreiben. Eigentlich reicht mir mein Apartment im Moment völlig aus.«

»Was hat denn das eine mit dem anderen zu tun? Ich werde dich doch nicht am Studieren hindern.«

»Das sagst du jetzt. Nein, schlag dir die Idee aus dem Kopf. Dafür ist es mir eindeutig zu früh. Frag mal in zwei, drei Jahren wieder nach.«

Die Bürotür ging auf und Nettelbeck betrat das Büro. »Guten Morgen.« Er zog sein Jackett aus, um es über den Bürostuhl zu hängen. »Heute soll es über dreiunddreißig Grad werden. Vielleicht kriegen wir ja Hitzefrei.«

Weder Täubner noch Irina reagierten auf seinen müden Scherz.

»Ist irgendwas?«, fragte Nettelbeck alarmiert und blickte Täubner an, der betreten zu Boden starrte. Sein junger Kollege war richtig erleichtert, als das Diensttelefon klingelte und er abheben konnte. »Täubner? – Gut, wir kommen runter und holen Herrn Gösemann ab.« Er legte auf und Nettelbeck schlüpfte wieder in sein Jackett.

»Ist ja pünktlich unser Freund.«

»Ich habe mit der Gerichtsmedizin telefoniert«, erklärte Irina. »Jirí Kimlová und Erich Pollak wurden mit Rohloffs Pistole getötet. Genau wie Abdul Omari.«

»Fragt sich nur, wie unser Freund Gösemann in dieser Geschichte mit drinhängt. Egal. Irina, sei bitte so nett und ruf ab elf Uhr dreißig in Baerwalds Büro an und frag nach der Anruferliste. Gegebenenfalls im Zehn-Minuten-Takt. Lass nicht locker.«

»Mach ich.«

»Danke.«

Täubner schien ebenfalls etwas sagen zu wollen, doch Irina ging schnurstracks an ihm vorbei und verließ ohne ein weiteres Wort das Büro.

Nettelbeck bemerkte Täubners Frustration, doch er ignorierte sie. »Dann mal los.«

Täubner verließ hinter Nettelbeck das Büro. Im Gehen löschte er die Wohnungsbilder auf seinem Smartphone. Eines nach dem anderen. Unerbittlich.

Im Wartebereich des LKAs saß Bilal Gösemann mit Kopfhörern auf einer Bank, hatte die Augen geschlossen und hörte selbstvergessen Musik. Er bemerkte nicht, dass die beiden Kommissare die Aufnahme betraten.

Täubner blieb vor ihm stehen und klatschte mehrmals in die Hände. »Herr Gösemann, können wir?«

Bilal öffnete die Augen und lächelte.

»Haben Sie keinen Anwalt dabei?«, fragte Nettelbeck.

»Nee, sollte ich?«

Seit anderthalb Stunden versuchten die Kommissare bereits, den jungen Deutsch-Libanesen mit Fangfragen und ähnlichen Tricks zu verunsichern. Doch Bilal blieb gelassen, wiederholte ein um das andere Mal, dass er von Hasso Rohloffs Morden nichts gewusst habe. Das werde auch die kriminaltechnische Untersuchung bestätigen, er sei absolut sauber. Außerdem behauptete er hartnäckig, dass Míla Rohloff ohne die Manipulation einer zweiten Person von der Dachterrasse gestürzt sei.

Die Kommissare erhöhten den Druck auf Bilal, scheiterten aber auch damit, sodass Nettelbeck nach drei Stunden die Vernehmung schließlich abbrach.

»Herr Gösemann, ich bin überzeugt, dass Sie lügen. Sie haben gesehen, wie Hasso Rohloff seine Frau über das Geländer gestoßen hat. Und Sie haben ihm dabei geholfen, seinen Schwager und dessen Freund zu ermorden. Zumindest wollten Sie mit ihm die Leichen beseitigen.«

»Können Sie das beweisen?«, fragte Bilal.

»Auch wenn ich Sie heute laufen lassen muss, irgendwann kriege ich Sie. Garantiert.«

»Sollte ich mir Sorgen machen?«, fragte Gösemann.

»Sie können gehen.«

Bilal stand auf und verließ das Vernehmungszimmer. Ohne Abschiedsgruß, ohne die Kommissare noch einmal anzublicken.

Nettelbeck und Täubner blieben sitzen.

»War es das?«, fragte Täubner.

»Vorerst. Wenn die KTU nichts Neues bringt …«

»Das heißt, wir legen die Morde ad acta?«

»Wir lösen nicht alle Fälle, Wilbert. Manchmal kriegen auch wir die Pik Sieben. Damit hat Baerwald schon recht.«

Täubner starrte ins Nichts, schien über Nettelbecks ›Lebensweisheit‹ nachzudenken.

Der störte ihn nicht. Er wusste, dass sein junger Kollege die Erfahrung des Scheiterns zum ersten Mal machte.

*

Carsten Leitner hatte den ganzen Morgen über versucht, Stefan Baerwald zu erreichen. Doch der Anwalt nahm auf seinem Mobiltelefon keine Anrufe entgegen und in seinem Büro wurde Leitner ein um das andere Mal vertröstet. Ein äußerst dringender Fall, der leider Vorrang habe, säuselte die Sekretärin. Baerwald werde sich bei ihm melden, sowie er etwas Luft habe.

Leitner überlegte. Wenn er ohne neuen Vertrag zu Robert Ploog fahren sollte, hätte das einen nicht von der Hand zu weisenden Vorteil. Leitner dachte über diesen Punkt nach, wog ihn von allen Seiten ab, während er im Restaurant *Cassirer* das Lunchmenü für die übernächste Woche abnahm. Das Dessert ließ er aus. Er mochte Hagebuttensorbet mit Sanddornsoße nicht und wollte auf keinen Fall ein Fettsack wie Baerwald werden. Denn Fett macht auf die Dauer schlapp und müde. Und das konnte Leitner bei seinen Plänen überhaupt nicht gebrauchen.

*

Im Büro nahmen Nettelbeck und Täubner sich Baerwalds Anruferliste vor. Nach einer Stunde intensiver Recherche, bei der immer mehr Rufnummern ausschieden, kristallisierte sich eine als Erfolg versprechend heraus. Es handelte sich um einen Prepaidanschluss, von dem aus sechs Mal in Baerwalds Büro angerufen worden war. Über einen Zeitraum von zehn Wochen. Der letzte Anruf lag allerdings schon einen Monat zurück.

»Glaubst du, das ist er?«, fragte Täubner.

»Die zehn Wochen decken in etwa den Zeitraum ab, seitdem Robert Ploog nicht mehr in der Öffentlichkeit gesehen wurde.«

»Ich setze Achim Lebeck darauf an, die Nummer zu orten.«

*

Jutta Koschke hatte ihren ganzen Schneid zusammengenommen. Und dazu noch zwanzig Pfund Courage, neun Liter Wagemut und fünf Gramm Aufsässigkeit. So war sie, ohne anzuklopfen, in Roger Delbrücks Büro geplatzt.

Der Leitende Kriminaldirektor hatte sie erstaunt, aber freundlich in seine Besprechungsecke gebeten. »Was darf ich dir anbieten? Wasser, Saft, Kaffee?«

»Nichts, Roger. Ich bleibe nicht lange.«

»Schön. Was hast du auf dem Herzen?«

»Wir müssen reden. Es geht um Martin und den missglückten Zugriff im Restaurant *Cassirer* …«

»Das trifft sich ja wunderbar. Ich komme gerade aus der Sitzung mit Frank Wiesemann und Arno Ebbinghaus. Was soll ich sagen? Die Sache wird eingestellt.« Delbrück ging zurück zu seinem Schreibtisch und suchte einen Computerausdruck, den er vorlas: »Aufgrund des letzten Endes geringfügigen Deliktes ist der Erste Kriminalhauptkommissar Martin Nettelbeck nicht verpflichtet, die Identität seines Informanten preiszugeben. Da er als EKHK anordnungsbefugt war und es darüber hinaus nach seiner unwiderlegbaren Einlassung tatsächliche Anhaltspunkte für die Anwesenheit der Zielperson im Restaurant *Cassirer* gab, war die Durchsuchung somit rechtmäßig und so weiter und sofort. Schau selbst …« Er ging zurück zu Jutta Koschke und reichte ihr den Ausdruck.

Die Kriminalrätin starrte auf das Blatt, sprachlos, einen Moment lang verwirrt.

»Gibt es sonst noch etwas?«, fragte Delbrück.

Koschke faltete den Ausdruck mehrmals zusammen. Überlegte. »Nein. Nein.«

Sie wollte aufstehen, doch dann ließ sie sich wieder in ihren Sessel sinken.

»Doch, Roger, es gibt da was. Das dich und mich betrifft. Ich möchte dir einen Waffenstillstand vorschlagen.«

»Pardon? Ich wusste gar nicht, dass wir uns im Kriegszustand befinden.«

»Und ob. Man sagt dazu im Allgemeinen Kalter Krieg. Das ist die richtige Bezeichnung für ...«

»Falls du damit ...

»Lass mich ausreden, Roger«, unterbrach Koschke ihrerseits.

»Hör zu: Diese alten Animositäten bringen uns nicht weiter. Ich weiß, dass du Martin hilfst wo du kannst. Aber es war nicht meine Schuld, dass er nicht Kriminalrat geworden ist. Das lag allein an ihm.«

»Und?«

»Gib mir deshalb keine Schuld daran. Das ist nicht fair.«

»Tue ich das?«

Jutta Koschke nickte.

»Komisch, das sehe ich völlig anders. Aber nun muss ich leider weiterarbeiten.«

Koschke wollte ihm das Blatt reichen, doch Delbrück winkte ab. »Das kannst du gerne behalten.« Er eilte voraus zur Tür und öffnete sie.

Als Koschke an ihm vorbei aus dem Büro ging, schaute er sie spöttisch an: »Kein Kalter Krieg, Jutta. Ich würde es höchstens ein Scharmützel nennen, oder besser: einen Feldzug für die Gerechtigkeit.«

Betont sanft schloss Delbrück die Tür und ging zurück an seinen Schreibtisch. Dann lachte er leise – Juttas Gesicht würde er jetzt zu gern sehen.

*

Achim Lebeck saß auf dem Trockenen. Sein Vorrat an Energydrinks war auf mickrige zwei Dosen zusammengeschmolzen. Irgendein Kollegenarsch hatte sich heimlich bei ihm bedient. Kein Wunder bei der Hitze. Lebeck war klar, dass er bis Dienstschluss mit den zwei Dosen niemals auskommen würde. Also wuchtete er seinen Körper hoch und beschloss, beim nächsten Discounter Nachschub zu besorgen.

Er hatte bereits die Türklinke in der Hand, als ein Signal auf seinem Monitor blinkte und gleichzeitig ein Dauerton erklang. Er ging zurück an seinen Schreibtisch, checkte den Grund des Alarms und grinste.

*

Täubner hatte in der Kantine zwei Flaschen Mineralwasser geholt, um die Hitze zu bekämpfen, und ging zurück zu seinem Büro. Als er an Irinas Zimmer vorbeikam, überlegte er kurz, ob er bei ihr hereinschauen sollte, ließ es dann aber. Sein Bedarf an ihren irrationalen Angriffen war fürs Erste gedeckt.

Sein Smartphone meldete sich.

»Täubner. – Ist nicht dein Ernst! – Ohne jeden Zweifel? – Natürlich zeige ich mich erkenntlich. – Du kriegst von mir sogar einen Zwölferpack von deinem widerlichen Energygesöff.« Täubner beendete das Telefonat und betrat sein Büro.

»Lebeck hat gerade angerufen. Die Mobiltelefonortung war erfolgreich. Er hat unter der Nummer ein Handy erfasst, von dem aus jemand vor drei Minuten mit Carsten Leitner telefoniert hat.«

»Dann muss es Robert Ploog sein.«

Täubner gab Nettelbeck eine der Flaschen: »Ja. Sie konnten den Standort bis auf zwei Meter exakt bestimmen.«

»Und wo ist er?«

»Immer noch in Berlin. Momentan in einem Wochenendhaus in Neu-Venedig.«

Neu-Venedig lag am Rande Berlins, zwischen Erkner und dem kleinen Müggelsee. Es war ein verträumter Ort, der von einem Netz schmaler Kanäle durchzogen war, über die ein gutes Dutzend Brücken führten. Es erinnerte entfernt an eine holländische Siedlung und war sowohl vom Wasser aus als auch über mehrere schlecht ausgebaute Straßen erreichbar. Auf den dicht bewachsenen Wassergrundstücken standen kleine Sommerhäuser, Menschen waren kaum zu sehen.

Der Zugriff auf das Wochenendgrundstück sollte von zwei Seiten aus erfolgen: vom Land her über den Zugang Gimpelweg 7 und per Boot vom angrenzenden Kanal aus.

Täubner war per Mountainbike mit einem Kollegen zum gegenüberliegenden Grundstück gefahren und hatte dann, im Garten verdeckt, Stellung bezogen.

Nettelbeck saß im Heck eines Coronet-24-Zivilbootes, das von Günther Koschke gesteuert wurde. Es war Zufall, dass die Wasserschutzpolizei ihm ausgerechnet Juttas Ehemann als Bootsführer zugewiesen hatte. Die beiden Männer hatten sich seit einer halben Ewigkeit nicht mehr gesehen und fremdelten ein bisschen. Während sie von der Müggelspree in den Hauptkanal einbogen, der Neu-Venedig in der Mitte teilte, fragte ihn Günther grinsend, wie seine Jutta denn sei, so als Chefin. So ähnlich wie als Ehefrau, hatte Nettelbeck geantwortet und ebenfalls gegrinst. Mit wenigen

Worten war das Eis gebrochen. Dann schwiegen die beiden Männer und fuhren mit gedrosseltem Motor fast lautlos durch den schmalen Kanal in Richtung der Parzelle Gimpelweg 7.

Täubner und sein Kollege hatten sich so platziert, dass sie beide Seiten des Gimpelwegs gut einsehen konnten. Sie warteten bereits vierzig Minuten, ohne dass ein Mensch, ein Boot oder Tier ihr Blickfeld gekreuzt hätte.

Dann kam ein Motorroller angefahren und parkte vor ihrem Zielobjekt. Ein Mann, der eine grau-blaue Handwerkerlatzhose mit Knietaschen und ein Sweatshirt trug, stieg ab. Er zog seine Basecap, auf der ein aufgestickter Elektroblitz prangte, tiefer in die Stirn. Der Mann nahm eine große Werkzeugbox vom Gepäckträger, schaute auf einen Auftragszettel, den er aus seiner Brusttasche holte, überprüfte die Parzellennummer und betrat dann das Grundstück Gimpelweg 7.

Täubner drückte den Sprechknopf seines Funkgerätes: »Martin, hier hat gerade ein Mann das Grundstück betreten. Wahrscheinlich ein Elektriker, der irgendwas reparieren will oder so. Sollen wir zugreifen?«

Nettelbeck saß neben Günther Koschke im Zivilboot, nur noch wenige Parzellen von ihrem Ziel entfernt. Vor ihnen im Kanal hatte sich ein Kanu mit zwei älteren Frauen quer gestellt und hinderte die Beamten an der Weiterfahrt.

»Wartet noch einen Moment, wir sind gleich da. Ich gebe das Zeichen«, sprach Nettelbeck ins Funkgerät. Er beugte sich über die Bootsreling, griff nach dem Bug des Kanadiers und nickte Günther Koschke zu. Der Wasserschutzpolizist gab vorsichtig Gas und das Kanu drehte sich langsam, bis es sich wieder in Fahrposition befand.

Es klopfte an der Tür und Robert Ploog öffnete.

Ein Mann in Handwerkerkleidung stand im Eingang, in der einen Hand eine Basecap, in der anderen eine Werkzeugbox – Carsten Leitner.

Ploog lächelte, alles lief ab wie geplant. Allerdings hatte er keinen Moment an Carstens Zuverlässigkeit gezweifelt. Sein alter Geschäftspartner würde ihn nicht hängen lassen, dafür hatten sie beide einfach zu viel zusammen durchgemacht.

»Komm rein, Carsten. Hast du alles dabei?«

Leitner nickte. Er betrat das Wochenendhaus und stellte die Werkzeugbox auf den Küchentisch. »Weißt du schon, wann du abhaust?«

»Heute noch. Wenn es dunkel wird, verpiss ich mich.«

»Ist das Beste.«

Ploog kam auf ihn zu und Leitner trat ein paar Schritte beiseite. Dann ließ Ploog die Verschlüsse der Werkzeugbox aufschnappen und öffnete den Deckel. Der Koffer war leer.

Leitner hatte eine Pistole mit Schalldämpfer gezogen, hielt sie Ploog ins Genick. »Tut mir leid, alter Freund, es war einfach zu verlockend.« Und drückte ab.

Das Polizeiboot hatte das Ufer der Parzelle Gimpelweg 7 erreicht. Nettelbeck stieg aus und gab per Funkgerät den Zugriffsbefehl. Als er auf das Häuschen zuging, hörte er laute Stimmen.

»Waffen fallen lassen! Hinlegen! Sofort!«

Deckungssuchend lief der Kommissar an der Hauswand entlang, die Sig Sauer gezückt.

Als Nettelbeck um die Hausecke blickte, sah er Täubner und den Kollegen auf dem Rasen liegen, alle Viere von sich gestreckt.

Leitner war bereits auf den Gimpelweg gerannt, zu seinem Motorroller.

Nettelbeck nahm die Verfolgung auf.

Als der Roller nicht ansprang, stieß Leitner ihn in Richtung Nettelbeck, der das Gleichgewicht verlor und stürzte.

Leitner spurtete auf das gegenüberliegende Grundstück.

Nettelbeck rappelte sich hoch, gleichzeitig kamen Täubner und der Kollege angerannt.

»Kümmert euch um Ploog!«, rief Nettelbeck im Laufen und folgte Leitner auf das gegenüberliegende Grundstück.

Am Bootssteg lag ein kleines Motorboot mit dem liebevoll aufgemalten Namen *Kanalratte*. Leitner sprang hinein und ließ den Außenbordmotor an. Er gab Gas und brauste los.

Nettelbeck lief zum Ufer, Pistole in der einen, Funkgerät in der anderen Hand: »Günther, hol mich ab. Das Nachbargrundstück am Kanal 6. Er flüchtet mit einem Motorboot.«

Leitner steuerte die *Kanalratte* in Richtung Müggelspree. Er hatte den Transporter, mit dem er den Motorroller hergebracht hatte, am Dämeritzsee geparkt. Unauffällig, etwa anderthalb Kilometer von Neu-Venedig entfernt, in fast direkter Ufernähe. Wenn er die Stelle erreichen würde, ehe die Polizei ihn erwischte, hätte er eine gute Chance zu entkommen. Er musste jetzt nur die Nerven behalten.

Nettelbeck saß neben Günther Koschke im Zivilboot und sie unterfuhren die Rialtobrücke, wo ihr Kanal nach hundert Metern in die Müggelspree mündete. Leitners Boot war nicht zu sehen.

»Rechts oder links?«, fragte Nettelbeck.

»Links«, antwortete Koschke. »Der Bereich vor dem Schilfwall ist bis heute Abend gesperrt. Ist eine Sackgasse, da kommt er nicht durch.«

»Dann zeig mal, was das alte Schätzchen noch draufhat.«

Koschke gab Gas und fuhr mit Höchstgeschwindigkeit über die Müggelspree. Die Coronet kamen schnell voran und nach drei Minuten sahen sie den Flüchtenden.

Von Täubner erhielt Nettelbeck über Funk die Info, dass sie Robert Ploog in dem Wochenendhaus erschossen aufgefunden hätten.

Wie aufs Stichwort blickte Leitner sich um, sah das Polizeiboot und steuerte auf einen kleinen Seitenkanal zu, der zum Dämeritzsee führte.

»Mist, der Kanal ist zu eng für uns, da passen wir nicht durch«, sagte Koschke.

»Was können wir machen?«

»Wie wär's mit Rammen?«

»Rammen ist immer gut«, antwortete Nettelbeck grinsend.

Günther Koschke gab Vollgas und hielt auf die linke Seite der *Kanalratte* zu.

Als Leitner das Abbiegemanöver fast beendet und den sicheren Seitenkanal erreicht hatte, rammte die Coronet sein Boot mit voller Wucht und stieß es in die Uferbefestigung.

Leitner griff nach seiner Pistole, doch ehe er schießen konnte, hechtete Nettelbeck in die *Kanalratte* und schlug ihm die Waffe aus der Hand. Dann legte er Leitner Handschellen an und verhaftete ihn wegen Mordverdacht.

*

Das Kantinenpersonal hatte bereits die belegten Baguettes, die Suppen und Salate fortgeräumt und nur noch ein paar mickrige Kuchenstücke stehen gelassen. Jutta Koschke füllte sich einen Becher mit Kaffee und betrachtete den mageren Rest kritisch.

Martin Nettelbeck trat neben sie, mit einer Miniflasche Orangensaft in der Hand.

»Du den Kirschkuchen und ich den gedeckten Apfel?«, fragte er.

»Einverstanden.«

Sie bezahlten, gingen zu einem der Tische, wo sie Platz nahmen.

Nettelbecks Smartphone summte und er warf einen Blick auf das Display. Dann tippte er die Antwort ein:

19:30 Uhr perfekt – Love Martin

Er steckte das Smartphone ein und aß einen Bissen vom Kuchen.

»Gratulation, Martin. Günther hat mir erzählt, wie toll du die Aktion durchgezogen hast.«

»Günther war aber auch erste Sahne. Er ist wirklich ein traumhafter Bootsführer.«

»Das ist er«, sagte Jutta Koschke und lächelte stolz.

Beide tranken einen Schluck, widmeten sich ihrem Kuchen und schwiegen.

»Ich möchte mich bei dir bedanken, Martin«, sagte Koschke schließlich.

»Weil ich deine Scheiße auf mich genommen habe?«

»Weil du den Vergewaltiger meiner Patentochter geschnappt hast.«

»Ich bin leider etwas zu spät gekommen. Er war bereits tot.«

»Soll ich das Schwein etwa bemitleiden?«

»So eine ausgewachsene Antipathie hätte ich dir gar nicht zugetraut, Jutta.«

»Ach, verarsch mich nicht.«

»Denk von mir doch nicht immer gleich das Schlechteste.«

Jutta Koschke überlegte eine Erwiderung, aber dann beließ sie es bei einem, wie sie fand, saucoolen Lächeln.

*

Bilal hatte Halils Anruf entgegengenommen, als er gerade den Wagen auf seinem Stammplatz in Gropiusstadt geparkt hatte.

»Noch kein Feierabend, Alter, komm sofort ins *Café Sinbad.*«

Bilal war todmüde, ihm fehlte Diego, sein Schultergelenk schmerzte, er wollte nur noch schlafen und hätte Halil am liebsten erwürgt. Doch er hatte seine Wut heruntergeschluckt und war zurück in den Wedding gefahren.

Als er Fatimas Restaurant betrat, fiel Bilal aus allen Wolken. Die ganze Shariffamilie war anwesend, natürlich ohne Ghassan, aber mit allen sonstigen nahen und fernen Verwandten. Am Ehrentisch saß Rosa Gösemann, eingerahmt von Walid Sharif und seiner Frau Ahlam. Fatima, Layla und Shirin saßen am nächsten Tisch, ihnen gegenüber Halil, Rashid, Musa und Jusef. Rosa winkte ihrem Sohn fröhlich zu, mit einem ihrer bekloppten Ausgehbären.

Bilal wäre am liebsten auf der Stelle abgehauen, doch er zwang sich zu einem Lächeln und ging zum Ehrentisch.

»Was machst du hier, Mama?«

»Frag nicht so dumm, Junge. Es ist doch dein Fest. Ich bin ja so stolz auf dich.«

Bilal wurde von Halil auf den letzten freien Platz neben Fatima gezogen. Die strahlte ihn an, als sei er der Messias, der der Menschheit jetzt und für alle Zeiten unendliches Glück bringen werde.

Und dann ging das Feiern los. Man trank, man aß, man lachte, die Stimmung wurde mit jeder Minute besser. Bilal machte mit, amüsierte sich, hatte aber keinen blassen Schimmer, was abging. Er hielt alles für einen großen, absurden Irrtum.

Als man zum Tanzen überging, verzog sich Bilal vor das Lokal, um zu rauchen.

Er hatte gerade den ersten Zug genommen, als Walid Sharif neben ihn trat. »Und was machen wir nun, Sohn meines Vetters?«

Bilal schaute ihn fragend an, zuckte die Achseln. »Was du für richtig hältst, Onkel.«

»Ghassan wird für längere Zeit nicht bei uns sein. Egal, was Dr. Baerwald sagt. Ich möchte, dass du seine Arbeit übernimmst. Traust du dir das zu?«

»Ja, Onkel.«

»Gut. Dann kümmerst du dich um den Drogenverkauf und die Spielkasinos.«

»Sehr gern, Onkel.«

»Ab sofort werde ich dich wie meinen Sohn behandeln. Denn das bist du von heute an. Mit allen Rechten und Pflichten.« Walid Sharif griff in die Hosentasche und drückte Bilal den Schlüssel zu Ghassans BMW in die Hand.

»Das ist jetzt dein Wagen.«

»Danke, Onkel.«

»Du brauchst mir nicht danken.«

»Was soll ich dann tun?«

»Kümmere dich um Fatima. Sie leidet sehr darunter, dass ihr Verlobter so plötzlich gestorben ist.«

Bilal konnte nicht glauben, was Walid Sharif zu ihm gesagt hatte.

»Wie meinst du das, Onkel?«, fragte er leise.

»Wir alle haben für die Familie Opfer bringen müssen. Ich musste das. Du wirst das auch müssen. Deshalb enttäusch mich nicht. Und nenn mich ab sofort nur noch Vater.« Walid Sharif gab Bilal einen Klaps auf die Wange und ging zurück ins Restaurant.

*

Martin Nettelbeck wartete bereits seit einer Dreiviertelstunde in der Strandbar gegenüber dem Bode-Museum, trank bereits das zweite Bier und las die *Berliner Zeitung.* Das Lokal versuchte mit Strandkörben, Palmen und Lichterketten, karibisches Flair an die Spree zu bringen, und war bei Tanzfreunden wegen der Abendveranstaltungen beliebt. Unter freiem Himmel konnte man Tango, Salsa und Rumba tanzen, vom Mondlicht und den Sternen beschienen.

Nettelbeck hatte keine Probleme damit, auf Philomena zu warten, da er wusste, dass die Kids, ihre Afroshops, das Restaurant in Prenzlauer Berg oder ihr Versandunternehmen *West African Express Cargo* sie mal wieder aufgehalten hatten. Er blieb gleichmütig und freute sich umso mehr, wenn seine Freundin dann schließlich erschien.

Nettelbeck blätterte die Zeitung durch und suchte einen Cartoon, fand aber keinen. Früher, als er noch ein Junge war, hatte es viele Tageszeitungen gegeben, die Cartoons, Comics und Witzbildchen abgedruckt hatten. Jeden Tag gab es einen neuen Scherz, der den kleinen Martin zum Lachen brachte. Natürlich ausnahmslos harmlose Späße, die auf alle Altersschichten zielten. Zumeist amerikanische Konfektionsware, die von den Zeitungssyndikaten an der Ostküste billig und en masse nach Europa verkauft wurde. Nicht nur Comics, auch berüchtigte Cartoons waren darunter wie die Liebe-ist-Serie, die immer nach demselben Muster aufgebaut war:

Liebe ist, wenn du ihre Träume teilst …

Liebe ist, wenn sie dir nicht aus dem Kopf geht …

Liebe ist, wenn aus dem Ich und Du ein Wir entsteht …

Nettelbeck fand das alles nicht richtig überzeugend und überlegte, wie wohl seine eigene Liebe-ist-Version lauten würde. Schließlich fand er sie:

Liebe ist, wenn du auch ihren Musikgeschmack gelten lässt …

Genau, das ist Liebe, dachte Nettelbeck. Denn das zu akzeptieren, hatte er gelernt. Zwar erst in dem letzten Jahr, aber besser spät als nie. Philomena hatte kein besonderes Faible für Posaunen. Genau genommen, waren sie ihr ziemlich egal. Vor die Wahl gestellt, zwischen einer Posaune, einer Triangel und einem Saxophon, würde Philomena sich immer für das Saxophon entscheiden. Was Nettelbeck oft schmerzte. Und bei einer Wahl zwischen Posaune und Triangel ... Nettelbeck mochte es gar nicht zu Ende denken. Immerhin liebte Philomena Soul, der ja mit dem Jazz verwandt war.

Ein Taxi hielt in der Monbijoustraße. Philomena Baddoo stieg aus und kam zu ihm an die Theke.

Seine Freundin sah wie immer blendend aus. Sie trug einen Hosenanzug aus dunkelblauer Seide, kombiniert mit einer üppigen Goldkette, die sie sich mehrfach um den Hals gelegt hatte. Ihre üppige Haarpracht hatte Philomena zu einem Knoten gekämmt und mit einer Goldschnalle gebändigt. Und, was nicht so häufig vorkam, sie trug Pumps mit hohen Absätzen. Sie begrüßte ihren Freund mit einem langen Kuss. Nettelbeck fragte sie, was sie trinke wolle, doch statt einer Antwort nahm Philomena ihn an die Hand und zog ihn auf die Tanzfläche.

Als sie sich unter die Tanzpaare am Spreeufer mischten, wechselte gerade die Musik. Das Stück *Sweet Lucy* erklang. Für Philomena war es einfach nur funkige Dancemusic, aber für Nettelbeck war es sehr viel mehr. Dieses Stück stammte von der gleichnamigen CD und glänzte mit einem brillanten Posaunensolo von Raul de Souza. Der brasilianische Musiker hatte zu etlichen Latin-Jazz-Platten entscheidende Beiträge geliefert, war dann in den Achtzigerjahren unverdienterweise in Vergessenheit geraten. Es dauerte fast zwei Jahrzehnte, bis man wieder Notiz von ihm nahm. Nettelbeck hingegen hatte Raul de Souza nie vergessen und seine Platten immer wieder gehört.

Die Musik riss die Tanzenden mit, Raul de Souza und seine Band gaben alles. Nettelbeck tanzte mit der schönsten Frau Berlins am Spreeufer entlang und entspannte sich. Auch er gab sich der Musik hin und ließ sich in den Rhythmus fallen.

Alles war nur noch Bewegung. Bewegung und Funk.

Das Leben ist wunderbar, dachte Nettelbeck, beziehungsweise funky.

*

Bilal und Fatima standen im Hinterhof vor der efeubewachsenen Brandmauer und rauchten einen Joint.

»Du musst mich nicht heiraten, Bilal. Nicht, wenn du nicht willst.«

»Doch.«

»Wirklich?«

Bilal nickte traurig, immer noch geschockt über die vor ihm liegende, abgrundtief trostlose Zukunft. »Ja, ich will.«

»Das ist lieb von dir.«

Fatima puffte ihn in die Seite und kicherte. »Was schenkst du mir denn zur Hochzeit, Bilal? Weißt du das schon?«

Bilal dachte nach. Es ist Zeit, Abschied zu nehmen. Von all deinen Träumen.

Er griff in die Hosentasche und holte die Schmuckschachtel heraus. Nach einem leichten Zögern klappte er sie auf und präsentierte Fatima den Diamanten.

»Wäre das etwas für deinen Hochzeitsring?«

»Ein Diamant …« Fatima strahlte Bilal an und ihr Lächeln ging tangential an seinem Gesicht vorbei … rätselhaft … unerreichbar … ins Ungefähre.

»Ich liebe dich, Bilal. Auch wenn du mir niemals direkt in die Augen schauen wirst. Aber ich liebe dich, Bilal, und mit der Zeit …«

Tja, dachte Bilal, mit der Zeit.

Fatima betrachtete den Diamanten und lächelte. Vollkommen glücklich. Strahlte ihn an mit ihrem großen Vollmondgesicht.

Und der Mond ging auf.

Extra für Bilal Gösemann.

Und der Mond würde nie mehr untergehen.

»Bilal, ich verspreche dir, ich werde dir eine gute Ehefrau sein. Wirklich.«

Und er wusste, dass sie das sein würde.

Scheiße.

Dank

Mein besonderer Dank geht an Helge Kain, Rechtsanwalt und Polizeibeamter a. D., der mich erneut bei der Klärung kriminalistischer und rechtlicher Fragen umfassend beraten hat. Und das wirklich zu jeder möglichen – und unmöglichen – Tageszeit.

Ein großes Dankeschön gilt meiner Lektorin Jana Puppala, die wieder erstklassige Arbeit geleistet hat. Und natürlich dem ganzen Team des Grafit Verlags.

Außerdem danke ich Elisabeth Holzapfel, Jurij Neumann, Lars Wittkamp und Heide Woicke, die mich während meiner Arbeit beraten und unterstützt haben.

Thrill von Marc-Oliver Bischoff

Tödliche Fortsetzung

ISBN 978-3-89425-398-1, auch als E-Book erhältlich

Ausgezeichnet mit dem ›Friedrich-Glauser-Preis 2013‹ in der Sparte ›Bestes Krimidebüt‹

Zwanzig Jahre ist es her, dass Martin Kanther ein gefeierter Bestsellerautor war. Doch die in seinem Roman beschriebenen Morde glichen den Taten eines realen Serienmörders bis ins Detail. Als Kanther in Verdacht geriet, folgte der soziale Absturz. Nun erhält er eine ungewöhnliche Anfrage. Per E-Mail erreicht ihn die Bitte, ein Manuskript gegenzulesen. Kanther staunt nicht schlecht, denn er erhält die Fortsetzung seines eigenen Romans.

Als plötzlich auch in der Realität das Morden von Neuem beginnt, steht schon bald Polizeipsychologin Nora Winter mit ihren Kollegen von der Frankfurter Kripo vor Kanthers Tür …

»Ein Buch, durch das sich der Leser wie Säure frisst.«
Mitteldeutsche Zeitung

Die Voliere

ISBN 978-3-89425-420-9, auch als E-Book erhältlich

Nachdem die Rechtmäßigkeit der ›lebenslänglichen Sicherungsverwahrung‹ vom Europäischen Gerichtshof infrage gestellt wurde, soll Psychologin Nora Winter die Entlassungsfähigkeit von drei verurteilten Gewaltverbrechern begutachten.

Doch bei diesem Thema kochen die Emotionen hoch: Während die Politik die Männer unabhängig von Noras Einschätzung freilassen will, sehen selbst die Täter dem Leben in Freiheit mit Angst entgegen. Auch das Dorf, in dessen Nähe die drei einquartiert werden, hat sein Urteil schon gefällt. Als die Situation eskaliert, befindet sich Nora mittendrin …

»Bei diesem Buch liegen die Lobredner hundertprozentig richtig. Es ist richtig gut.« Westfälische Nachrichten

Knurrig und polternd: Max Quercher

Martin Calsow

Quercher und die Thomasnacht

ISBN 978-3-89425-423-0
Auch als E-Book erhältlich

Die Rückführung eines nach Jahrzehnten entdeckten toten Soldaten vom Tegernsee in die USA – keine große Sache für den LKA-Beamten Max Quercher, den nur noch dieser eine Auftrag von seiner heiß ersehnten Frühpensionierung trennt.

Vor Ort beschleichen ihn Zweifel, ob der Fall tatsächlich so einfach ist: Denn dass sich ausgerechnet der Mann, der die Leiche entdeckt hatte, bei einem Arbeitsunfall enthauptet haben soll, ist Quercher zu viel des Zufalls.

Als er zum Unmut der einflussreichen lokalen Politprominenz beginnt, die Vergangenheit der Dorfgemeinschaft zu durchleuchten, haben sich seine Gegner längst formiert. Und was anfing wie ein Routineauftrag, entpuppt sich für den sturköpfigen Max Quercher als ein Kampf ums nackte Überleben …

»Gegen Max Quercher ist Schimanski so spießig wie eine mit Wolle umhäkelte Klorolle, die einen hinter der Heckscheibe anlacht.«
Kerstin Halstenbach, Stadtspiegel Herten

»Ein Kriminalroman, der jede Zeile wert ist. Fantastisch geschrieben, sehr spannend umgesetzt und dabei realitätsnah.«
www.buchtips.net

»Ein Krimidebüt der Extraklasse.« Recklinghäuser Zeitung

»Man wird fragen dürfen, ob der Buchmarkt eigentlich noch ein Mehr an Regionalkrimi verkraften kann. – Er kann. Gesetzt den Fall, er kommt so engagiert recherchiert, so süffig erzählt, so temporeich getaktet wie dieser daher.« Lars von der Gönna, WAZ Kultur

»Ein Regional- oder Dorfkrimi, klar. Aber was für einer!«
WDR 5 Mordsberatung

grafit

Dem Serienmörder auf der Spur ...

Kerstin Herrnkind & Walter K. Ludwig

Tod eines Mathematikers

ISBN 978-3-89425-422-3
Auch als E-Book erhältlich

Für Polizeireporterin Alexandra Katzenstein startet das neue Jahr mit einem Schock: Ihr Vater soll sich mit Kohlenmonoxid vergiftet haben. Obwohl sie zeitlebens ein schlechtes Verhältnis zu dem Mathematikprofessor hatte, glaubt Alexandra nicht an die Selbstmordtheorie. Gemeinsam mit ihrem Kollegen Matze sucht sie nach einem Mordmotiv.

Fast zeitgleich stolpert Polizist Harry Tenge im wahrsten Sinne des Wortes über eine Leiche und sorgt so dafür, dass die Akten eines mysteriösen Falls erneut geöffnet werden: Seit fünfundzwanzig Jahren verschwinden im Abstand von jeweils genau fünf Jahren junge Frauen.

Als herauskommt, dass Professor Katzenstein der Dozent der Toten war, kreuzen sich die Wege aller. Die Zeit drängt. Denn wieder sind fünf Jahre vergangen …

»Ein wendungsreicher Plot vor der Kulisse Bremens und … Alexandra Katzenstein, die so sympathisch wie glaubwürdig agiert.«
Kai U. Jürgens, Kieler Nachrichten

»Ein hochkarätiges Debüt.«
Kerstin Halstenbach, Stadtspiegel Herten

»Den Autoren gelingt es bis zum überraschenden Schluss, die Spannung mit einem Mix aus Polizei- und Pressekrimi, Familiendrama und Sozialkritik, schwarzem Humor und ein wenig Sex hochzuhalten.« Sonntagsjournal Bremerhaven

»Die erste Zusammenarbeit von Kerstin Herrnkind und Walter K. Ludwig punktet mit ungewöhnlichen Charakteren und einem … sehr spannenden Szenario.« ekz-Informationsdienst

»Kein Thriller amerikanischer Machart also, sondern eine gut erzählte Geschichte mit einem überraschenden Ende. Bestens lesbar ohne mathematische Grundkenntnisse.« Main Post

grafit